© Bert Nienhuis

J. J. Voskuil, geboren 1926 in Den Haag und gestorben 2008 in Amsterdam, arbeitete als Volkskundler und Romanautor. Der siebenbändige Romanzyklus *Das Büro* wurde mit rund einer halben Million verkauften Exemplaren in den Niederlanden zu einem Sensationserfolg. Voskuil wurde mit dem Ferdinand Bordewijk Prijs und dem Libris Prize ausgezeichnet.

J. J. Voskuil

DIE MUTTER VON NICOLIEN

Das bewegende Porträt einer Frau, die zunehmend unerreichbar wird: Schleichend und unberechenbar entwickelt sich ihre Demenz. Wie in einem Super-8-Film werden der Gedächtnisverlust und die Reaktionen der Angehörigen, die zwischen Verärgerung, Irritation, Belustigung, Trauer und Ungeduld schwanken, in einer Fülle von lebendigen Details nachgesponnen. Eine zutiefst menschliche Chronik – von Gerd Busse herausragend übersetzt.

Quart*buch*

J. J. Voskuil

DIE MUTTER VON NICOLIEN

Roman

Aus dem Niederländischen von Gerd Busse

Verlag Klaus Wagenbach Berlin

Zum Gedenken an L.'s Mutter

1. Juli 1957

Seine Schwiegermutter saß im Wohnzimmer, in dem Streifen Sonne, der durch die Gardinen fiel. Nicolien saß im Sessel bei den Zwischentüren und sah ihn hereinkommen.

»Ha, die Jansen«, sagte er zu seiner Schwiegermutter.

»Ha, der Pietersen«, antwortete sie, während er sich zu ihr hinüberbeugte und ihr einen Kuss gab. »Noch meine herzlichen Gratuladingsbums.«

Er lachte und gab auch Nicolien einen Kuss.

»Du bist früh«, sagte sie. »Wie war es?«

»Weil ich Geburtstag habe.«

»Wie war es?«, wiederholte sie.

»Erst mal umziehen.« Er zog die Zwischenvorhänge zu, zog sich um und wusch sich die Hände.

»Und du hast auch eine Stelle, nicht?«, fragte seine Schwiegermutter, als er wieder ins Zimmer kam.

Er nickte.

»Ach Junge, wie schön! Darauf nehmen wir doch sicher einen?«

Er lachte. »Darauf nehmen wir einen.«

»Und, wie war es?«, fragte Nicolien gespannt.

Er setzte sich auf das Sofa. »Idiotisch.«

»Idiotisch?« In ihrer Stimme lag Empörung. »Nicht schrecklich?«

»Ach … schrecklich.« Das Wort war ihm zu groß. Wenn es

schrecklich wäre, wäre der Gedanke, dort morgen wieder hinzumüssen, ganz und gar unerträglich.

»Und was musst du da jetzt machen?«, fragte seine Schwiegermutter.

Er sah sie an. »Ich muss einen Text über die Wichtelmännchen schreiben.«

»Über die Wichtelmännchen?« Sie lachte ungläubig. »Du verkohlst mich.«

»Ich verkohle Sie niemals.«

»Über Wichtelmännchen! Ein erwachsener Mann!«

Er lachte, verlegen, aber auch amüsiert. »Glauben Sie nicht an Wichtelmännchen?«

»Ach, du verrückter Junge, hör doch auf. Wichtelmännchen!«

»Aber als Sie noch jung waren, saßen da keine Wichtelmännchen in den Scheveninger Bosjes?«

Sie lachte, ohne zu antworten. Es war deutlich, dass sie dachte, er wolle sie auf den Arm nehmen.

»In den Bosjes van Pex gab es sie jedenfalls«, beharrte er. »Da war ein Baum mit einem Loch drin, und wenn wir daran vorbeikamen, habe ich in das Loch gerufen« – er machte die Stimme eines Kindes nach – »›Wichtelmännchen! Wichtelmännchen!‹ Später haben sie Maschendraht davor gespannt. Dann sind sie verschwunden.«

»Ach, Kindergerede.«

»Und was wäre, wenn Kinder und Verrückte nun die Wahrheit sagen würden?«

»Quälgeist. Lass das.«

»Deine Mutter glaubt nicht mehr an Wichtelmännchen«, sagte er zu Nicolien, die gerade wieder den Raum betrat.

»Solltest du nicht lieber mal einen Schnaps einschenken?«,

entgegnete sie. Er merkte, dass sie sich ärgerte, und vermutete, dass die Anwesenheit ihrer Mutter sie irritierte. Aber es vermittelte ihm dennoch ein vages Gefühl von Schuld. Als hätte er etwas getan, das nicht in Ordnung war.

*

17. Mai 1959

»Da wird jetzt eine schöne Tasse Kaffee sicher gut schmecken«, sagte seine Schwiegermutter, während er die Tür hinter ihnen schloss. Sie hängte ihren Mantel und die Mütze an die Garderobe.

»Schaust du dir dann mal den Sessel an, Maarten?«, fragte Nicolien.

»Mache ich«, antwortete er.

»Dann gehen wir erst mal ins Küchilein«, sagte seine Schwiegermutter. »Hilfst du mir mahlen, Kind?«

Er ging ins Wohnzimmer, kippte den schweren Sessel, in dem sein Schwiegervater immer gesessen hatte, auf die Seite und sah sich die Unterseite an. Zwei der Jutebänder, die die Sprungfedern hielten, waren abgerissen. Das Holz darunter wies zahlreiche Nagellöcher auf. Ein paar Polsternägel, an denen kleine Stücke halbzersetzter Jute hingen, steckten noch im Holz. Er versuchte, die abgerissenen Enden wieder zu befestigen, stellte fest, dass es vergebliche Mühe war, kippte den Sessel zurück und richtete sich auf. Von dort, wo er stand, konnte er die Kreuzung bei der Appelstraat sehen. Die Straße lag im

Sonnenschein. Ein Mann und eine Frau im Sonntagsstaat überquerten mit einem Kinderwagen in schräger Richtung die Vlierboomstraat. Zwei Radfahrer kamen vorbei. Aus der Küche drangen die Stimmen Nicoliens und ihrer Mutter sowie das Mahlgeräusch der Kaffeemühle. Er setzte sich, legte die Arme weitausgestreckt auf die Lehnen und wartete.

»Und hier kommen die Köstlichkeiten«, sagte seine Schwiegermutter, als sie mit einem kleinen Tablett das Wohnzimmer betrat. Auf dem Tablett standen drei Tassen Kaffee und drei kleine Kristallglasteller mit Ingwertörtchen. »Ich dachte, ich kauf mal Ingwertörtchen, denn die magst du ja so gern.«

»Die sind lecker!«, stimmte er zu.

»Und was war jetzt mit dem Sessel?«, fragte Nicolien.

»Zwei von den Jutebändern sind abgerissen«, antwortete er. »Ich werde beim nächsten Mal neue mitbringen, denn die hier sind völlig verschlissen.«

»Du kriegst ihn also wieder hin?«, fragte ihre Mutter.

»Ich glaube schon.«

»Ach Junge, dafür kriegst du einen Kuss!« Sie beugte sich zu ihm hinüber.

»Aber noch habe ich ihn nicht repariert«, wehrte er ab.

Sie gab ihm einen Kuss auf die Wange. »Das macht nichts. Dann kriegst du einfach noch einen.«

Er lachte.

Sie verputzten alle drei ihr Törtchen.

»Was sind wir hier doch wieder lecker am Schnabulieren«, bemerkte seine Schwiegermutter.

»Wie war es Mittwoch bei Willy und Bertha?«, fragte Nicolien.

»Sehr gut. Ich soll dich grüßen.«

»Sind Sie noch mit Willy spazieren gewesen?«

»Nur kurz zur Strandpromenade. Die übliche Runde.«

»Und dieser Freund von Bertha?«

»Ach, das weiß ich nicht. Ich glaube, darüber darf nicht gesprochen werden.«

»Hat Bertha einen Freund?«, fragte er.

»Das erzählt man sich, aber ich weiß nichts darüber. Es scheint, dass er Pilot ist.«

»Aber Sie haben ihn noch nie gesehen.«

»Nein, denn das ist ein Geheimnis.«

Er nickte. »Wie alt ist Bertha jetzt?«

Sie dachte nach.

»Sie ist doch geboren worden, als Sie bei Tante Bes gewohnt haben?«, half Nicolien.

»Ja. Und da war ich siebzehn. Also ist Bertha jetzt neunundvierzig. Auch nicht mehr ganz taufrisch.«

»Neunundvierzig!«, wiederholte er.

»Aber ich glaube, der Mann ist verheiratet oder so. Das ist alles ziemlich merkwürdig heutzutage. Früher gab es so was nicht.«

Er lachte. »Ich muss ein bisschen über Sie lachen.«

»Das ist besser als weinen.«

»Das stimmt.«

»›Lachen ist gesund‹, hat meine Mutter immer gesagt.«

»Sollte das so sein?«

»Ach, du Landplage. Lass dich mal untersuchen.«

»Und wenn es nun furchtbar schlecht für die Gesundheit wäre?«

»Ach was, du willst mich doch nur veräppeln.«

Er lachte.

Es entstand eine Pause.

»Wie ging dieser Reim noch gleich?«, fragte er. »Zehn, das ist mein Kindheitsjahr …«

»Mit zwanzig sind wir schon ein Paar«, fuhr seine Schwiegermutter fort. »Mit dreißig bin ich dann getraut. Mit vierzig auch schon angegraut. Mit fünfzig kommen die Beschwerden. Mit sechzig wird's nicht besser werden. Mit siebzig nimmt das Leben ab. Mit achtzig lieg ich dann im Grab. Die neunzig werd ich nicht erleben, denn hundert soll man nicht erstreben.«

Sie lachten.

»Dann ist Bertha schon ordentlich über der Zeit«, bemerkte er.

»Das hat mein Vater immer gesagt«, sagte seine Schwiegermutter. »Der konnte sehr schön rezitieren: ›Wir gingen Seit an Seit‹« – mit feierlicher Stimme ahmte sie ihren Vater nach – »›zusammen durch das Leben. Die Wege unseres Schicksals, der Pfad zum ersten Kuss, am sonn'gen IJ, durch Dünen, in ungestümem Streben, im Streit, zum Fest, auf Reisen, in Wehmut und Genuss.‹ – Weiter weiß ich nicht mehr.«

Sie schwiegen.

Er hob die Hand.

»Heil!«, sagte seine Schwiegermutter.

»Ebenfalls«, antwortete er.

»Wie wird es dem Mann gehen?«

»Ich glaube, ganz gut.«

»Ich fand es ansonsten ein ziemlich ekliges Lied.«

»Es war ein ekliges Lied«, gab er zu.

»Maarten ist in Deutschland gewesen«, erzählte Nicolien.

Sie rümpfte die Nase. »Du warst in Deutschland?«

»Mit meinem Chef«, entschuldigte er sich.

»Oh, mit deinem Chef.«

»Zu einer Konferenz.«

»Oh, zu einer Konferenz.«

Er lachte amüsiert.

»Und, war es gut?«

Er schüttelte den Kopf. »Nein, überhaupt nicht.«

»Man sollte auch besser in seinem eigenen Land bleiben.«

»Das ist so sicher wie das Amen in der Kirche.«

»Und dein Chef, ist das ein netter Mann?«

»Ja, das ist ein netter Mann.«

»Oh, zum Glück.«

»Ja, das ist ein Glück.«

»Er ist ein *sehr* netter Mann«, sagte Nicolien mit Nachdruck.

»Er ist ein sehr netter Mann«, korrigierte er sich.

»Na, dann hast du es mit ihm gut getroffen.«

»Das habe ich sicher.«

»Denn das kann nicht jeder sagen.«

Es entstand erneut eine Pause.

»Was meint ihr? Sollen wir die zweite Runde einläuten?«, fragte seine Schwiegermutter.

*

31. März 1961

»Denkst du an Jonas?«, warnte Nicolien. »Er liegt unter der Couchdecke. Ich gehe noch mal kurz in die Küche!« Sie schloss die Küchentür hinter sich. Seine Schwiegermutter saß da und sah gedankenverloren vor sich hin. Er holte ein Schnapsglas aus dem Schrank, setzte sich auf die Couchecke, befühlte kurz den Buckel unter der Decke, griff zur Flasche und schenkte sich ein. Während er einen Schluck nahm, sah er zu ihr hinüber. »Wie geht's?«

»Ganz gut. Den Umständen entsprechend.«

Er nickte.

In der Küche wurde ein Topf in die Spüle gestellt und der Wasserhahn auf- und wieder zugedreht.

»Wo, glaubst du, bleibt die Sonne eigentlich, wenn sie untergeht?«, fragte seine Schwiegermutter.

Es kam so unerwartet und war für sie so ungewöhnlich, dass es ihn rührte. »Hinter dem Horizont«, sagte er aufs Geratewohl.

»Aber verbrennt da dann nicht alles?«

Er lachte. »Sie glauben, dass die Erde flach ist.«

»Na ja, ich weiß das nicht so genau.«

»Die Erde ist rund.«

»O ja.« Es war deutlich zu merken, dass dies ihr Vorstellungsvermögen überstieg.

Er hielt sein Glas in die Höhe. »Wenn das hier die Sonne ist«, er machte mit seinen Fingern eine Kreisbewegung um das Glas herum, »dreht sich die Erde darum herum. Und weil die sich auch noch mal um die eigene Achse dreht, kriegt jedes Mal ein anderer Teil der Erde Sonnenlicht ab.« Er nahm einen Pingpongball vom Boden und bewegte ihn im Kreis um das Glas. »Wenn wir auf der Seite des Glases sind, haben wir Sonne, und in Amerika ist es Nacht, und umgekehrt.«

»O ja.«

»Verstehen Sie?«

»Wenn du es sagst, wird es wohl so sein.«

»Sie vertrauen mir doch?«

»Ja, sicher. Ich kann das alles nicht mehr so gut begreifen.«

Nicolien kam wieder ins Zimmer.

»Mutter glaubt, dass die Erde flach ist«, erzählte er.

»Hast du Mutter denn schon von der Verabschiedung deines Vaters erzählt?«, fragte sie.

»Ich dachte, du würdest das machen.«

»Ich? Das musst du doch machen? Es ist doch dein Vater?«

»Ist dein Vater verabschiedet worden?«, fragte ihre Mutter.

Er nickte. »Ja.«

»Aber so alt ist er doch noch nicht?«

»Genauso alt wie Sie.«

»Zwei Jahre jünger«, korrigierte Nicolien.

»Zwei Jahre jünger.«

»Es war schrecklich«, fügte Nicolien hinzu.

»Dann ist er bestimmt froh.«

»Mein Vater ist nie froh«, antwortete er. »Jedenfalls merkt man es ihm nicht an.«

»Ach nein?«

»Sie sind doch auch nicht immer froh?«

»Doch, das bin ich.«

»Immer?«

»Ja, wenn ich bei euch bin.«

Er lachte. »Eigentlich sollten Sie also immer bei uns sein!«

Sie zögerte. »Nein, das wäre nicht gut.«

»Warum denn nicht?«

»Man soll nicht bei seinen Kindern wohnen.«

»Ja, aber warum nicht?«

Die Frage verunsicherte sie. »Das gibt Mord und Totschlag.«

»Aber Sie selbst haben doch auch Ihre Mutter bei sich aufgenommen?«, bemerkte Nicolien.

»Ja, aber das ist etwas anderes«, sagte ihre Mutter, »denn das war eine sehr liebe Frau.«

*

12. Juni 1963

Nicolien stieß gegen das kleine Fenster, steckte ihren Arm hindurch und öffnete die Tür. Maarten betrat die Wohnung nach ihr, seine Fahrradtasche über dem linken Arm, den Korb mit der schreienden Katze am rechten. »Ja, Jonas, noch einen Moment«, sagte er. Die Wohnzimmertür ging auf, seine Schwiegermutter kam in den Flur. »Seid ihr da?«, fragte sie erfreut. »Was für ein Fest!«

»Tag, Mutter«, sagte Nicolien. Sie gab ihr einen Kuss.

»Tag, Mutter«, begrüßte er sie seinerseits, während er ihr ebenfalls einen Kuss gab. Er ließ die Tasche zu Boden sinken, trug das Körbchen ins Wohnzimmer und stellte es auf dem großen Sessel ab. »Jetzt darfst du raus«, sagte er. Die Katze stieß mit dem Kopf gegen das Türchen, während er den Verschluss löste, zwängte sich ins Freie und sprang auf den Boden.

»Tag, Jonas«, sagte seine Schwiegermutter, während sie sich über ihn beugte. »Tag, mein kleiner Süßer.« Sie streckte ihre Hand aus.

Ohne ihr Beachtung zu schenken, lief die Katze in den Flur.

»Sie haben die Küchentür doch nicht offen stehen?«, fragte Nicolien.

»Aber nein, Kind.«

Maarten war schon hinter ihm her. Die Katze lief geradewegs zum Katzenklo, das neben der Küchentür bereitstand, setzte sich hinein und pinkelte. »Er musste pinkeln!«, rief er.

»Darum hat er so geschrien«, sagte Nicolien, die ihm gefolgt war. Sie lachte. »Der arme Kerl.«

Ihre Mutter kam nun auch in die Küche. Jonas lief zu seinem Fressnapf, schnüffelte kurz daran und ging dann an ihnen vorbei in das Zimmer von Nicoliens Vater.

Nicolien sah zur Spüle hinüber. »Haben Sie den Kaffee schon fertig?«

»Ja. Ich dachte, den setz ich schon mal auf, der wird euch sicher schmecken.«

Maarten brachte die Fahrradtasche und das Körbchen in den Nebenraum, hängte seine Jacke an die Garderobe, ging ins Wohnzimmer und setzte sich in den großen Sessel. Jonas kam aus dem Hinterzimmer, lief am Geschirrschrank und hinter dem Sofa vorbei, roch kurz am Sessel seiner Schwiegermutter, dann am Spinnrad, und ging anschließend an Maarten vorbei erneut in den Flur. Am Lachen und Rufen in der Küche hörte er, dass Jonas dort wieder angekommen war. Kurz darauf kamen sie ins Zimmer, seine Schwiegermutter mit dem Tablett vorneweg. »Und ich habe zur Feier des Tages auch noch drei Mohrenköpfe«, sagte sie.

»Gibt es etwas zu feiern?«, fragte er.

»Du hast doch jetzt Urlaub?«

Er lächelte.

»Mutter möchte, dass du wieder so eine Liste machst. Damit sie jeden Tag sehen kann, wo wir sind«, sagte Nicolien.

Er nickte. »Morgen Abend sind wir in Brielle«, erzählte er seiner Schwiegermutter. »Wissen Sie, wo das liegt?«

»Hat das nicht was mit den Wassergeusen zu tun?«

»Meisterhaft!«

»Ja, ich weiß schon noch was. So dumm bin ich nun auch wieder nicht.«

»Sie sind überhaupt nicht dumm«, sagte Nicolien.

Er war zu sehr mit seinem Mohrenkopf beschäftigt, um zu reagieren.

Es war einen Moment still.

»Ach, schiene das Sönnlein nur zu mir herein, es könnte ruhig schon morgen sein«, sagte seine Schwiegermutter.

»Sie sagen zwar immer *das Sönnlein*«, sagte er, »aber wir dürfen es allmählich auch ruhig *die Sonne* oder *Tanta Klara* nennen.« Er lachte gemein. »Ach, schiene Tante Klara nur zu mir herein …«

»Und wo sind eure Fahrräder jetzt?«, fragte seine Schwiegermutter, die Bemerkung ignorierend.

»Am Bahnhof«, erklärte Nicolien. »Es dauert einen Tag, bis sie da sind.«

»*Am 1. April verlor Alva die Brill'*«, sagte er, den Gesprächsfaden wiederaufnehmend, um seine vorangegangene Bemerkung ungeschehen zu machen.

»O ja«, sagte seine Schwiegermutter.

»Diese *Brille* ist Brielle.«

»Merkwürdig, oder?«

»Sehr merkwürdig.«

»Ja, das weiß ich alles nicht so.«

»Aber jetzt wissen Sie es.«

»Ja, jetzt weiß ich es.«

Jonas kam wieder in den Raum. »Guck, da ist er wieder«, sagte seine Schwiegermutter. Sie beugte sich etwas vor und streckte ihre Hand aus. »Ja, wo ist er denn? Wo ist er denn?«

Jonas kam auf sie zu und roch vorsichtig an ihren Fingern.

»Er darf ruhig ein bisschen Schlagsahne haben«, sagte Nicolien.

»Oh, er ist mein kleiner Liebling«, sagte seine Schwiegermutter und hob ihn in die Höhe. Sie schwang ihn sanft hin und her. »Er ist mein kleiner Liebling.« Jonas sah ihr direkt ins Gesicht und kniff die Augen zu. »Ja, Mutter, sagt er. Nein, Mutter, sagt er!«

»Geben Sie ihm ruhig ein bisschen Schlagsahne«, wiederholte Nicolien, ihr Schälchen in seine Richtung schiebend.

»Darfst du ein bisschen Schlagsahne?«, fragte seine Schwiegermutter, während sie ihn weiter sanft hin- und herschwang. »Darfst du ein bisschen Schlagsahne von deiner Mutter bekommen?« Sie ließ ihn zu Boden sinken und stellte das Schälchen vor ihm hin. Er roch kurz daran und begann dann, es sorgfältig auszulecken.

»Gleich platzt er«, prophezeite Maarten.

»Ach, so schnell platzt eine Katze nicht«, meinte Nicolien.

»Warte nur, bis sich plötzlich Risse bilden, dann ist das Geschrei groß. Bei ihm übrigens auch.«

»Das darfst du nicht sagen«, mahnte seine Schwiegermutter.

»Warum darf ich das nicht sagen?«

»Man darf nicht spotten. Spötterhäuser brennen.«

Er lachte.

»Letzte Woche haben wir eine Autofahrt mit Maartens Chef und dessen Freund gemacht«, erzählte Nicolien.

»O ja?«

»Das war doch nett, oder, Maarten?«

»Nach Schoonhoven und nach Wijk bij Duurstede«, fügte er hinzu.

»Wie kam das denn so auf einmal?«, wollte seine Schwiegermutter wissen.

»Sein Freund hat ein Auto von ihm bekommen«, erzählte er, »und da wollten sie uns einladen.«

»Hat er denn keine Frau?«

»Nein, er hat einen Freund!«, sagte Nicolien mit Nachdruck.

»Ja, ich weiß das alles nicht mehr so, weißt du? Darüber hört man zurzeit so eigenartige Dinge.«

»Warum ist das denn eigenartig?«, fragte Nicolien gereizt. »Es muss doch nicht immer der eine wie der andere sein?«

»Nein, zum Glück nicht.«

»Warum zum Glück?«, stichelte er.

»Zum Glück, dass nicht alle gleich sind, meine ich.«

»Das würde es sonst ein ganzes Stück einfacher machen.«

»Ach, du Landplage! Lass dich mal untersuchen.«

Er lachte.

Es war einen Augenblick still.

»Und so sitzen wir und sitzen«, sagte seine Schwiegermutter.

»Im Restaurant habe ich ihm mein Hähnchen in den Schoß geschnipst«, erzählte er.

»O ja?«

»Es ist mir unter dem Messer weggeflutscht.«

»Das ist nicht wahr!«

»Doch«, sagte Nicolien.

»Was für eine Bande«, stellte seine Schwiegermutter lachend fest.

*

3. Oktober 1964

»Tag, Mutter« sagte Maarten, er beugte sich vor. Sie hob den Kopf und spitzte die Lippen. Er gab ihr einen Kuss auf die Wange. »Wie geht es Ihnen?«

»Danke. Ich soll dich grüßen.«

»Du kommst spät« sagte Nicolien.

»Es gab eine Sitzung der Gesellschaft für Volkskultur.« Er zog seine Jacke aus.

»Davon wusste ich nichts.«

»Nein.« Er hängte seine Jacke in den Nebenraum, nahm seine alte Hose mit ins hintere Zimmer, schob den kleinen Vorhang vor die Scheiben in den Zwischentüren und zog sich um. Danach ging er in die Küche, um sich die Hände zu waschen. Auf der Spüle standen drei Schälchen mit Erdbeeren und eine Schüssel mit Schlagsahne. Er nahm einen kleinen Löffel Schlagsahne und eine Erdbeere, arrangierte die übriggebliebenen Erdbeeren um, damit das Loch nicht auffiel, und begab sich wieder in das vordere Zimmer.

»Worum ging es denn?«, fragte Nicolien, als er sich auf die Couch setzte.

»Es war die Jahresversammlung. Die findet jedes Jahr statt.« Er sah zu den Gläsern, ein Gläschen Eierlikör für seine Schwiegermutter und ein Schnaps für Nicolien. »Ihr habt inzwischen schon mal angefangen?«

»Davon hast du mir nichts erzählt«, sagte sie verstimmt.

»Das ist doch nicht wichtig«, sagte er, nun etwas irritiert. »Das ist ein Haufen Vollidioten, die Beerta zusammengebracht hat und die jedes Jahr eine Sitzung über irgendwelche unsinnigen Themen abhalten.«

»Das hättest du mir dann doch wohl erzählen können!«

»Das tu ich doch jetzt.«

Sie stand auf. »Willst du auch einen Schnaps?«

»Gern.«

Sie ging in die Küche.

Er sah seine Schwiegermutter an. »Tag, Mien Gerstekorrel.«

»Tag auch, und so. Geht es dir gut?«

»Mir geht es gut.«

»Und du musst dann dabei sein?«, fragte Nicolien, als sie wieder das Zimmer betrat. Sie stellte ihm ein Glas hin und schenkte es voll.

»Ich bin Mitglied bei denen.« Er nahm das Glas hoch. »Beerta betrachtet es als eine Art Fachvereinigung.« Er nahm einen Schluck. »Er hat darauf bestanden, dass ich dort Mitglied werde. ›Dann tust du es eben für mich‹, hat er gesagt.«

»Wann war das denn?«

»Vor zwei Jahren, glaube ich.«

»Komisch, dass du mir nie etwas davon erzählt hast.«

»Vielleicht habe ich mich geschämt, oder ich fand es einfach nicht wichtig.«

»Aber so etwas erzählt man doch!«

»Ja«, sagte er schuldbewusst, »aber es ist einfach nicht zur Sprache gekommen. Ich habe nicht daran gedacht. Es ist auch nicht wichtig.«

»Und worum ist es heute gegangen?«

»Um das Sammeln von Liedern.«

»Liedern?«

»Da gibt es einen Mann, der sie sammelt, und der hat darüber erzählt. Jaring Elshout.«

»Und was war das für ein Mann?«, drängte sie, ein wenig ungeduldig, weil sie ihm alles aus der Nase ziehen musste.

»Ich fand ihn ganz nett«, sagte er abwesend. »Er hat auch eine Radiosendung.« Er sah seine Schwiegermutter an. »Kennen Sie noch Lieder?«

»Lieder?« Sie lachte, als wolle man sie zum Narren halten. »Nein, also wirklich.«

»Sie kennen doch wohl noch ein paar Lieder? Sie haben früher doch bestimmt Lieder gesungen, als Sie noch klein waren.«

»O ja, natürlich, aber das waren gewöhnliche Lieder.«

»Was denn für Lieder?«

»Na ja«, sie dachte nach, »das weiß ich eigentlich nicht mehr so genau.«

»Eins reicht.«

Sie dachte angestrengt nach, dann hellte sich ihr Gesicht auf. »*Als ich jung war, wollt' ich mich nicht gut betragen*«, sagte sie, ein wenig feierlich, »*und ich ging, wenn die Schulstund' geschlagen, spazieren in dem grünen Wald. Ich wollt nicht lernen, doch schon bald musst ich betteln für die Kost!* – Das hat mein Vater immer gesagt.«

Er schmunzelte. »Das ist kein Lied, das ist ein Reim. Kennen Sie keine Lieder, mit einer Melodie?«

Sie schüttelte den Kopf. »Nein, Lieder kenne ich nicht.«

Er betrachtete sein Glas und dachte nach. Aus dem Nichts kam ihm unerwartet ein Lied in den Sinn, das ihm seine Mutter vorgesungen hatte, als er klein war. »*Ich will bei dir sein, ich lass dich nicht los, doch du darfst nicht schrei'n, ich bin ja bei dir, und du bist schon groß, und du bist schon groß.*« Er sang es zögernd. Zu seiner Überraschung wühlte ihn das Lied auf. Er sah seine Schwiegermutter verlegen an. »Kennen Sie das nicht?« Seine Stimme klang ein wenig heiser.

Sie lachte. »Nein.«

»Du auch nicht?«, fragte er Nicolien, um Haltung bemüht.

»Nein«, sagte sie.

»Seltsam.« Er wandte sich wieder seiner Schwiegermutter zu. »Das ist nun Wissenschaft, dass jemand etwas singt und wir es dann aufschreiben, damit es nicht verlorengeht.« In seiner Stimme lag Spott.

»Ach, Junge«, sie lachte, »lass dich mal untersuchen.«

»Glauben Sie mir nicht?«

»Kein Stück.«

»Finden Sie es denn nicht wichtig, dass die Dinge aus der Vergangenheit festgehalten werden?«

»Ach, das geht doch gar nicht!«

»Warum nicht?«

»Früher war doch alles anders!«

»Was war denn anders?«

»Na ja, alles!« Sie dachte nach, ein wenig verunsichert.

»Ja, aber was war denn anders? Die Dinge? Oder die Menschen?«

»Die Menschen auch.«

»Was war an den Menschen denn anders?«

Sie dachte nach. »Früher waren die Menschen gläubiger«, machte sie einen Versuch.

»Finden Sie das denn wichtig?«

»Ja«, sagte sie unsicher.

»Warum denn?«

»Weil der Mensch einen Halt haben muss«, sagte sie, in die Enge getrieben. »Es ist nicht gut, ganz allein dazustehen.«

»Nein«, gab er zu.

Nicolien stand auf, um in die Küche zu gehen.

»Soll ich dir helfen?«, fragte ihre Mutter und legte die Hände auf die Lehnen ihres Sessels.

»Ich ruf Sie dann schon.«

Maarten trank seinen Schnaps aus und schenkte sich erneut ein. »Möchten Sie auch noch?«, fragte er und sah seine Schwiegermutter an.

»Danke, ich habe genug.«

Er nickte. »Sie kennen Ihre Grenzen.«

»So gehört es sich doch?«

»So gehört es sich.«

»Denn sonst würden verrückte Dinge passieren.«

»Ziemlich verrückte Dinge«, gab er zu. Er nahm einen Schluck und sah sie erneut an. »Was glauben Sie eigentlich, wie es kommt, dass die Menschen weniger gläubig sind?«

»Ja, das weiß ich doch nicht. Wegen all diesen Dingen vielleicht, dass sie jetzt auch schon zum Mond müssen. Dann fängt man an zu zweifeln, ob es wohl so etwas gibt.« Sie sah ihn unsicher an.

»Einen Himmel, meinen Sie?«

»Ja. Denn wenn man schon zum Mond fliegt und das so weitergeht, fragt man sich doch, ob es noch etwas geben kann. Das ist nicht gut.«

»Das ist auch eine Frucht der Wissenschaft.«

»Ja. Ich glaube auch nicht, dass all die Wissenschaft gut für den Menschen ist. Manchmal gehen die Leute schon ein bisschen zu weit.«

Er schmunzelte.

Sie sah ihn unsicher an. »Meinst du nicht auch?«

Er nickte. »Das meine ich auch.«

Nicolien rief.

»Ruft das Kind?« – Sie legte die Hände wieder auf die Lehnen ihres Sessels.

»Ja, das Kind ruft«, sagte er.

*

27. Dezember 1965

Er nahm den Kaffee mit an Beertas Schreibtisch, zog einen Stuhl heran und wählte seine eigene Telefonnummer. Während er auf die Verbindung wartete, rührte er gedankenverloren im Kaffee.

»Hier Frau Koning.«

»Ha«, sagte er.

»Oh, du bist es? Ist Beerta nicht da?«

»Nein. Ist Mutter schon da?«

»Ja, wir kommen gerade zur Tür herein.«

»Tag, Maarten!«, hörte er seine Schwiegermutter im Hintergrund rufen.

»Grüß Mutter von mir.«

»Ich soll Sie grüßen«, sagte sie. »Ich soll dich zurückgrüßen.«

»Danke.«

»Was machst du gerade?«

»Den Jahresbericht.«

»Kommst du voran?«

»Noch nicht so richtig.«

»Aber du kannst doch sicher einfach den Jahresbericht vom letzten Jahr abschreiben?«

»Nein, das geht nicht. Er muss anders werden.«

»Warum muss denn immer alles anders werden?«

»Ja, so bin ich nun mal.«

Sie schwiegen.

»Wir haben ein Stück Weihnachtskranz bekommen«, erzählte er.

»Von Balk?«, fragte sie ungläubig.

»Nein, von Fräulein Bavelaar.«

»Oh, ich dachte schon.« Sie lachte.

»Das wäre schon komisch«, gab er zu. »Fast gruselig.«

»Ja«, sagte sie belustigt.

Seine Schwiegermutter sagte etwas, das er nicht verstehen konnte.

»Mutter will dich auch mal sprechen.«

»Tag, Maarten!«, sagte seine Schwiegermutter dicht an seinem Ohr. Am Telefon redete sie immer sehr laut.

»Tag, Mutter.«

»Wirst du auch brav sein?«

»Das hatte ich zumindest vor.«

»Sehr schön.«

»Hatten Sie eine gute Reise?«

»Ja! Das Kind stand am Bahnhof, also alles in bester Ordnung.«

»Gut so.«

Sie schwiegen.

»Niekewiek wollte dich auch noch kurz sprechen. Tschüss dann!«

»Tschüss, Mutter.«

»Da bin ich wieder«, sagte Nicolien. »Gibt es sonst noch was bei dir?«

»Nein, sonst gibt es nichts.«

In Gedanken versunken trank er seinen Kaffee und aß sein Stück Weihnachtskranz. Er schaute auf das Karteisystem neben seinem Schreibtisch und lauschte den Geräuschen im anderen Zimmer, ohne dass ihre Bedeutung zu ihm durchdrang. Danach setzte er sich wieder an den Mitteltisch und las noch einmal, was er getippt hatte.

*

20. Juni 1966

Sie saßen zu dritt auf der Terrasse ihres Ferienhauses in Wapenveld, als er den Postboten durch die Gartenpforte kommen sah. Er ging ins Haus und fand im Briefkasten neben der Haustür die Zeitung vom Samstag und eine Todesanzeige, die er auf dem Rückweg aufmachte. »Jan ist tot«, sagte er, als er wieder auf die Terrasse kam.

»Jan ist tot?«, fragte seine Schwiegermutter.

»Welcher Jan?«, fragte Nicolien.

»Der Jan von deiner Cousine Saar.«

»Der Jan von unserer Saar ist tot?«, wiederholte seine Schwiegermutter.

Nicolien sah sich die Karte an. »Wie schlimm für Saar.«

»Aber war er denn krank?«, fragte seine Schwiegermutter.

»Sie sind doch dort gerade erst zu Gast gewesen.«

»Ja, aber ich glaube nicht, dass er krank war«, sagte sie vage. »Ich habe zumindest nichts davon gemerkt.«

»Dann wird er wohl nicht krank gewesen sein«, schlussfolgerte er.

»Sicher hat Onkel Jan den Brief nachgeschickt«, bemerkte Nicolien, während sie den Umschlag betrachtete, »denn er ist an Mutter adressiert.«

»Ja, Onkel Jan sollte die Post nachschicken«, bestätigte ihre Mutter. Maarten hatte sich wieder hingesetzt.

»Was sollen wir jetzt tun?«, fragte ihn Nicolien.

»Wann ist die Beerdigung?«

Sie sah in den Brief. »Morgen.«

»Dann könntest du hinfahren.«

»Aber ich kenne sie kaum.«

»Sie ist eine Cousine von dir.«

»Ich muss doch wohl nicht bei all meinen Cousinen zu deren Beerdigungen fahren?«

»Und Mutter hat ein paarmal bei ihnen logiert.«

Sie sah ihre Mutter an. »Möchten Sie zur Beerdigung, Mutter?«

»Zu welcher Beerdigung?«

»Zu der von Jan.«

»O ja. Ja, ich möchte schon zu der Beerdigung.«

»Fahr du dann mit Mutter hin«, schlug er vor.

»Und was ist mit dir?«

»Ich werde mir schon die Zeit vertreiben.«

»Und wenn ich nun auch keine Lust habe?« Das Problem irritierte sie.

»Dann lass Mutter allein fahren.«

»Möchten Sie nicht allein zur Beerdigung fahren?«, fragte sie.

»Wer? Ich?«

»Ja. Sie.«

»Nein, Kind, das kann ich nicht.«

»Aber Sie können doch auch von Den Haag aus dahin fahren?«

»Der Bus hält hier am Ende der Allee, und Sie brauchen nur in Arnheim umzusteigen«, half Maarten.

Seine Schwiegermutter schwieg.

»Machen Sie das ruhig«, sagte Nicolien. »Sie sind dort gerade noch zu Gast gewesen, es wäre nicht nett, wenn Sie jetzt nicht kommen würden.«

»Aber fährst du dann nicht mit?«

»Nein, denn ich kenne Saar kaum.«

»Aber ich kann das nicht allein. Ich bin schon alt.«

»Sie sind überhaupt nicht alt. Das können Sie sehr gut. Wenn Sie von Den Haag aus dorthin fahren, fahren Sie doch auch allein.«

»Ja, aber da kenne ich die Strecke. Und meine Augen sind auch nicht mehr so gut.«

»Sie können doch fragen? Sie müssen nur einmal umsteigen!«

Ihre Mutter schwieg. Sie zupfte an ihrem Rock. Wenig später stand sie auf und ging unsicher ins Haus.

»Es ist doch zu verrückt, dass sie sich nicht traut«, sagte Nicolien. »Nach Vaters Tod sind sie so nett zu ihr gewesen.«

»Ja«, sagte er.

Ihre Mutter kam wieder auf die Terrasse. »Ich muss aufs Klo.«

»Na, dann gehen Sie doch«, sagte Nicolien.

»Ja, aber ich kann es nicht finden.«

»Sie wissen doch wohl, wo die Toilette ist?« Sie stand auf.

»Es ist hier so fremd.«

Sie gingen zusammen ins Haus. »Schauen Sie, hier ist es«, hörte er Nicolien sagen. »Sehen Sie?« – »O ja«, antwortete seine Schwiegermutter. »Danke.«

»Jetzt tut sie plötzlich so, als ob sie gar nichts mehr könnte«, sagte Nicolien verärgert, als sie wieder auf die Terrasse kam. »Nur, weil sie nicht allein zur Beerdigung fahren will.«

»Lass die Sache erst mal auf sich beruhen. Und sonst fährt sie eben nicht.«

»Aber das wäre doch sehr unhöflich?«

»Ja, natürlich.«

»Na, denn.«

Man hörte die Toilettenspülung. Es dauerte lange, bis seine Schwiegermutter wieder auf die Terrasse kam. Sie setzte sich und sah geistesabwesend vor sich hin.

»Tag, Pietersen«, sagte er und hob die Hand.

Sie hob kurz die Hand, ohne ihn anzusehen.

»Ich glaube, dass ich doch lieber nicht fahre«, sagte sie nach einer Weile. Ihre Stimme war höher als sonst.

»Natürlich fahren Sie«, sagte Nicolien. »Wir bitten den Fahrer, Ihnen beim Umsteigen zu helfen.«

»Ich fahre doch lieber nicht.«

»Was meinst du?«, fragte Nicolien. »Mutter kann da doch nicht fehlen?«

»Wenn sie nicht möchte …«

»Ich kann doch einen Brief schreiben, dass ich nicht mehr so gut sehen kann?«, unternahm seine Schwiegermutter einen Versuch.

»Aber Sie können den Bus doch wohl noch sehen?«

»Ja, Kind«, sagte seine Schwiegermutter ergeben. »Warte nur, bis du selbst so alt bist, dann wirst du noch manchmal an mich denken.«

*

5. Oktober 1969

»Hier ist es«, sagte er. Er stieg die Freitreppe hinauf.

»Aber sicher«, sagte seine Schwiegermutter. »Witzbold.«

Er drehte sich um. Sie war mit Nicolien auf der Straße stehen geblieben und sah hoch. Er lachte verlegen. »Nein wirklich, hier ist es!«

»Er macht einen Witz, nicht wahr?«, fragte sie und wandte sich Nicolien zu.

Nicolien lachte. »Nein, es ist wirklich hier.«

»So groß?«, fragte sie bestürzt. »Aber das ist doch viel zu groß?«

»Nicht das ganze Haus«, er zog den Schlüssel aus der Tasche, »zwei Zimmer.«

Sie stieg verdattert die Freitreppe hoch, die Hand am Geländer. Er stieß die Haustür auf und ließ sie eintreten. Sie blieb in dem hohen Marmorflur stehen und blickte sich fassungslos um. »Ich kann es immer noch nicht glauben.« Im Flur klang ihre Stimme hohl.

»Und das ist Neptun«, sagte er und zeigte auf die Statue, während sie den Flur durchquerten, »er hat nur die Zinken an seinem Dreizack verloren.«

Scheu sah sie an dem großen nackten weißen Mann hinauf.

»Es ist still, nicht wahr?«, sagte sie zu Nicolien.

»Weil heute Sonntag ist, natürlich.«

»Obwohl im Obergeschoss auch Leute wohnen …«

»Ja, Studenten. Die sind sicher bei ihren Eltern.«

»Oder sie schlafen noch«, schlug er vor.

Sie stiegen in den ersten Stock. Das Treppenportal vor ihrer Wohnungstür lag in einem durch eine Mattglasscheibe gestreuten Licht. In der Tür war ebenfalls Mattglas. Er öffnete sie und knipste das Licht im Flur an. In dem kleinen Eingangsbereich vor der Küche standen ein paar Farbtöpfe und Behältnisse mit Pinseln. Er schloss die Tür hinter ihnen und wunderte sich erneut über die Stille im Haus.

»Hier ist die Küche«, sagte Nicolien. »Sehen Sie mal!«

Ihre Mutter ging geistesabwesend hinter ihr her in den kleinen Raum neben der Wohnungstür und sah sich um. »Ziemlich klein die Küche für so ein großes Haus, oder? Wo soll dein Gasherd denn stehen?«

»Hier! Wo wir jetzt stehen.«

Maarten sah ihnen von der Schwelle aus zu. Die Küche war zu klein für drei Leute. So wie beim Treppenportal fiel das Licht auch hier durch eine Mattglasscheibe an der Rückwand.

»Und das ist ein Fenster«, sagte Nicolien, »das kann man aufmachen. Schauen Sie!« Sie öffnete ein schmales Fensterchen, ebenfalls aus Mattglas, und trat einen Schritt zur Seite.

Ihre Mutter beugte sich hinaus und sah in den Lichtschacht. »Ja.« Sie zog den Kopf wieder zurück. »Man sieht bloß nicht viel, oder?«

»Das braucht man doch auch nicht!«

»Und das ist das Klo«, sagte er und machte die Tür neben der Küche auf.

Seine Schwiegermutter verließ die Küche und sah sich das Klo an. »Es ist schon alles ziemlich alt.«

»Es ist ein altes Haus«, sagte er.

»Ja, es ist schon alles sehr alt.«

»Gesehen?«, fragte er.

»Ja«, sagte sie zögernd.

»Dann zuerst das Zimmer nach vorne raus.« Sie gingen hintereinander her durch den langen Flur. »Der Flur ist elf Meter lang.« Er öffnete die Tür am Ende des Flurs, und plötzlich traten sie in ein Meer aus Licht. Die Sonne schien durch die hohen Fenster, das durch das Wasser in der Gracht zurückgeworfene Licht funkelte an der Balkendecke. Auf dem Boden des großen, leeren, quadratischen Raums lagen neben einem breiten Streifen neu verlegten Fußbodens Sperrholzplatten, Packungen mit Nägeln und Werkzeuge durcheinander.

Seine Schwiegermutter hatte ein paar Schritte in das Zimmer gesetzt und war dann stehen geblieben. »Oh, Kinder«, sagte sie und schlug die Hände zusammen. »Wie furchtbar groß! Wie wollt ihr dafür bloß Möbel bekommen?«

Gegen neun Uhr brachten sie sie zum Zug. Während Nicolien mit ihrer Mutter am Arm im Dunkeln der schmalen Gracht folgte, schloss er die Haustür ab. Langsam ging er hinter ihnen her. Als er sie fast eingeholt hatte, blieben sie stehen, und Nicolien drehte sich zu ihm um. »Maarten!«, sagte sie erschrocken. »Mutter weint!« In ihrer Stimme lag Panik.

»Was ist los, Mutter?«, fragte er und hakte sich auf der anderen Seite bei ihr unter.

»Ihr hattet so eine hübsche kleine Wohnung«, schluchzte sie, »und jetzt werde ich sie nie mehr wiedersehen.« Sie öffnete ihre Tasche und suchte das Taschentuch. Rotz lief ihr aus der Nase.

Die Bemerkung machte ihn tiefunglücklich. Sie rief eine unaufhaltsame Sehnsucht nach einem Früher wach, das noch kein Früher war. Zugleich spürte er Nicoliens Ratlosigkeit und suchte nach Worten, sie zu bannen. »Aber wir sind doch da!«

»Natürlich«, schluchzte sie. Sie hatte ihr Taschentuch gefunden und tupfte sich damit die Augen trocken. »Ich sollte das auch überhaupt nicht sagen. Ich bin eine alte Heulsuse.«

»Sie sind überhaupt keine Heulsuse.« Er lachte, doch es klang ein wenig heiser. »Ich finde es sehr sympathisch, dass Sie so reagieren.«

»Nein«, sie schüttelte den Kopf und schnäuzte sich die Nase, »ich bin eine Heulsuse. Ich sollte mich doch eigentlich für euch freuen.«

»Aber wir freuen uns auch nicht«, sagte Nicolien unglücklich.

»Ach Kind, kümmere dich nicht um mich alte Frau.« Sie machte ihre Tasche zu und ging weiter, das Taschentuch fest in ihre Hand gepresst. »Alte Leute sind eben so, sie sind dumm!«

»Aber Sie sind überhaupt nicht dumm!«, sagte Nicolien.

»Doch, ich bin dumm! Ich bin eine dumme Heulsuse!«

»Sie sind nicht dumm«, wiederholte sie entschieden. »Nicht wahr, Maarten? Mutter ist nicht dumm!«

»Wir finden Sie nicht dumm«, versicherte er.

»Das ist lieb von euch«, sie kämpfte gegen ihre Tränen an, »aber ich bin trotzdem dumm! Und wenn ich das nächste Mal komme, wird es mir gefallen! Dass ihr es nur wisst!«

*

1. Januar 1973

»Was für einen Tag haben wir heute?«, fragte seine Schwiegermutter.

»Montag«, antwortete er. Er saß auf der Couch und las in einem Buch von Kipperman und van der Meulen, das er für *Ons Tijdschrift* besprechen musste.

»Musst du dann nicht zur Arbeit?«

Es war schon das dritte Mal, dass sie das fragte. »Nein«, sagte er geduldig, »denn es ist Neujahr.«

»Ach ja.«

Es war einen Moment still.

»Also war gestern Silvester?«

»Ja.«

»Habe ich euch dann schon ein frohes neues Jahr gewünscht?«

»Ja, das haben Sie.«

»Oh, zum Glück.«

»Ja, das ist alles, wie es sein sollte«, sagte er geistesabwesend, mit seinen Gedanken bei dem Buch. Er zog ein Stück Papier zu sich heran und machte sich eine Notiz.

Sie stand auf, mit beiden Händen auf den Lehnen ihres Sessels, und trat unsicher an die Couch.

»Was gibt es?«, fragte er und sah auf.

»Ich will dir doch mal gerade einen Kuss geben«, sagte sie verlegen. Sie beugte sich zu ihm und gab ihm einen feuchten Kuss auf die Wange.

»Vielen Dank«, sagte er, ebenfalls verlegen.

»Denk dir einfach, wenn man alt wird, dann weiß man das alles nicht mehr so genau.«

»Ach, das ist doch halb so schlimm.«

»Es ist der Kopf, der Rest funktioniert noch ziemlich gut.«

»Ihr Kopf ist auch noch in Ordnung. Er wird nur ein bisschen langsamer, genau wie Sie.«

»Ja, lach nur darüber, aber ihr müsst euch damit herumschlagen, mit so einer Mutter.«

Es war wieder eine Weile still. Während er las, sah er aus den Augenwinkeln, dass sie ihre Tasche auf den Schoß nahm und darin zu suchen begann.

»Was suchen Sie?«

»Ich suche meine Zugfahrkarte.«

»Sie haben keine Zugfahrkarte. Die gibt es erst, wenn Sie zurückfahren.«

»O nein«, sie machte die Tasche wieder zu, »wie kann ein Mensch bloß so dumm sein.«

»Ach was.«

»Wo ist Niekewiek jetzt?«, fragte sie nach einer Pause.

»In der Küche.«

»O ja.« Sie stand auf und verließ mit unsicheren Schritten, als würde sie sich für ihre Anwesenheit entschuldigen, den Raum.

Er hörte, wie sie durch den Flur in die Küche ging. »Was wollen Sie?«, hörte er Nicolien von ferne fragen. Er glaubte, aus ihrer Stimme Irritation herauszuhören. Die Unruhe ihrer Mutter machte sie nervös. – »Ich wollte nur mal sehen, ob ich helfen kann.« – »Nein, Sie können nicht helfen. Ich komme sofort. Gehen Sie schon mal rein.« Er hörte sie unsicheren Schrittes zurückkommen. Die Tür quietschte. Sie sah ihn sitzen und hob verlegen wie ein Schulmädchen die Hand ein Stückchen: »Ha, der Jansen!«

»Ha, die Pietersen«, antwortete er.

»Bist du schon wieder zurück?«

»Ja, ich bin wieder da.«

»Zum Glück.« Sie setzte sich, nahm ihre Tasche auf den Schoß und begann erneut, darin zu kramen.

Er beobachtete sie verstohlen, ohne etwas zu sagen.

Sie stand mühsam auf, nahm die offene Tasche mit zum Tisch und stellte sie auf den Kopf, sodass alles herausfiel. Sie rührte ein wenig in ihren Habseligkeiten herum, hörte dann damit wieder auf und sah ihn an. »Was suche ich bloß?«, fragte sie unglücklich.

*

10. Mai 1973

Er rief vom Büro aus an. »Tag, Mutter, Maarten hier.« Er sprach ein bisschen lauter und sehr langsam, weil sie ihn am Telefon nie verstand.

»Oh, Tag, Maarten, du bist es. Ist Niekewiek nicht da?«

»Die liegt im Krankenhaus.«

»Die liegt im Krankenhaus?«

»Da wollten wir heute ja zusammen hin. Ich sollte Sie doch anrufen.«

»Ach ja.«

»Wenn Sie nun den Bus um halb zwei nehmen würden …«

»Und wie geht es ihr jetzt?«

»Gut. Sie ist schon wieder auf dem Weg der Besserung.«

»Oh, zum Glück.«

»Aber wenn Sie jetzt den Bus um halb zwei nehmen, das ist in einer Stunde, dann stehe ich an der Endhaltestelle.«

»Welchen Bus, hast du gesagt?«

»Den Bus um halb zwei.«

»Denn da bin ich ganz schön geschockt. Sie ist doch nicht sehr krank?«

»Sie ist operiert worden.«

»Ist sie operiert worden?«

»Aber es geht ihr jetzt schon wieder viel besser.«

»Oh, zum Glück. Denn, ja, ich weiß das alles nicht mehr so richtig.«

»Das ist doch kein Problem. Also den Bus um halb zwei! Können Sie sich das merken?«

»Der Bus um halb zwei. Ja, das kann ich mir merken. Ich werde zwar alt, aber das kann ich mir schon noch merken.«

»Schreiben Sie es sich sonst ruhig kurz auf.«

»Nein, das merke ich mir schon. Also der Bus um halb zwei.«

»Das ist schon in einer Stunde, Sie müssen also in einer halben Stunde das Haus verlassen.«

»Und stehst du dann an der Endhaltestelle?«

»Ich stehe an der Endhaltestelle.«

»Denn ich kenne die Strecke nicht mehr so gut. Ich bin schon alt.«

»Nein, ich stehe an der Endhaltestelle. Also der Bus um halb zwei!«

»Ja, der Bus um halb zwei.«

»Bis gleich!«

»Tschüss, Maarten.« Sie legte den Hörer auf.

Er blieb noch einen Moment sitzen, die Hand auf dem Apparat, nahm sich zusammen und stand auf. »Ich gehe mit meiner Schwiegermutter zu Nicolien«, sagte er.

»Ich habe es gehört«, sagte Bart.

»Ich glaube nicht, dass ich heute Nachmittag noch zurückkomme.«

»Grüß Nicolien herzlich von mir.«

»Von mir auch«, fügte Ad hinzu.

Seine Schwiegermutter verließ als Letzte den Bus. Sie bedankte sich mit einer hohen Stimme bei dem Fahrer, ein Hinweis darauf, dass sie nervös war, hielt sich an der Stange fest und stieg, sich dabei umdrehend, vorsichtig die beiden Stufen auf den Bürgersteig hinab. Dort blieb sie stehen und kniff die Augen gegen das Sonnenlicht zu, unsicher, was sie nun tun sollte.

»Tag, Mutter«, sagte er. Er gab ihr einen Kuss.

»Hey, du bist hier?«, sagte sie überrascht. »Wo ist Niekewiek?«

»Zu der gehen wir jetzt.«

»Ach ja.«

»Geben Sie mir ruhig Ihren Arm.«

»Ja, gern.« Sie hakte sich bei ihm unter.

Sie folgten dem Bürgersteig in Richtung des Krankenhauses.

»Wo ist Niekewiek jetzt?«, fragte sie.

»Im Krankenhaus.«

»Ist sie im Krankenhaus?«

»Wenn Sie gut hinschauen, können Sie es von hier aus schon sehen.« Er zeigte auf ein hohes weißes Gebäude, das die Wipfel der Bäume überragte.

Sie blieb stehen, formte ihre Hände zu zwei Köchern und

spähte, wie durch ein Fernglas, in die Ferne. »Ja, ich glaube, dass ich es sehe.«

»Ihre Augen sind nicht mehr die besten.«

»Nein, vielleicht sollte ich mal wieder zum Arzt gehen. Das Alter kommt mit Gebrechen, sagte meine Mutter immer.«

»Das sagt meine Schwiegermutter auch.«

»Ach ja?«

Er lachte.

Sie erreichten die Treppe, die von der Straße zum Parkplatz des Krankenhauses hinabführte. Unsicher, ihre Hand am Geländer und den Blick auf die Stufen gerichtet, während er sie an ihrem anderen Arm festhielt, schlurfte sie nach unten. »Ich bin bloß froh, dass du da bist«, sagte sie, als sie über den Parkplatz auf den Haupteingang zugingen »denn allein hätte ich es nie finden können.«

»Sie sind hier auch noch nie gewesen.«

»Ja, das stimmt.«

Er schob sie durch die Drehtür und ging hinter ihr her in die Halle. Sie blieb stehen und sah sich verwundert um. »Wie groß es hier ist. Wo sind wir jetzt?«

»Im Krankenhaus.«

»Ach ja.«

»Und jetzt fahren wir mit dem Lift«, sagte er, während sie auf die Fahrstühle zugingen.

»Hier ist Mutter«, sagte er und schob den Vorhang zur Seite.

Nicolien saß aufrecht in den Kissen. »Tag, Mutter.«

»Tag, Kind«, sagte ihre Mutter überrascht. »Du bist hier?«

»Ich bin doch operiert worden.«

»Du bist operiert worden?«

»Das hat Maarten Ihnen doch erzählt?«

»Ja, das ist wohl so, aber man ist doch geschockt.«

»Sie können sich hierhin setzen«, sagte er und zog einen Stuhl heran.

Entgeistert setzte sie sich. Es war zu sehen, dass sie nicht viel von dem verstand, was um sie herum vorging.

»Ich glaube, dass Mutter völlig durch den Wind ist«, sagte Nicolien. Sie wandte sich ihrer Mutter zu. »Ich glaube, Sie finden das alles merkwürdig, oder?«

»Ich begreife es noch nicht so ganz«, gab ihre Mutter in demselben Falsett wie soeben gegenüber dem Busfahrer zu. »Aber du musst dir einfach denken, dass ich schon alt bin.«

»So alt sind Sie doch nicht?«

Sie lachte. »Ach, Kind.«

»Wie geht es dir jetzt?«, fragte er.

»Ich darf vielleicht Sonntag schon nach Hause!« Er sah erst jetzt, dass sie rot geworden war.

»Perfekt!«, sagte er überrascht.

»Bist du denn krank?«, fragte ihre Mutter.

»Sie wissen doch, dass ich operiert worden bin?«

»Ja«, sagte ihre Mutter vage. »Darum frage ich auch, denn man weiß ja nie.«

»Wie läuft es im Büro?«, fragte Nicolien.

»Hans Wiegersma hat die Eule in einem Baum vor seinem Fenster sitzen sehen, morgens, als er in sein Zimmer kam.«

»Ach ja?«

Er sah seine Schwiegermutter an. »Wie finden Sie es hier jetzt?«

»Danke. Es ist ein bisschen eigenartig, oder?«

»Sie schauen erst mal, wie der Hase läuft.«

»Ja, ich glaube, ich halte mich mal ein bisschen zurück. Das ist vielleicht das Beste.«

»Da haben Sie recht.«

»Aber ich möchte gleich gern wieder nach Hause, wenn es möglich ist.«

»Das ist möglich.«

»Vielleicht kannst du gleich mit Mutter ein Eis essen gehen«, schlug Nicolien vor.

»Wir werden gleich erst einmal zusammen ein Eis essen, und dann bringe ich Sie zum Bus«, versprach er.

Erst als sie auf einer Terrasse nahe der Bushaltestelle saßen und ein Eis aßen, schien es, als würde sie allmählich wieder ein wenig Kontrolle über die Situation gewinnen. »Eigenartig, dass ich jetzt hier mit dir sitze, oder?«, sagte sie.

»Höchst eigenartig.«

»Aber sie wird doch wohl wieder gesund werden?«

»Sie ist schon fast wieder gesund.«

»Oh, zum Glück, denn sonst wüsste ich nicht, wie es weitergehen sollte.«

»Nein, darüber brauchen Sie sich keine Sorgen zu machen.«

»Das freut mich sehr, das zu hören.«

»Wie finden Sie das Eis?«

»Das schmeckt gut.«

»Möchten Sie noch eins?«

»Das würde ein bisschen zu teuer werden, glaube ich.«

»Für Sie ist nichts zu teuer.«

»Nein, eins ist schon genug.«

»Man muss die Brocken zusammenhalten.«

»Das hat mein Vater immer gesagt.«

»Ihr Vater war ein weiser Mann.«

Es war eine Weile still.

»Es heißt, dass ich für meine Rente ein Girokonto eröffnen muss«, sagte sie plötzlich, »aber ich will überhaupt kein Girokonto haben.«

»Aber Sie haben doch schon seit zehn Jahren ein Girokonto.«

»O ja? Davon weiß ich ja gar nichts.«

»Nicolien hat es damals für Sie beantragt.«

»Und wie kommt es dann, dass ich davon nichts weiß?«

»Weil Nicolien immer Ihr Geld abholt.«

Sie sah ihn verdutzt an.

»Sie haben es einfach vergessen.«

»Ja, so wird es dann wohl sein.«

Er lachte. »Das Alter kommt mit Gebrechen, sagt man so.«

»Und du hast die Probleme damit«, parierte sie.

Sie schwiegen erneut. Sie löffelte ihr Schälchen sauber aus und legte danach die Arme auf die Lehnen ihres Stuhls, während sie in sich selbst versank. Er betrachtete sie verstohlen. Sie machte einen geistesabwesenden Eindruck. »Tag, Jansen«, sagte er.

Sie sah ihn an. »Tag, Pietersen.«

Er lächelte.

Es war erneut eine Weile still.

»Und jetzt heißt es, dass ich ein Girokonto eröffnen muss«, sagte sie dann. »Für meine Rente.«

*

14. Mai 1973

Das Telefon klingelte. Beide sahen erschrocken zum Apparat.

»Wer könnte das jetzt sein?«, fragte sie.

»Ich habe keine Ahnung.« Er stand auf und nahm den Hörer ab. »Hier Koning«, sagte er steif.

»Oh, Tag, Maarten« – die schrille Stimme seiner Schwiegermutter. »Du bist es?«

»Tag, Mutter.«

»Ich dachte eigentlich, dass Niekewiek heute kommen würde.«

»Nein, die kommt gerade aus dem Krankenhaus.«

»Oh, ist sie im Krankenhaus?«

»Nein, sie ist gerade aus dem Krankenhaus entlassen worden!«

»Oh, ist sie dann da?«

»Ja, sie ist hier. Wollen Sie sie mal sprechen?«

»Ja, wenn es geht? Denn eigentlich dachte ich, dass sie heute zu mir kommen wollte.«

»Hier ist sie.« Er drehte sich zu Nicolien um. »Mutter! Sie glaubt, dass du heute kommst.«

»Aber ich bin doch gerade erst aus dem Krankenhaus entlassen worden«, sagte sie irritiert. Sie stand auf und nahm den Hörer von ihm entgegen. »Ja, Mutter, da bin ich. … Aber ich komme doch gerade erst aus dem Krankenhaus? … Ja, ich war im Krankenhaus. … Aber Sie sind doch bei mir gewesen! … Mittwoch. … Sie haben mit Maarten noch ein Eis gegessen. … Ja, sehen Sie! … Das weiß ich noch nicht. … Ich rufe noch mal an. … In Ordnung, tschüss.« Sie legte den Hörer auf. »Das ist doch zu verrückt«, sagte sie verärgert, »sie hat vollkommen vergessen, dass ich im Krankenhaus war! Das gibt's doch nicht?«

»Nein, das gibt's nicht.«

»Und wenn ich dann sage, dass ich im Krankenhaus war, ist das Einzige, was sie sagt: ›Wann kommst du denn, um mich zu holen?‹ Sie denkt nur an sich.«

»Ja, so läuft das offenbar.«

»Aber so ist das doch nicht bei jedem?«

Es klingelte an der Tür. Sie erschraken.

»Wer kann das nun wieder sein?«, fragte sie.

»Mutter«, witzelte er.

*

9. Juni 1973

»Wir besuchen doch auch noch das Grab, oder?«, fragte Nicolien. Sie waren gerade hereingekommen und saßen beim Kaffee. »Wann sollen wir das machen?«

»Heute Nachmittag?«, schlug er vor.

»Geht das, Mutter?«

»Ja, Kind, sicher.«

»Und was ist mit dem Einkauf?«

»Ach, das geht schon.«

»Sind Sie in letzter Zeit mal dagewesen?«

»Ja, sicher. Ich war gestern da.«

»Sie waren gestern da?« Es überraschte sie.

»Gestern war doch Vatis Geburtstag? Ich habe eine Geranie mitgebracht.«

»Wie schön!« Die Freude stand Nicolien ins Gesicht geschrieben. »Dass Sie daran gedacht haben!«

»Du hast wohl gedacht, dass ich es vergessen hätte«, sagte ihre Mutter, »aber ich bin ja noch nicht völlig senil.«

»War es nicht ziemlich warm?«, fragte er.

»Warm war es schon, aber ich habe eine Weile auf der kleinen Bank gesessen, unter dem Baum. Vati liegt da ganz schön.« Sie stand auf. »Ich werde mich mal um die zweite Runde kümmern.« Sie stellte die Tassen auf das Tablett und verließ das Wohnzimmer.

Er sah verstohlen zu Nicolien hinüber. Sie hatte Tränen in den Augen.

»Weinst du?«, fragte er verlegen.

»Ich finde es so rührend, dass sie sich daran erinnert«, sagte sie mit erstickter Stimme.

»Solange es nur in ein festes Muster passt. Es ist natürlich vierzig Jahre lang ein Feiertag gewesen.«

»Und das ist, was davon übriggeblieben ist.« Nun weinte sie tatsächlich. »Eine Geranie auf dem Grab. Mich macht das so traurig.«

»Ja.« Er war nun ebenfalls gerührt. »Aber gerade dann hört man sie nicht klagen.«

»Und wenn man dann bedenkt, was für ein Fest es für meinen Vater war und dass er sich immer schon Wochen im Voraus darauf gefreut hat.«

Er nickte, nicht in der Lage, seinen Gefühlen eine Stimme zu geben.

*

2. Juli 1973

»Hast du nie darüber nachgedacht, dir den Bart stehen zu lassen?«, fragte Ad. Es lag, wie so oft, etwas Doppeldeutiges in seinem Ton, als wolle er ihm mit dieser Frage einen kleinen Tritt versetzen.

»Wenn ich pensioniert bin.« Er nahm an seinem Schreibtisch Platz.

»Warum erst dann?«, fragte Ad neugierig.

»Dann bin ich frei.«

Beerta war aufgestanden. »Ich bin kurz Kaffee trinken.« Er verließ den Raum.

»Dann wirst du noch ein bisschen warten müssen«, sagte Ad.

»Ich habe ausgerechnet, dass ich genau auf der Hälfte bin.«

»Wann hast du hier denn angefangen?«

»Am 1. Juli 1957.«

»Bist du denn schon achtundvierzig?«

»Nein, siebenundvierzig.«

»Dann bist du noch nicht auf der Hälfte. Dann bist du erst nächstes Jahr auf der Hälfte.«

»1991 werde ich fünfundsechzig«, rechnete Maarten vor. »Einundneunzig minus vierundsiebzig sind siebzehn, und vierundsiebzig minus siebenundfünfzig sind auch siebzehn. Es ist die Hälfte!«

»Aber wir haben erst 1973.«

»Also musst du es von 1974 abziehen!«

»Für dich hat das Jahr 1973 doch gerade erst angefangen? Du tust aber so, als ob du 1973 schon hinter dir hättest.«

Maarten schwieg.

Ad stand auf. »Du hast am 1. Juli 1957 angefangen«, erklärte er, »am 1. Juli 1958 warst du ein Jahr hier, am 1. Juli 1959 zwei Jahre, am 1. Juli 1973 also sechzehn Jahre.«

»Du hast recht«, gab Maarten zu. »Ich werde dement.« Er lachte. »Wenn es so weitergeht, bin ich schon weit über der Hälfte.«

Ad setzte sich wieder. »Die Schwiegermutter von Jaring wird dement.«

»Woran zeigt sich das?«

»Dass sie alles Mögliche vergisst.«

»Meine Schwiegermutter vergisst auch alles Mögliche.«

»Dann wird sie auch dement.«

»Vor ein paar Tagen sagt sie zu mir: ›Es heißt jetzt, dass ich ein Girokonto eröffnen muss, aber ich will überhaupt kein Girokonto haben.‹ – Ich sage: ›Aber Sie haben doch schon seit zehn Jahren ein Girokonto?‹ – ›O ja?‹, sagt sie. ›Davon weiß ich ja gar nichts.‹ – Und kurz darauf sagt sie: ›Aber sie sagen doch, dass ich jetzt ein Girokonto eröffnen muss, für meine Rente.‹«

»Na, das finde ich schon ordentlich dement.«

»Ach … dement. Eher vergesslich.«

»Na, wenn es meine Schwiegermutter wäre, würde ich sie, glaube ich, bei mir zu Hause aufnehmen.«

»Zu Hause aufnehmen?«, fragte Maarten erstaunt. »Das ist so eine Sache.«

»Jaring denkt auch darüber nach.«

»Es würde nicht mal gehen, denn wir haben nur zwei Zimmer, und ich habe jetzt schon das Gefühl, dass mir eine Käseglocke übergestülpt wird, wenn sie ein paar Tage da ist.«

»Nein, ich finde es eigentlich ganz nett, wenn meine Schwiegermutter da ist. Schön jeden Tag Törtchen essen.«

»Ich bin ganz zufrieden mit ihr«, sagte Maarten, um jeden Zweifel daran zu zerstreuen, »aber ich glaube schon, dass ich verrückt werden würde.«

»Ach ja?«, fragte Ad erstaunt.

»Und Nicolien auch. Nicolien wahrscheinlich sogar noch mehr.«

»Nein, Heidi würde es sehr schön finden. Das weiß ich bestimmt.«

»Hey. Na ja.« Er schwieg. »Meine Schwiegermutter sagt dann: ›Was für ein Glück, dass nicht alle gleich sind.‹« Er lachte. »Und das irritiert mich enorm, denn ich finde das alles andere als ein Glück.«

*

3. September 1973

Als er am späten Nachmittag nach Hause kam, war Henriette da. »Ha«, sagte er erfreut.

»Ha«, antwortete sie.

»Tag, Mutter.« Er gab ihr einen Kuss.

Sie spitzte die Lippen und gab ihm auch einen Kuss. »Wie geht's?«

»Ganz gut.«

»Wie war es?«, fragte Nicolien.

»So wie sonst«, sagte er abwesend. »Ich ziehe mich mal um.« Er stellte die Tasche neben seinen Schreibtisch und ging ins hintere Zimmer. Während er sich umzog, hörte er, wie Nicolien durch den Flur zur Küche ging und die Tür des Kühlschranks auf- und zumachte.

Als er das Wohnzimmer wieder betrat, kam sie mit der Geneverflasche aus dem Flur. Sie stellte die Flasche neben ihren Sessel und ging zum Geschirrschrank. Er setzte sich auf die Couch.

»Du sicher nicht?«, fragte sie.

»Nein, danke.«

»Und du, Henriette?«

»Nein, ich auch nicht«, sagte Henriette.

Sie kam mit einem Glas zurück und schenkte es sich voll.

»Kriegt Maarten keinen Schnaps?«, fragte seine Schwiegermutter.

»Nein, Maarten möchte nicht.«

»Er möchte nicht?«

»Maarten hat Probleme mit seinem Magen.«

»Hat er Probleme mit dem Magen?« Maarten saß ein wenig verschämt da, die Ellbogen auf den Knien. »Aber du bist doch nicht krank?«

»Nein«, sagte Maarten. »Es ist schon fast wieder vorbei.«

»Oh, zum Glück.« Sie nahm ihr Glas mit dem Eierlikör von dem niedrigen Tisch – »Na, dann auf deine Gesundheit!« – und prostete ihm zu.

»Danke«, sagte er schmunzelnd. Er wandte sich Henriette zu. »Bist du schon lange da?«

»Seit gestern.«

Er nickte. »Wie geht es Stefano?«

Sie nickte kurz. »Gut.«

Sie schwiegen.

»Ich bin auf einer Sitzung der Seemuseumskommission gewesen.«

»Ja.« Sie sah ihn kurz an, als erwarte sie mehr.

»Du bist spät dran«, sagte Nicolien.

»Ich bin noch ein bisschen durch Enkhuizen gelaufen, um nicht mit Luning Prak und Corsten zurückfahren zu müssen.«

»Wo ist Maarten gewesen?«, fragte seine Schwiegermutter.

»In Enkhuizen«, sagte Nicolien.

»Oh, in Enkhuizen.« Es war deutlich zu merken, dass sie keine Ahnung hatte, wo das war. »Das ist sicher ein ganzes Stück.«

»Ja, das ist nicht gerade um die Ecke«, sagte Maarten. »Man läuft dann zwar durch Enkhuizen«, sagte er zu Henriette, »und man sieht, dass es sehr schön sein muss, kalt, ein starker Wind, eine raue See, Schaumkronen, knallblauer Himmel, schnell vorbeiziehende, zerfranste Wolken, aber nach so einer Sitzung sagt es einem nichts.«

»Nein, natürlich nicht!«

»Man kann genauso gut in einem Kaufhaus herumlaufen.«

Sie nickte.

»Das ist bestimmt ganz schön da in Enkhuizen«, sagte seine Schwiegermutter.

»Herrlich«, versicherte er.

»Sind wir da nicht auch mal gewesen?«

»Dass Sie das noch wissen«, sagte er überrascht.

»Ja, ich weiß auch noch ein bisschen.«

»Das merke ich.« Er lachte. »Ich weiß nichts«, sagte er, sich wieder Henriette zuwendend. »Ich sitze da jetzt sieben Jahre drin, aber wenn ich diese Männer reden höre, habe ich nicht die leiseste Ahnung, worum es geht. Weißt du beispielsweise, was Steingut ist?«

Sie schüttelte den Kopf.

»Und Chine de commande?«

Sie schüttelte erneut den Kopf.

»Ich auch nicht«, sagte er zufrieden, »aber sie reden darüber, als ob es ihr täglich Brot wäre, und das mit einer Wichtigtuerei, die man nicht für möglich hält. Und gleichzeitig sind es gewaltige Esel.«

»Natürlich.«

»Dieser Luning Prak zum Beispiel, der glaubt im Ernst, dass sich die Roten das Ölembargo ausgedacht haben, um das niederländische Volk in Schach zu halten.«

»Man hört schon mal, dass die Roten die Königin absetzen wollen«, sagte seine Schwiegermutter. »Das wird doch nicht wahr sein?«

»Sie sind doch auch rot?«, sagte Maarten.

»Bin ich rot?«, fragte sie verwundert.

»Sie haben doch immer Rot gewählt.«

»Nein, ich habe Drees gewählt.«

»Und der ist rot.«

»Ist der rot?«

»Der ist rot.«

»Und warum sollte der die Königin dann absetzen wollen?«

»Das will er nicht.«

»Oh, zum Glück, da bin ich froh, denn das fände ich furchtbar.«

»Meine Schwiegermutter liebt die Königin«, sagte Maarten zu Henriette.

Henriette lachte.

Sie schwiegen.

»Was meint ihr, sollen wir einen Pfannkuchen essen gehen?«, schlug Nicolien vor.

»O Kind, was für ein Fest!«, sagte ihre Mutter.

»Kommst du auch mit?«, fragte Nicolien.

Henriette nickte.

»Wohin wolltest du denn?«, fragte Maarten.

»Zum Nieuwezijds Voorburgwal?«

»Früher konnte man bei Karseboom leckere Pfannkuchen essen«, sagte seine Schwiegermutter. »Beziehungsweise Karseboom? … Nein, nicht Karseboom … Krasnapolsky! Können wir da nicht einen Pfannkuchen essen?«

»Nein, das geht schon seit fünfzig, sechzig Jahren nicht mehr«, sagte er. Er stand auf.

»Ach ja?« Sie musste darüber lachen. »Da sieht man mal wieder, so eine alte Frau, die weiß das alles nicht mehr.«

»Das macht doch nichts«, beruhigte er sie.

»Das Komische ist«, sagte er zu Henriette, während sie zu viert durch den Flur zur Haustür gingen, »dass man auf so einer Sitzung keinem dieser Männer ansieht, dass sie mal Jungs gewesen sind. Sie sind alle mit ihrem Platz in der Gesellschaft zufrieden, alle darauf bedacht, ihn zu behalten, und alle erfüllt von ihrer eigenen Wichtigkeit.«

Henriette sagte nichts.

Er zog die Haustür auf und ließ den Frauen den Vortritt. Draußen war es dunkel. Es wehte ein harter, kalter Wind. Nicolien ging voran, ihre Mutter am Arm. Henriette und Maarten kamen hinterher.

»Und trotzdem sind solche Männer auch zu bedauern«, fand er. »Man darf gar nicht daran denken, was mit ihnen passiert, wenn sie diesen Platz demnächst los sind.«

»Genau!«, sagte sie.

Sie gingen durch den Lijnbaanssteeg und überquerten den Nieuwezijds Voorburgwal.

»Wenn ihr mich fragt, haben sie geschlossen«, sagte er. Sie standen zu viert vor dem dunklen Restaurant. Er rüttelte an der Tür und sah durchs Fenster, doch es war tatsächlich geschlossen. Unschlüssig standen sie beieinander.

»Sollen wir dann nicht doch zum Karseboom gehen?«, schlug seine Schwiegermutter vor. »Ach nein, ich meine natürlich Krasnapolsky.«

»Im Krasnapolsky gibt es keine Pfannkuchen mehr«, sagte er.

»Ach ja? Kriegt man da keine Pfannkuchen mehr?«

»Unmöglich!«

»Sollen wir dann einfach zur Crêperie gehen?«, schlug Nicolien vor.

»Das sind Palatschinken«, sagte er.

»Sie mögen doch auch Palatschinken?«, fragte Nicolien ihre Mutter.

»Schon, aber Pfannkuchen schmecken schon besser.«

»Ja, aber die gibt es jetzt nicht.«

»Der Karseboom ist doch hier auch ganz in der Nähe?«

»Ja, aber da kann man keine Pfannkuchen mehr kriegen«, sagte er geduldig.

»Ach ja?«

»Ja, schon seit fünfzig Jahren nicht mehr.«

Sie musste darüber lachen. »Ach, Kind, ihr habt was mit mir zu schaffen, mit so einer alten Frau!«

»Das ist doch halb so schlimm«, sagte er.

Sie setzten sich wieder in Bewegung.

»Und währenddessen fühle ich mich in so einer Gesellschaft todunglücklich«, sagte er zu Henriette.

*

27. Oktober 1973

»Und sehen Sie mal, was ich mitgebracht habe« sagte Nicolien. Sie holte eine Gebäckschachtel aus der Tasche und öffnete sie.

Ihre Mutter schlug die Hände zusammen. »O Kind, was für eine Köstlichkeit!«

»Oder haben Sie schon welche gekauft?«

»Keinesfalls!«

»Weil Sie es beim letzten Mal vergessen hatten.«

»Ja, ich dachte, ich warte noch mal, denn man weiß ja nie. Vielleicht wollt ihr diesmal etwas anderes haben.«

»Aber den Kaffee haben Sie schon aufgesetzt?«

»Ja, den Kaffee habe ich aufgesetzt, denn darauf werdet ihr euch nach der Zugreise sicher freuen.«

»Sollen wir dann erst mal den Kaffee einschenken?«

Während sie in den Flur gingen, setzte er sich in den großen Sessel. »Dann erst mal ein bisschen Wasser«, hörte er seine Schwiegermutter in der Küche sagen. Der Kessel wurde gefüllt. – »Aber hier stehen drei Törtchen«, sagte Nicolien. – »Ja, die habe ich schon mal gekauft. Die mögt ihr doch, die Ingwertörtchen?« – »Aber die habe ich jetzt auch gerade gekauft!« – »Was, die hast du auch gekauft?« – »Ich habe sie Ihnen doch gerade noch gezeigt!« – »Ach ja. Ja, ich dachte: Ich kann eigentlich auch Apfelkuchen nehmen, aber den mag ich nicht so besonders.«

»Jetzt hat Mutter auch Törtchen gekauft«, sagte Nicolien, als sie ins Wohnzimmer kam.

»Ich habe es gehört. Dann kriegt jetzt jeder zwei.«

»Aber sie darf sowieso schon nicht so viel Süßes essen.«

»Ach, das eine Mal.«

»Da kommen die Köstlichkeiten«, sagte seine Schwiegermutter. Sie stellte das Tablett auf den niedrigen Tisch und verteilte die Tassen und Untertassen.

»Ha!«, sagte er. »Ingwertörtchen! Davon könnte ich glatt zwei essen!«

»Das hatte ich mir schon gedacht, dass du die bestimmt magst.«

Mit einem Schmunzeln zog er seine Untertasse zu sich heran und stach mit der Kuchengabel ein Stück von dem Gebäck ab.

»Wie geht es denn deinem Vater?«, fragte sie.

»Gut. Ich soll Sie grüßen.«

»Danke. Grüß ihn mal zurück.«

»Ich hatte gedacht, dass wir heute Nachmittag vielleicht kurz zum Grab gehen könnten«, schlug Nicolien vor.

»Ja, das muss mal wieder gemacht werden«, sagte ihre Mutter.

»Sind Sie in letzter Zeit noch mal da gewesen?«

»Nein, ich bin nicht da gewesen. Oder doch. Ich bin da, glaube ich, noch mal gewesen.«

»Aber die Geranie haben Sie noch nicht geholt?«

»Nein, ich dachte, lass die noch mal schön da, wo sie steht.«

»Denn bald gibt es wieder Nachtfrost.«

»Ja, ebendarum«, sagte ihre Mutter vage.

Sie standen zu dritt im Flur, bereit, zum Grab zu gehen. »Wo ist Ihr Regenmantel?«, fragte Nicolien, während sie an der Garderobe danach suchte.

»Ist er nicht da?«

»Hier hängt er nicht.«

»Und der hier?« Sie zeigte auf einen Mantel.

»Nein, das ist Ihr alter Mantel. Ich meine Ihren neuen.«

»Ach ja. Nein, den habe ich verloren.«

»Verloren?«

»Den kann ich nirgendwo mehr finden.«

»Aber Sie können ihn doch nicht einfach so verloren haben?«

»Nein, eigentlich nicht.«

»Vielleicht hängt er im Schrank?«, brachte er vor. Er machte das Licht im Flur an und öffnete die Schranktür. Aus dem Schrank kam ein starker Gasgeruch. Während er ein Kleidungsstück nach dem anderen auf der Kleiderschiene hin und her schob, sahen Nicolien und seine Schwiegermutter zu. »Nein, hier ist er nicht«, stellte er fest. Er schloss die Tür wieder.

»Wissen Sie denn noch, wann Sie ihn zum letzten Mal angehabt haben?«, fragte Nicolien.

»Vielleicht gestern Abend?«

»Wo waren Sie denn gestern Abend?«

»Bei Willy und Bertha, glaube ich. Ja, bei Willy und Bertha.«

»Bei Willy und Bertha? Aber Sie sind doch immer nur am Mittwoch und am Wochenende bei Willy und Bertha?«

»Welcher Tag war denn gestern?«

»Freitag.«

»Ach ja. Nein, dann war ich bei Onkel Jan.«

»Aber um zu Onkel Jan zu gehen, ziehen Sie doch Ihren Regenmantel nicht an? Der wohnt eine Tür weiter!«

»Ja, dann weiß ich es auch nicht.« Das Problem machte sie gereizt. »Dann werde ich ihn wohl irgendwo liegengelassen haben.«

»Vielleicht hat Mutter ihn im Bus liegenlassen«, mutmaßte er. »Du kannst am besten mal im Fundbüro anrufen.«

»Und Ihren Regenschirm haben Sie auch verloren«, sagte Nicolien.

»Habe ich den denn nicht wiedergefunden?«

»Wo ist er dann?«

Ihre Mutter suchte an der Stelle, an der er hängen musste. »Ja, dann habe ich den auch wieder verloren«, sagte sie hilflos.

Sie gingen ganz langsam, seine Schwiegermutter zwischen ihnen, die Mient entlang zum Eingang des Friedhofs. Es war mild und windstill, der Himmel gleichmäßig bewölkt. Die Bäume wurden schon kahl, der Boden war mit gelben und schwarzen Blättern bedeckt, außer auf den breiteren Wegen am Eingang, die freigefegt waren. Bei einer Reihe hoher Pappeln bogen sie rechts ab und gingen auf einem Plattenweg zwischen den Gräbern hindurch, seine Schwiegermutter vorneweg. Um sie herum war es still. Nur aus der Ferne hörte man den Verkehrslärm auf dem Loosduinseweg. An den Gräbern war niemand.

»Sie sind schon da, Mutter«, mahnte Nicolien sie, als diese gedankenlos am Grab vorbeilief.

»Ach ja.« Sie kehrte um.

Zu dritt standen sie vor dem Grab.

»Sie hat sogar noch eine Blüte«, sagte Nicolien gerührt, als sie die Geranie sah.

Im Gegensatz zu den anderen Gräbern hatte das ihres Vaters keine Randsteine. Der Sand oben auf dem Grab war mit

Herbstlaub bedeckt. Die Geranie auf der rechten Seite des Steins war der einzige Schmuck.

»Man kann die Buchstaben nicht mehr so gut lesen, nicht wahr?«, sagte seine Schwiegermutter. »Müsste das nicht mal gemacht werden?«

»Das ist doch gerade schön«, fand er. »Wir wissen ja, wer dort liegt?«

»Ja, das stimmt eigentlich.«

Nicolien holte eine Plastiktüte und eine kleine Schaufel aus ihrer Tasche.

»Sollen wir uns jetzt noch mal kurz auf die Bank setzen?«, schlug ihre Mutter vor.

»Ich muss die Geranie doch noch ausgraben?«, sagte Nicolien. In ihrer Stimme lag eine leichte Irritation.

»Ach ja.«

Während Nicolien damit beschäftigt war, schweifte der Blick ihrer Mutter ab. Sie betrachtete das benachbarte Grab und las die Aufschrift. »27. Oktober. Das ist doch heute?«

»Ja, das ist heute«, sagte er.

»Weil der Herr da an dem Tag gestorben ist.«

Er sah es jetzt auch. »Ja«, sagte er überrascht.

»Wie merkwürdig, dass hier niemand ist, oder?«

»Ja, sehr merkwürdig«, gab er zu, gerührt von so viel Scharfsinn.

*

28. Oktober 1973

»Was machen wir?«, fragte ihre Mutter.

»Ich dachte, wir gehen nach Kijkduin und trinken da eine Tasse Kaffee«, sagte Nicolien. Sie sah Maarten an. »Meinst du nicht?«

»Mir ist alles recht.«

»Dann gehe ich erst noch mal zum Lokus«, sagte ihre Mutter.

»Sehr vernünftig«, fand er.

Sie warteten im Flur bei der Garderobe.

»Dann können wir vielleicht gleich mal schauen, wo das Badhotel gestanden hat«, sagte Nicolien.

Er nickte.

Die Toilettenspülung wurde betätigt, seine Schwiegermutter kam in den Flur. »So, das war das«, sagte sie.

Während Nicolien ihr in den Mantel half, öffnete er die Haustür und ging langsam die Treppe hinunter. Es herrschte mildes, windstilles Wetter bei einem transparenten grauen Himmel. Es war noch niemand auf der Straße. Oben wurde die Tür geschlossen, und er sah die beiden ganz langsam nach unten steigen, seine Schwiegermutter eine Hand am Geländer und sich mit den Füßen zur folgenden Stufe vortastend, während Nicolien sie am anderen Arm festhielt. »Wie still es noch ist, was?«, sagte sie, sobald sie auf der Straße stand.

»Sehr still«, bestätigte er.

Langsam folgten sie der Straße, die zur Thorbeckelaan führte, seine Schwiegermutter an Nicoliens Arm, er auf der anderen Seite.

»Und wie mild es ist«, bemerkte seine Schwiegermutter.

»Es gibt auch gar keinen Wind«, sagte Nicolien.

»Du sprichst aus, was ich denke.«

»Was man einen Altweibersommer nennt«, fand er.

»Ja, das nennt man so, nicht? Eigentlich merkwürdig.«

»Sehr merkwürdig.«

»Warum man das wohl so nennt?«, fragte sich Nicolien.

»Keine Ahnung.«

»Das ist doch dein Fach?«

»Alles ist mein Fach. Du kannst es dir gar nicht verrückt genug vorstellen.«

»Ich habe eben doch einen klugen Schwiegersohn«, fand ihre Mutter. Sie fasste ihm kurz an den Arm.

Er lachte.

Sie legte die Nase in Falten. »Eigentlich ein ekliges Wort: *Schwiegersohn*.«

»Sohn klingt besser«, gab er zu.

»Ich habe eben doch einen klugen Sohn!«

Sie folgten langsam der Thorbeckelaan, überquerten sie, unten am Heitje vorbei, wo der Bus nach Amsterdam abfahrbereit stand.

»Tag, Bus«, sagte seine Schwiegermutter. »Sie sind noch nicht da. Du musst noch einen Moment warten.«

»Wie sollen wir gehen?«, fragte Nicolien. »Durch die Dünen?«

Er nickte. »In Ordnung.« Er hatte den Eindruck, dass die Bemerkung ihrer Mutter sie irritierte. Er sah zu seiner Schwiegermutter hinüber. »Sind Sie früher auch manchmal nach Kijkduin gegangen?«

»O ja, natürlich. Als Vater noch lebte.«

»Nein, ich meine, als Sie ein Kind waren.«

»Nein, als ich ein Kind war, nicht.«

»Warum nicht?«

»Das hatte mir meine Mutter verboten. Da passierten merkwürdige Dinge.«

»Was denn für Dinge?«

»Mit Männern und so.«

Er nickte.

»Aber wir sind mit meiner Mutter hin und wieder nach Scheveningen gegangen.«

»Sie wohnten damals doch in der Annastraat?«, bemerkte Nicolien.

»Ja, in der Annastraat.«

»Wo ist das?«, fragte er.

»Das ist bei der Hoogstraat. Beim alten Rathaus, wollen wir mal sagen. Da hatte mein Vater ein Café.«

»Und sind Sie dann mit der Straßenbahn gefahren?«

»Nein, ich glaube, die gab es damals noch nicht. Mit dem Bollerwagen. Meine Mutter hatte einen Bollerwagen. Da passten wir alle rein, und dann zog sie uns.«

»Sie und Onkel Jef …«

»Und Karel und Bets.«

»Tante Wies nicht?«

»Nein, die war damals schon aus dem Haus. Aber meine Mutter fand es, glaube ich, ein bisschen zu weit, denn wenn wir dann beim weißen Fleck waren, sagte sie: ›Wisst ihr was, wir setzen uns jetzt mal auf den weißen Fleck.‹ Und da haben wir dann den ganzen Tag gesessen. Mit einer Flasche Limonade und Butterbroten. Die hatte meine Mutter mitgebracht.«

Er versuchte sich das vorzustellen. »Wo ist das, der weiße Fleck?«

»Ungefähr auf der Hälfte der Strecke nach Scheveningen.«

»Wo der Friedenspalast ist?«

»Den gab es damals noch nicht. Ein Stück weiter.«

»Wo hörte die Stadt eigentlich auf?«

»Beim Piet Heinplein. Dahinter lagen überall Dünen.«

»Was muss das schön gewesen sein, was?«, sagte Nicolien.

»Meisterhaft.« Er sah die Stadt vor sich, wie er sie von den Gemälden aus dieser Zeit kannte: eine Handvoll roter und schwarzer Dächer rund um den Binnenhof, das Voorhout und die Grote Kerk, am Rande eines von Gräben durchzogenen Polders, der bis an die Dünen reichte, und er verspürte Sehnsucht nach einer Zeit, die er nicht erlebt hatte.

»Unmöglich, wie sie das Ganze jetzt mit diesen Scheißautos versaut haben!«, bemerkte Nicolien.

»Ja, Autos gab es damals noch nicht«, sagte seine Mutter. »Na ja, vielleicht vereinzelt.«

Auf halbem Wege nach Kijkduin ruhten sie sich auf einer Bank aus. Außer einem gelegentlichen Spaziergänger mit Hund kam niemand vorbei. Die Sonne war zögernd durch den Nebel gebrochen und zeigte sich jetzt verschwommen über ein paar hohen Sträuchern auf der anderen Seite des Wegs. Die Beeren des Sanddorns waren tieforange. Es roch nach Herbst.

»Seht mal, eine Drossel«, sagte Maarten. Die Drossel hatte sich auf einer offenen Stelle neben den Sträuchern niedergelassen und suchte dort nach Nahrung.

»Und so nah, nicht wahr?«, sagte Nicolien.

Ihre Mutter formte die Hände zu Köchern und spähte in die Richtung.

»Sehen Sie sie?«, fragte er.

»Ich denke schon, aber ich weiß es nicht.«

»Ein bisschen nach rechts.«

»O ja. Ich glaube, ich sehe sie jetzt.«

»Ich glaube, dass Mutter momentan ganz schlecht sieht«, sagte Nicolien. »Vielleicht sollte ich mit ihr mal wieder zum Augenarzt. Nicht wahr, Mutter? Sie sehen im Moment ganz schlecht.«

»Vielleicht brauche ich eine andere Brille?«

»Sie haben doch eine Lesebrille?«, sagte er.

»Vielleicht brauche ich auch eine Brille, wenn ich in die Ferne sehen will?«

»Ich finde auch, dass Mutters Augen ein bisschen trüb sind, denkst du nicht?«, fragte Nicolien ihn.

»Sehen Sie mich mal an, Mutter.«

Sie hob ihr Gesicht in seine Richtung, wobei sie die Augen zukniff.

»Nein, Sie müssen Ihre Augen natürlich aufmachen.«

Sie öffnete die Augenlider ein klein wenig, behindert durch die Sonne. Es war, als läge eine dünne Haut über ihren Augen, sodass die Pupillen nicht mehr abgegrenzt waren und das Weiße fahl wirkte.

»Ja sie sind trüb«, sagte er. »Geh mit ihr ruhig mal zum Augenarzt.« Er lachte seine Schwiegermutter an. »Sie haben schöne braune Augen.«

Das Kompliment machte sie verlegen. »Ach Junge, so eine alte Frau. An der gibt es nicht mehr sehr viel Schönes zu sehen.«

»Ich finde Ihre Augen schön.«

»Ach was.«

»Hat man Ihnen das nie gesagt?«

»Das weiß ich nicht mehr.«

Er lachte.

»Sollen wir jetzt nicht mal wieder weiter?«, schlug Nicolien vor. »Oder sind Sie noch nicht ausgeruht?«

»Doch, ich schon.« Sie stand auf. »Ich bin zwar alt, aber so alt bin ich noch nicht.«

Sie setzten sich an einen Tisch am Rand der Terrasse, hinter dem gläsernen Windschutz und mit Blick aufs Meer. Es herrschte noch nicht viel Betrieb. Zwischen den Gesprächen um sie herum hörte man in der Ferne das Geräusch der sich überschlagenden Wellen, wenn sie auf den Strand trafen, der breit und hart war und auf dem ein paar Leute mit Hunden herumliefen. Die See war ruhig und fast spiegelglatt.

»Das hat sich hier aber ziemlich verändert«, bemerkte seine Schwiegermutter.

»Als es das Badhotel noch gab«, vermutete er.

»Wenn ich daran noch denke.«

»Ja, daran kann ich mich auch noch erinnern«, sagte Nicolien. »Dann standen Sie mit Tante Mas am Stand auf dem Strand und haben Eis verkauft. Und Wim und ich haben da den ganzen Tag gespielt.«

»Und Onkel Jan, der sich um die Liegestühle kümmerte«, erinnerte sich ihre Mutter. »Wir sind aus dem Lachen gar nicht mehr herausgekommen.«

»War Onkel Jef eigentlich ein guter Hotelier?«, fragte er.

»Ich wüsste keinen besseren.«

»Weil er so menschenscheu war.«

»Das war er damals nicht. Das kam erst später. Und er hatte natürlich Tante Gert, sie war eine sehr gute Gastwirtin.«

»Ja, das weiß ich auch noch«, sagte Nicolien.

»Wenn ein Kellner wegen einer Gehaltserhöhung zu ihm kam, zeigte er ihm seine Schuhsohle und sagte: ›Ich habe nicht mal Geld, um meine Schuhe besohlen zu lassen.‹ Nein, er war ein sehr guter Geschäftsmann.«

»Wissen Sie noch, dass wir oben in einem der Zimmer geschlafen haben?«, erinnerte sich Nicolien. »Wenn das Hotel nicht voll war.«

»Ja, aber das fand ich ziemlich gruselig.«

»Nein, ich fand das gerade spannend.«

»Alles war so groß und dann die langen Flure.«

»Das ist doch gerade spannend?«

»Wie ist er eigentlich an Tante Gert geraten?«, fragte er.

»Die hat er in England kennengelernt.«

»In England haben sie ihm doch mal seinen Koffer aus einem Fenster hinterhergeworfen?«, erinnerte sich Nicolien.

»Ja, und da war nur eine Unterhose drin«, sagte ihre Mutter lachend. »Das war sein einziger Besitz.«

»Was hat er denn in England gemacht?«, wollte Maarten wissen.

»Er wollte die Sprache lernen. Er war damals Kellner im Gouden Hoofd, aber er wollte höher hinaus.«

»Und Tante Gert arbeitete auch in dem Hotel«, stellte er fest.

»Sie müssen mal die Geschichte erzählen, als Tante Gert das erste Mal in den Niederlanden war«, sagte Nicolien.

»Erzähl du das mal.«

»Nein, das müssen Sie erzählen.«

»Da hat er sie mit zum Rijksmuseum in Amsterdam genommen, wo es einen Raum mit der englischen Flagge gibt«, erzählte ihre Mutter, »und da sagte er: ›Die haben wir von euch erobert!‹ Und dann hat er mit ihr eine halbe Stunde auf der Bank vor dieser Flagge gesessen. Zumindest hat Tante Gert das erzählt.«

»Herrlich!«, sagte Maarten.

»Und sie hatten doch auch eine deutsche Köchin, hieß die nicht Josephine?«, fragte Nicolien.

Während sie Erinnerungen herauskramten, nahm seine Konzentration langsam ab. Es hatte etwas Unwirkliches. Als Nicolien dort am Strand gespielt hatte, hatte er mit seinen Freunden gekickt. Das Einzige, woran er sich aus dieser Zeit erinnerte, war der große Schuppen vor dem Badhotel, bei dem sie ihre Fahrräder in den Sand gestellt hatten, und er machte sich klar, dass er bei seiner Schwiegermutter mal ein Eis gekauft haben musste.

»Sollen wir dann jetzt zum Bus gehen?«, fragte Nicolien.

Sie standen auf und stiegen von der Terrasse zur Straße hinunter.

»Könnten wir bei diesem schönen Wetter nicht zu Fuß gehen?«, schlug er vor.

»Mit Mutter?«

»Ja, warum nicht?«

»Das ist doch viel zu weit.«

»Dann gehen wir über Meer en Bos. Das ist kürzer.«

»Aber du kannst so einen alten Menschen doch nicht nach Kijkduin und wieder zurück laufen lassen?«

Er wandte sich seiner Schwiegermutter zu, die schweigend dabeistand. »Können Sie das Stück noch laufen, Mutter?«

»Ja, klar. Das schaffe ich.«

»Aber Sie sind doch sicher viel zu müde?«, sagte Nicolien.

»Ach was, Kind, ich bin überhaupt nicht müde. Ich habe mich doch ausgeruht.«

»Siehst du?«, sagte er. »Mutter schafft das.«

»Das Wetter ist doch gut«, stellte seine Schwiegermutter fest. »Ich wüsste nicht, warum ich das nicht schaffen sollte.«

»Na gut, auf deine Verantwortung«, sagte Nicolien. »Ich finde es idiotisch.«

»Dann legen wir unterwegs noch eine Ruhepause ein«, sagte er, um ihr entgegenzukommen.

Sie folgten langsam der Zandvoortselaan, die unterhalb der Dünen vorbeilief und in den Muurbloemweg überging. Am Seiteneingang des Landguts Meer en Bos saßen sie erneut eine Weile auf einer Bank, doch nachdem sie wieder aufgebrochen waren, bemerkte er zu seiner Bestürzung, dass seine Schwiegermutter immer öfter mit vorgebeugtem Oberkörper lief und dabei hin und wieder strauchelte, weil sie ihre Füße nicht hob. »Werden Sie müde?«, fragte er.

»Aber nein. Das geht noch bestens.«

»Vielleicht kann Mutter dir auch einen Arm geben?«, schlug Nicolien vor. Ihre Stimme klang beunruhigt. »Geben Sie Maarten mal den Arm, Mutter.«

Ihre Mutter ergriff seinen Arm. »Darf ich dir auch einen Arm geben?«

»Natürlich.«

»Das ist schön, so mit meinen Kindern.«

Während sie, an ihren Armen hängend und weit vornübergebeugt zwischen ihnen vorwärtsstolperte, den Kopf zu Boden gerichtet, sah er ab und zu besorgt zu ihr hinüber. Sie keuchte ein wenig.

»Siehst du«, sagte Nicolien. »Das hättest du nie vorschlagen dürfen. Gleich passiert ihr noch was.«

»Ist es nicht zu weit?«, fragte er.

»Ach was! Ich schaffe das schon.«

»Vielleicht können wir uns noch mal kurz hinsetzen«, schlug Nicolien vor, als sie an einer Bank vorbeikamen.

Ihre Hand weit vor sich am Geländer ausgestreckt, zog sie sich die Treppe zum Hauseingang hinauf, während Nicolien sie auf der anderen Seite hinaufschob. Oben angekommen, kramte sie in ihrer Manteltasche, öffnete die Tür und taumelte vornübergebeugt so schnell sie konnte ins Haus, machte im Wohnzimmer einen Schwenk und ließ sich in ihren Sessel plumpsen, wo sie geistesabwesend sitzen blieb.

»Geht es?«, fragte er.

»Ja sicher, alles bestens«, sagte sie mechanisch.

»Soll ich Ihnen mal aus dem Mantel helfen?«, fragte Nicolien besorgt.

Er ging durch den Flur und suchte die Toilette auf. Als er herauskam, stand Nicolien bei der Garderobe, damit beschäftigt, den Mantel ihrer Mutter auf einen Bügel zu hängen. »Siehst du jetzt, dass du das nicht hättest tun sollen?«, sagte sie. »Ich habe es noch gesagt. Das hast du jetzt von deiner Antreiberei.« Sie ging in die Küche.

Er folgte ihr. »Aber sie hat doch selbst gesagt, dass sie das noch schaffen würde.«

»Natürlich hat sie das gesagt.« Sie füllte den Kessel. »Du kennst sie doch? Sie hatte einfach Angst, dass es für uns zu teuer wäre, mit dem Bus zu fahren. Sie ist doch keine vierzig mehr?«

»Nein, achtzig.«

»Ich würde besser keine Witze darüber machen. Es ist schlimm genug, was du getan hast.«

»Ich mache keine Witze«, sagte er. Er ging zurück ins Wohnzimmer. Seine Schwiegermutter saß in ihrem Sessel, die Arme auf den Lehnen, und versuchte wieder zu Atem zu kommen. »Tag, Jansen«, sagte er.

»Tag, Pietersen«, antwortete sie.

Er setzte sich in den großen Sessel und sah sie prüfend an. »Geht es Ihnen gut?«

»Ja, klar. Und dir?«

»Mir geht es bestens.«

»Dann ist es gut.«

In der Stille drängte sich ihnen das Ticken der Uhr im hinteren Zimmer auf.

»Wo ist Niekewiekje?«, fragte sie.

»In der Küche. Kaffee machen.«

Sie stieß sich hoch. »Muss ich dann nicht helfen?«

»Nein, bleiben Sie jetzt mal ruhig sitzen.«

Sie ließ sich wieder sinken. Er nahm sein Buch und schlug es auf.

»Wollen wir mal schön ein bisschen lesen?«, fragte sie. Sie zog die Zeitung zu sich heran, faltete sie auseinander und sah dann, dass er sie beobachtete. »Die Familie Lesegern«, witzelte sie.

»Sollen wir mal einen Schnaps trinken?«, fragte Nicolien.

»Daran habe ich auch gerade gedacht«, sagte ihre Mutter. Sie schob die Zeitung weg und legte ihre Brille obenauf.

»Sie mögen sicher einen«, sagte er. Er saß auf der Couch vor dem Fenster mit dem Rücken zum Licht.

»Ja klar. Ich bin eine echte van der Meer.«

Nicolien stand auf. Sie machte die kleine Lampe auf dem Kaminsims an und verließ das Wohnzimmer. Er legte sein Buch zur Seite. In der einsetzenden Dämmerung warf die Glut des Gasofens einen roten Lichtschein über den Boden. Der Kessel auf dem Ofen summte. Aus dem hinteren Raum erklang weiter das Ticken der Uhr. Er hörte, wie in der Ferne die Tür zum Balkon geöffnet wurde. Nicolien holte den Genever. Die Tür wurde wieder geschlossen. Sie kam mit der Geneverflasche und einem Glas Eierlikör mit Schlagsahne in den Raum, holte Schnapsgläser aus dem Geschirrschrank und füllte sie auf dem Teetisch. »So«, sagte sie und stellte die Gläser vor sie hin.

»Was haben wir es doch wieder gut!«, sagte ihre Mutter. Sie erhob ihr Glas. »Prost! Auf ein gutes Ende, wollen wir mal sagen.«

»Auf welches Ende?«, fragte er.

»Ach, Plagegeist!«

Er lachte. »Wissen Sie noch, damals?«

»Ja sicher, das weiß ich noch bestens.«

»Dann ist gut.«

Sie schwiegen. Er trank in kleinen Schlucken von seinem Schnaps. Im Dämmerlicht verschwammen die Konturen der Möbel. Während er dem Summen des Wasserkessels und dem Ticken der Uhr lauschte, versank er in einem Gefühl der Leere und Zeitlosigkeit, das ihn träge werden ließ.

»Und so sitzen wir und sitzen«, bemerkte seine Schwiegermutter. Sie saß halb im Dunkeln, vage vom Licht der Schirmlampe und der roten Glut des Gasofens beschienen.

Er suchte nach einer Erwiderung, doch die Situation war so unwirklich, dass er nichts finden konnte. Wie in einem Traum.

*

15. Dezember 1973

»Haben Sie das Huhn schon geholt?«, fragte Nicolien.

»Ja, das habe ich geholt.«

»Also müssen Sie nur noch zum Gemüsehändler?«

»Und zum Käsehändler. Ich brauche auch noch Käse.«

Er hörte sie an der Garderobe mit den Mänteln hantieren.

»Wir gehen kurz, hörst du?«, rief Nicolien. »Ein paar Sachen einkaufen.«

»Ich passe dann aufs Haus auf«, rief er zurück.

Die Tür wurde geöffnet.

»Noch kurz Maarten etwas fragen«, hörte er seine Schwiegermutter sagen. Hinter ihm wurde die Tür etwas weiter aufgestoßen. »Ach Maarten, würdest du dir mal das Radio anschauen?«

»Was ist denn mit Ihrem Radio?«, fragte er.

»Es funktioniert nicht mehr.«

»Ich werde es mir anschauen.«

Während sie zur Haustür gingen und die Tür hinter sich schlossen, legte er sein Buch umgekehrt auf die Lehne seines Sessels und trat ans Fenster. Es dauerte einen Moment, bevor sie in seinem Blickfeld auftauchten. Sie drehten sich um und sahen hoch, seine Schwiegermutter mit der Hand über den Augen. Er hob den Daumen. Sie winkten, wandten sich ab und begaben sich auf die andere Straßenseite. Er sah ihnen noch kurz hinterher und ging dann ins hintere Zimmer. Das Radio stand auf dem Lautsprecherschränkchen in der Ecke, der vorderste, kleinere Knopf lag daneben. Er zog einen Stuhl heran und betrachtete den Stift, auf dem der Knopf gesteckt hatte. Er war oben mit einem Schlitz versehen, der in eine entsprechende Ausbuchtung auf der Innenseite des Knopfes passte. Er schob den Knopf an seinen Platz, drehte ihn nach rechts, bis es klickte, drehte ihn noch ein wenig weiter und wartete. Das magische Auge hinter der Senderskala glomm auf, doch es schloss sich nicht, und es gab keinen Ton. Er stand auf, sah sich die Senderskala an und drehte den hintersten Knopf, bis der rote Zeiger, der ganz auf der rechten Seite war, wieder auf Hilversum stand, doch der Ton blieb aus. Mit den Händen auf dem Apparat dachte er einen Augenblick nach, beugte sich vor und sah sich die Rückseite an. Es war ein altes Gerät. Vor langer Zeit, als sich seine Schwiegereltern, weil es billiger war, für Drahtfunk entschieden hatten, war der Lautsprecher herausgenommen und in ein Lautsprecherkästchen mit Verbindung zum Drahtfunk gesteckt worden. Nun, da die Stadt den Drahtfunk eingestellt hatte, war das alte Gerät wieder in Betrieb genommen und von Onkel Jan, noch gerade bevor er ins Krankenhaus aufgenommen worden war, mittels eines Drahts mit dem Lautsprecher verbunden worden. Dieser Draht hing nun lose daneben. Er betrachtete das Ende, das ins Radio gehörte, holte aus dem Zimmer seines Schwiegervaters einen Schraubenzieher sowie ein Schälmesser aus der Küche und machte sich daran, die Verbindung wiederherzustellen. Während er damit beschäftigt war, hörte er sie wieder zur Tür hereinkommen. Nicolien betrat das Wohnzimmer. »Woran hat es denn gelegen?«, fragte sie.

»An allem Möglichen.«

Sie stellte sich neben ihn und sah zu, wie er das Ende des Drahts befestigte.

»Idiotisch, dass sie so einen Drahtfunk einstellen«, sagte er. »Keiner, der mal darüber nachdenkt, dass so eine alte Frau sich nicht mehr daran gewöhnen kann.«

»Was hat sie denn gemacht?«

»Weiß der Himmel. Ich glaube, dass sie erst an dem großen Knopf hier gedreht hat, bis es nicht mehr weiter ging, und dann an dem kleinen, und als dann kein Ton kam, hat sie so lange daran herumgeruckelt, bis sie ihn abgezogen hatte, und anschließend hat sie auch noch den Draht losgerissen.«

»Das verstehe ich nicht.«

»Das ist auch nicht zu verstehen. Die Frage ist nur, wie man es ihr begreiflich macht.« Er richtete das Radio wieder auf, steckte den Stecker in die Steckdose und wartete. Das kleine Kleeblatt leuchtete grün auf, aus dem Lautsprecher kam Musik. »Perfekt!«, sagte er zufrieden. Er stellte den Sender noch etwas genauer ein. »Wo ist Mutter?«

»In der Küche.«

Er öffnete die Tür zum Flur. »Mutter!«

Seine Schwiegermutter kam aus der Küche. »Hast du es repariert?«

»Ich habe es repariert.«

»Wie schön! Dafür kriegst du einen Kuss!«

»Das ist nun auch wieder nicht nötig«, sagte er verlegen, während er den Kuss in Empfang nahm. »Aber jetzt müssen Sie gut hinschauen. Sehen Sie den roten Zeiger?« Er legte den Finger auf die Sendersuchskala.

Sie kam näher, mit dem Gesicht dicht über dem Radio. »Ich glaube schon.«

»Sehen Sie!« Er drehte an dem großen Knopf, sodass die Musik abwechselnd abebbte und wieder lauter wurde.

»Muss eben meine Brille holen.« Sie ging ins vordere Zimmer und suchte drauflos. »Wo ist denn meine Brille?«

»Bei Ihrem Sessel. Auf dem kleinen Tisch«, half Nicolien.

»Ach ja.« Sie kam zurück, setzte die Brille auf und beugte sich erneut über die Skala.

»Das ist der Zeiger!« Er legte den Finger auf die Skala. »Und so bewege ich ihn hin und her. Mit dem großen Knopf! Sehen Sie das?«

»Ja, jetzt sehe ich ihn. Ja, ich glaube schon, dass ich ihn sehe.«

»Und nun stehen hier eine Menge Namen.« Er führte seinen Finger an der Skala entlang. »Das sind Sender.«

Sie starrte angestrengt auf die Skala. »Oh, sind das Sender?«

»Das sind Sender. Unter anderem Hilversum. Sehen Sie! Das ist Hilversum 1.« Er legte den Finger auf die Skala. »Und das hier ist Hilversum 2. Das sind die einzigen, die Sie brauchen.«

»O ja.«

»Ich glaube nicht, dass Mutter das versteht«, sagte Nicolien.

»Verstehen Sie das?«, fragte er.

»Ich weiß nicht. Früher war das alles sehr viel leichter, nicht wahr? Ich bin schon alt.«

»Das ist halb so wild.«

»Du hast ganz schön zu schaffen, mit so einer alten Mutter.«

»Ich habe überhaupt nicht mit Ihnen zu schaffen. Die Kunst ist nur, es Ihnen begreiflich zu machen.«

»Solltest du das wirklich probieren?«, bemerkte Nicolien. »Ich glaube, Mutter versteht es sowieso nicht.«

Ihre Einmischung irritierte ihn. »Aber sie muss doch Radio hören können? Darum geht es doch?«

»Aber geht das denn nicht ein bisschen einfacher? Du machst es immer so kompliziert.«

»Ich mache es nicht kompliziert. Einfacher geht es nicht.«

»Warum kann ich es nicht einfach wieder mit dem schwarzen Knopf machen?«, fragte ihre Mutter. »Das hat doch immer gut funktioniert?«

»Den schwarzen Knopf gibt es nicht mehr«, sagte er. Plötzlich wurde ihm klar, warum der Draht abgerissen war. Sie hatte das Radio verschoben, um an den schwarzen Knopf des Drahtfunks zu kommen.

»Gibt es den nicht mehr?«

»Den gibt es schon noch, aber der funktioniert jetzt nicht mehr.«

»Aber kann der denn nicht repariert werden?«

»Das ist doch ein Skandal!«, sagte Nicolien. »Nur, weil sie selbst keinen Drahtfunk hören!«

»Nein, der lässt sich nicht reparieren«, sagte er. »Der Drahtfunk ist eingestellt worden.«

»Oh.«

»Also müssen Sie sich jetzt mit dem Radio behelfen.«

»O ja.«

»Und worum es jetzt geht, ist, dass Sie den roten Zeiger auf das kleine Kästchen stellen, das vor ›Hilversum‹ steht. Sehen Sie das Kästchen?«

Sie starrte angestrengt auf die Stelle bei seinem Finger. »Ich denke, schon.«

»Ich glaube, Mutter wird müde«, sagte Nicolien. »Solltest du jetzt nicht mal damit aufhören?«

»Werden Sie müde?«, fragte er.

»Nein, aber die Buchstaben sind so klein, nicht?«

»Die Buchstaben sind doch viel zu klein für einen alten Menschen!«, sagte Nicolien.

»Aber sie muss das Radio doch auf Hilversum einstellen können?«

»Kannst du es denn nicht so einstellen, dass es auf Hilversum bleibt und sich nicht mehr verstellen lässt?«

»Nein, das geht nicht. Außerdem hätte sie dann nur einen Sender.«

»Früher war das alles viel einfacher, nicht?«, sagte seine Schwiegermutter. »Damals gab es so einen schwarzen Knopf.«

Er nickte in Gedanken. »Ich werde zwei rote Pfeile auf die Skala kleben«, überlegte er. »Das ist einfacher.«

»Wir gehen jetzt kurz zu Klaas, Mutter«, sagte Nicolien, sie hatten ihre Mäntel bereits an. »Der liegt im Krankenhaus. Wir sind bald wieder zurück.«

»Liegt der im Krankenhaus?«, fragte ihre Mutter. »Doch nichts Ernstes?«

»Nein, etwas mit seinem Fuß.«

»Oh, mit seinem Fuß.«

»Sie wissen jetzt also, wie Sie das Radio bedienen müssen?«, fragte Maarten.

»Ja sicher. Jetzt weiß ich es.«

»Den kleinen Knopf nach rechts drehen und dann warten, bis der Ton kommt.«

»Ja, den kleinen Knopf nach rechts drehen.«

»Und den großen Knopf nur benutzen, wenn Sie das andere Hilversum hören wollen.«

»Ja, aber ich lasse es besser so. Das ist einfacher.«

»Das ist natürlich auch in Ordnung.«

»Also bis gleich«, sagte Nicolien.

»Bis gleich. Macht euch einen schönen Nachmittag.«

»Und alles Gute«, fügte er hinzu.

»Ja, du auch.«

»Ob sie wohl verstanden hat, dass wir zu Klaas gehen?«, fragte er, als sie die Treppe zur Straße hinunterstiegen.

»Ich weiß es nicht«, sagte sie abwesend.

»Ich glaube, dass sie nicht mal weiß, wer Klaas ist.«

Sie gab darauf keine Antwort.

»Da sind wir wieder«, sagte Nicolien aufgeräumt. Sie gab ihrer Mutter einen Kuss. »Sind wir nicht schnell zurückgekommen?«

»Tag, Kind«, sagte ihre Mutter. Sie machte einen angeschlagenen Eindruck.

»Sind Sie nicht froh?«

»Ja, doch, aber das Radio ist wieder kaputt.« Hilflos sah sie Maarten an, der gerade ins Wohnzimmer kam.

»Was ist denn damit?«, fragte er. Er ging weiter zum hinteren Zimmer.

»Es funktioniert nicht.«

Er drehte am vordersten Knopf, sah, dass der Zeiger ganz rechts stand, stellte Hilversum ein und schaute, als kein Ton kam, hinter das Gerät. Der Draht zum Lautsprecher hing wieder lose daneben. »Es ist genau wie bei einem Vogel«, sagte er zu Nicolien, die ihm gefolgt war. »Alles, was im Nest vorgefunden wird und anders ist als vorher, wird rausgeschmissen.« Er wandte sich seiner Schwiegermutter zu, die im anderen Raum in ihrem Sessel sitzengeblieben war. »Sie haben den Draht wieder losgerissen.«

»Darf ich das denn nicht?«

»Nein, denn dann gibt es keinen Ton.«

»Ach ja?«

»Was willst du jetzt tun?«, fragte Nicolien.

»Reparieren! Und ich werde Zettel mit ›Finger weg‹ draufkleben.«

»Glaubst du, dass das was nützt?«

Er schaute bedenklich vor sich hin. »Ich fürchte, nicht. Aber was soll man sonst tun?« Er verließ den Raum und kam kurz darauf mit dem Schraubenzieher und dem Schälmesser zurück. Nicolien stand noch beim Radio. »Da sieht man wieder, was für ein Elend diese Erfindungen sind«, sagte er.

*

2. Februar 1974

Als sie vom Gevers Deynootplein aus zur Strandpromenade gingen, kam ihnen der Wind mit voller Kraft entgegen und trieb Sand vor sich her.

»Was für ein Wind, nicht?«, sagte seine Schwiegermutter. Mit der freien Hand hielt sie den Kragen ihres Mantels geschlossen.

»Sollen wir erst mal zum Hafen gehen?«, schlug Nicolien vor.

»In Ordnung.« Er sah seine Schwiegermutter an. »Haben Sie Angst vor dem Wind?«

»Kein Stück. Aber er sollte nicht zu stark sein, nicht wahr?«

»Das ist so sicher wie das Amen in der Kirche.«

»Denn sonst weiß man nie, was passiert.«

»Nein, dann ist man seines Lebens nicht sicher.«

»Das würde ich auch sagen.«

Es gab viele Spaziergänger. Am Bürgersteig standen in einer

langen Schlange Autos, in denen Leute saßen und aufs Meer schauten. Der Wind traf direkt auf die Küste und trieb hohe Wellen mit weißen Schaumkronen auf den Strand, von dem nur ein schmaler Streifen übriggeblieben war. Aus der Richtung des Scheveningse Slag kam eine lange Kolonne von Autos, die träge hinter den geparkten Autos vorbei Stoßstange an Stoßstange die Strandpromenade entlangfuhren.

»Sind Sie früher auch manchmal zur Strandpromenade gegangen?«, fragte er.

»Ja klar, immer.«

»Ich meine, als Sie noch ein Kind waren?«

»Nein, als wir auf Schevening wohnten.«

»Aber das war später.«

»Ja, das war später.«

»Und sind Sie dann auch gegangen, wenn es stürmte?«

»Nein, wenn es stürmte, nicht.«

Langsam dahinspazierend beobachtete er die Leute um sie herum und deren Hunde. Der Lärm der Brandung übertönte jeden anderen Laut. »Wie weit wolltest du gehen?«, fragte Nicolien.

»Ein Stück den Pier hinunter?«

»Trauen wir uns das?«, fragte seine Schwiegermutter.

»Wenn Sie dabei sind, trauen wir uns alles!«

Sie musste darüber lachen. »Ach Kind!«

Es gab zahlreiche Spaziergänger, die den Pier besuchten. Weil es dort enger war, schien hier sogar mehr Betrieb zu herrschen als auf der Strandpromenade. Jedes Mal, wenn sich eine Welle an den Basaltblöcken brach und einen Regen aus kleinen Tropfen über das Geländer warf, wichen die Leute schreiend und lachend zurück. Am Ende, hinter dem Leuchtfeuer, spritzte alle paar Minuten mit donnernder Gewalt eine Wolke aus Wasser und Schaum hoch. Seine Schwiegermutter klammerte sich mit beiden Händen an ihnen fest, aus Angst wegzuwehen. Sie blieben stehen und beobachteten die heranstürmenden Wellen, die sich durch den engen Hafeneingang pressten, worauf sie im Windschatten einer langen Dünung halbwegs zur Ruhe kamen.

»Erinnern Sie sich noch, dass hier vor dem Krieg die SCH 102 untergegangen ist?«, rief er seiner Schwiegermutter zu.

Sie schüttelte den Kopf. »Nein, daran erinnere ich mich nicht.«

»Weil sie den Hafeneingang verpasst hatte.«

»Ach ja?«

»Drei Menschen ertrunken.«

»Können wir jetzt nicht besser zurückgehen?«, fragte sie beklommen.

Im Café auf der Ecke zur Palacestraat, wo sie immer saßen, wenn sie einen Spaziergang auf der Strandpromenade gemacht hatten, fanden sie gerade noch einen freien Tisch. Es war brechend voll. Widerwillig betrachtete er die Gesichter um sie herum und stellte, nicht zum ersten Mal, fest, dass unser Herrgott wenig Grund hatte, sich auf die Brust zu klopfen.

»Was möchten Sie, Mutter?«, fragte Nicolien.

»Bestell mir mal ein Eis.«

»Ein Eis? Aber es ist Winter!«

»Das macht doch nichts?«

»Aber der Arzt hat doch gesagt, dass Sie nicht mehr so viel naschen dürfen.«

»Ja, Kind. Ärzte sagen viel. Ärzte sind dumm.«

»Warum nehmen Sie nicht lieber eine Tasse Kaffee. Der schmeckt doch auch gut?«

»Trotzdem möchte ich lieber ein Eis.«

»Aber wenn das nun mal nicht gut für Sie ist?«

»Ach Kind. Jetzt lass der alten Frau mal ihren Willen.«

»Was meinst du denn?«, fragte Nicolien. »Sag du doch auch mal was. Darf Mutter jetzt schon wieder ein Eis essen?«

»Wenn man kein Eis mehr essen darf, kann man besser gleich den Löffel abgeben«, sagte ihre Mutter gereizt.

»Dann gib ihr doch ein Eis«, sagte er. »Was spielt das schon für eine Rolle.«

»Na ja, Sie müssen es selbst wissen«, sagte Nicolien. »Aber ich halte das nicht für klug.«

»Dann ist es eben nicht klug«, fand ihre Mutter.

»Und du?«, fragte sie. »Was nimmst du?«

»Einen jungen Genever«, entschied er.

Während sie auf ihre Bestellungen warteten, versank er langsam in einer tiefen Mattigkeit. Ob es von der begrenzten Konversation, der Haager Luft, von der Sonne und dem Meer oder vom langsamen Gehen kam – ihm fielen fast die Augen zu. Schläfrig lauschte er dem Stimmengewirr und beobachtete zwischen den halb geschlossenen Augenlidern seine Schwiegermutter, die mit konzentrierten Bewegungen ihr Eis bis in die letzten Ecken hinein aus dem Schälchen löffelte. Als sie fertig war, schob sie es mit einem beseelten Gesicht von sich und ließ sich auf ihrem Stuhl zurücksinken. Ihr Blick kreuzte den seinen. »Ha, der Jansen«, sagte sie und hob die Hand.

»Ha, die Pietersen«, antwortete er.

»Ich würde gern an der Goudenregenstraat aussteigen«, sagte er, als sie beim Corner House standen und auf die Linie 3 warteten, »um die Zeitung zu holen.«

»Aber bist du dann rechtzeitig zum Schnaps da?«

»Ich gehe ja nicht gleich auf die Walz.«

»Denn für Mutter ist es immer ein Fest.«

»Ich weiß.«

Die Straßenbahn war überfüllt mit Leuten, die am späten Samstagnachmittag aus der Stadt zurückkamen. Ein Mädchen stand für seine Schwiegermutter auf, und bei der nächsten Haltestelle wurde der Platz daneben für Nicolien frei.

»Na denn, bis gleich«, sagte er, als die Straßenbahn an der Goudenregenstraat hielt.

»Was hat Maarten denn vor?«, hörte er seine Schwiegermutter fragen.

»Die Zeitung holen«, antwortete Nicolien.

Er lächelte, winkte noch mal, überquerte die Straße und ging zum Kiosk. Sobald er allein war, verschwand die Mattigkeit. Leichten Schrittes ging er die Laan van Meerdervoort entlang, ein Mann an einem Samstagnachmittag auf dem Weg nach Hause.

*

13. Februar 1974

Das Telefon klingelte. Er nahm den Hörer ab. »Koning hier.«

»Tag. Ich bin mit Mutter beim Augenarzt gewesen, und sie muss übermorgen schon operiert werden.«

»Das ist schnell.«

»Er hielt es nicht für ratsam, bei einer so alten Frau noch länger zu warten.«

»An beiden Augen?«

»Nein, an einem Auge. Das andere ist nächstes Jahr dran.«

»Und was passiert dann genau?«

»Man setzt eine Linse ein.«

»Eine Kontaktlinse?«

»Nein, eine Linse! Ins Auge.«

Er versuchte es sich vorzustellen.

»Gruselig, oder?«

»Ja, gruselig.«

»Ich finde Augen sowieso schon so gruselig, aber sonst wäre sie blind geworden.«

»Das ist doch eigentlich gut.«

»Ja. Aber jetzt würde ich gern hierbleiben, denn sie muss morgen schon ins Krankenhaus.«

»Ja, natürlich.«

»Und wenn du dann am Wochenende kommst …«

»Welches Krankenhaus ist es?«

»Die Augenklinik. Das ist neben dem Leyenburg-Hospital.«

»Ist Mutter bei dir?«

»Ja. Möchtest du sie sprechen?«

»Kurz.«

»Mutter«, ihre Stimme kam nun aus der Ferne, »Maarten ist dran. Er möchte Sie auch kurz sprechen.«

Man hörte es am Telefon ein wenig rumoren und dann, sehr laut, ertönte die Stimme seiner Schwiegermutter. »Tag, Maarten. Bist du es?«

»Ja, ich bin's. Wie geht es Ihnen?«

»Gut. Dir auch?«

»Sie müssen ins Krankenhaus, nicht wahr?«

»Ja, so heißt es.«

»Sind Sie aufgeregt?«

»Nein, aber es ist ein bisschen komisch, nicht? Denn ich war noch nie in einem Krankenhaus.«

»Ja, das ist natürlich schon komisch.«

»Und wie geht es dir?«

»Ganz gut. Ich komme bald, um Sie zu sehen.«

»Das ist schön.«

»Und halten Sie sich tapfer.«

»Ja sicher, das mache ich.«

»Und geben Sie mir noch mal Nicolien. Wiederhören, Mutter.«

»Maarten möchte dich noch mal sprechen«, hörte er sie aus der Ferne sagen.

»Ja, da bin ich wieder.«

»Sie nimmt es ziemlich gleichmütig auf, oder?«

»Ich glaube nicht, dass sie es richtig begreift.«

»Umso besser. Dann komme ich also Freitagabend. Halt die Ohren steif.«

»Ja, ich ruf dich noch mal an. Tschüss.«

Er legte den Hörer langsam auf die Gabel und stand auf. Ad und Bart beobachteten ihn von ihren Plätzen hinter den Bücherregalen aus. »Meine Schwiegermutter muss an den Augen operiert werden.«

»Ja, ich glaubte schon so etwas verstanden zu haben«, sagte Bart.

»Sie kriegt eine Linse ins Auge.«

»Dann wird sie wohl ein Glaukom haben.«

»Hat man in dem Fall ein Glaukom?«

»Ja, das ist eine neue Methode, von einem Augenarzt aus Seeländisch-Flandern. Früher sind solche Patienten blind geworden.«

»Werden sie dann auch betäubt?«, fragte Ad.

»Das nehme ich doch an?«, sagte Maarten.

»Dann muss sie aufpassen, denn davon kann man dement werden.«

Maarten lachte.

»Sie fing doch schon an, dement zu werden?«

»Ist deine Schwiegermutter dement?«, fragte Bart besorgt.

»Das macht Ad daraus.«

»Na ja, wenn man nicht weiß, dass man ein Girokonto hat, finde ich das schon ordentlich dement«, sagte Ad.

»Sie kommt durcheinander, wenn sie mit etwas Neuem konfrontiert wird«, sagte Maarten zu Bart. »So eine alte Frau hat einen Pfad im Dschungel ausgetreten, den sie jeden Tag abläuft, so wie ein Maulwurf seine Gänge, und wenn dann etwas auf ihrem Weg liegt, das sie nicht kennt, kommt sie durcheinander.«

*

16. Februar 1974

Sie lag in einem Zimmer mit fünf anderen Frauen. Als sie zwischen den übrigen Besuchern eintraten, saß sie aufrecht an die Kissen gelehnt und trug eine schwarze Binde über ihrem rechten Auge.

»Tag, Mutter«, sagte Nicolien. Sie legte die Blumen aufs Bett und gab ihr einen Kuss.

Ihre Mutter sah sie mit dem linken Auge an, als frage sie sich, wer da vor ihr stünde. »Tag, Kind«, sagte sie dann.

»Tag, Mutter«, sagte er und gab ihr auch einen Kuss.

»Wie geht's?«, fragte Nicolien.

»Ganz gut«, sagte sie tonlos.

»Geht es nicht so gut?«

»Sie hat die ganze Nacht Trara gemacht«, sagte die Frau im Nebenbett. »Wir haben kein Auge zutun können.«

Er sah zu ihr hinüber. Sie trug ebenfalls eine schwarze Binde, aber vor ihrem linken Auge. Nicolien ignorierte die Bemerkung.

»Ich weiß eigentlich nicht, was ich hier mache«, sagte ihre Mutter.

»Sie liegen im Krankenhaus.«

Ihre Mutter schüttelte den Kopf.

»Sie sind operiert worden!«

Sie musste lachen. »Red doch keinen Unsinn.«

»Doch, Sie sind wirklich operiert worden«, sagte er.

»Ja, so wird es sein.«

»Sie werden es ihr nicht begreiflich machen können«, sagte die Frau neben ihr. »Sie sind sicher ihre Tochter?«

»Ja«, sagte er. Die Frau ärgerte ihn.

Nicolien ignorierte sie. »Sie glauben nicht, dass Sie operiert worden sind?«, fragte sie.

»Natürlich nicht. Ich bin doch gesund?«

»Sie sind an Ihrem Auge operiert worden! Weil Sie nicht mehr so gut sehen konnten!«

»Oh.« Es war deutlich zu merken, dass sie sich ihren Teil dazu dachte.

Nicolien sah ihn an. »Was sollen wir jetzt tun?«

Er zuckte die Achseln.

Sie erinnerte sich an die Blumen. »Schauen Sie mal, was wir Ihnen mitgebracht haben!«

Ihre Mutter richtete sich etwas auf und führte die Hand an ihre Augenklappe.

»Nein!«, warnte er sie und hielt ihren Arm fest. »Die dürfen Sie nicht abmachen. Es ist keine Brille!«

»Warum darf ich die nicht abmachen?«, fragte sie böse.

»Weil Sie operiert worden sind! Dann machen Sie alles kaputt!«

Sie schüttelte den Kopf und sank zurück in die Kissen.

Sie schwiegen. Außer der Frau im Bett neben seiner Schwiegermutter hatten alle anderen Besuch. Ihre Gespräche füllten den Raum.

»Ich glaube, ich werde sie mal in eine Vase stellen«, sagte Nicolien. Sie nahm die Blumen und verließ den Raum.

Er sah sich um. Die Frau neben ihnen lag regungslos da und starrte vor sich hin. Ihr gegenüber saß eine ganze Familie um das Bett einer Patientin.

»Ich finde es hier nicht so schön«, sagte seine Schwiegermutter.

Er sah sie an. »Warum finden Sie es hier nicht schön?«

Sie zog eine Schnute.

»Warum finden Sie es hier nicht schön?«, wiederholte er und ergriff ihre Hand.

Sie schüttelte den Kopf.

Nicolien kam mit den Blumen zurück, die nun in einer monströsen Vase steckten. »Das ist das Einzige, was ich finden konnte«, sagte sie und stellte die Vase neben ein Glas Fruchtsaft und ein paar Fläschchen auf den Nachttisch.

»Mutter findet es hier nicht schön«, berichtete er.

»Nein?« Sie beugte sich zu ihrer Mutter. »Finden Sie es hier nicht schön?«

Ihre Mutter schüttelte den Kopf. »Nein.«

»Warum denn nicht?«

»Es gibt hier keinen, den ich kenne.«

»Aber wir sind doch jetzt da?«

Ihre Mutter reagierte nicht darauf.

»Wir sind doch da?«, wiederholte Nicolien.

»Ich möchte doch lieber nach unten, zu Jef.«

»Ich glaube, sie denkt, dass sie im Badhotel ist«, sagte Nicolien. Sie wandte sich wieder ihrer Schwiegermutter zu. »Aber Onkel Jef lebt doch nicht mehr? Der ist doch schon tot?«

Ihre Mutter sah sie verständnislos an. »Ist der tot?«

»Sie sind hier nicht im Badhotel! Sie sind im Krankenhaus!

Ihre Mutter schob die Unterlippe vor und begann leise zu weinen. »Ich möchte doch lieber nach Hause«, sagte sie.

Als sie abends wiederkamen, war ihr Bett zugedeckt.

»Sie ist nicht da!«, sagte Nicolien erschrocken.

Von bangen Vorahnungen beschlichen ging er langsam hinter ihr her zu dem leeren Bett. Am Fußende blieben sie unschlüssig stehen.

»Sie ist nicht mehr da«, sagte die Frau im Nebenbett. »Sie ist zu ihrem Bruder.«

»Zu ihrem Bruder?«, fragte Nicolien bestürzt.

»Sie hat gesagt, dass sie ihren Bruder suchen wollte.«

»Was soll ich davon jetzt halten?«, sagte Nicolien zu ihm.

Er sah zur Tür. Seine Schwiegermutter kam am Arm einer Krankenpflegerin in das Zimmer. »Da ist sie«, sagte er.

»Seid ihr es?«, fragte sie, als sie sie am Bett stehen sah. Sie machte einen entgeisterten Eindruck.

»Wo waren Sie denn?«, fragte Nicolien und gab ihr einen Kuss.

»So, und jetzt stecken wir Sie schön wieder ins Bett«, sagte die Krankenpflegerin. Sie schlug die Bettdecke zurück und nahm sie am Arm.

»Ich möchte lieber zu meinem Bruder«, protestierte sie.

»Sie dürfen gleich zu Ihrem Bruder, aber jetzt gehen Sie erst mal ins Bett.« Sie schob sie mit einer sanften Handbewegung auf den Bettrand, hob ihre Beine aufs Bett, schlug die Bettdecke darüber und zog sie sie etwas höher auf die Kissen. »Und jetzt nicht mehr weglaufen, hören Sie?«

Die Frau im Nebenbett hatte das Ganze interessiert verfolgt. »Die bleibt sowieso nicht drin«, prophezeite sie.

»Wo war sie denn?«, fragte Nicolien die Krankenpflegerin.

»Sie lief hier unten herum und hat ihren Bruder gesucht«, sagte die junge Frau, wobei sie sich das Haar aus der Stirn strich. »Ich glaube, dass sie ein bisschen durcheinander ist. Wir werden ihr gleich, wenn der Besuch weg ist, eine Spritze geben. Einen schönen Abend noch.« Sie ging davon.

»Was haben Sie bloß gemacht?«, sagte Nicolien zu ihrer Mutter und ergriff ihr Handgelenk. Sie beugte sich zu ihr hinüber und gab ihr einen Kuss. »Sie dürfen Ihr Bett doch nicht verlassen?«

Ihre Mutter begann leise zu weinen. »Ich finde es hier nicht schön. Ich will zu Jef.«

»Aber Sie sind im Krankenhaus! Sie sind nicht bei Onkel Jef!«

Ihre Mutter schüttelte weinend den Kopf. »Ich will zu Jef. Ich will zu Jef.«

»Was sollen wir jetzt machen?«, fragte Nicolien ratlos.

Er beugte sich nun auch zu ihr hinüber und nahm ihre andere Hand. »Sie sind im Krankenhaus!«, sagte er mit Nachdruck. »Sie sind operiert worden!«

»Kann ich nicht nach Hause?«, fragte sie weinend. »Ich möchte lieber nach Hause.«

»Nein, Sie dürfen noch nicht nach Hause.«

»Sie müssen noch ein paar Tage bleiben«, sagte Nicolien. »Dann dürfen Sie nach Hause.«

Das Weinen ließ langsam nach. Sie sah sie wie aus weiter Ferne an. »Wo bin ich denn?«

»Im Krankenhaus!«

»Bin ich im Krankenhaus?«

»Sie sind operiert worden! An Ihrem Auge!«

Ihre Mutter sah sie entgeistert an. »Ich glaube, ich sehe sie fliegen«, sagte sie dann.

»Und jetzt schlafen Sie mal schön«, sagte Nicolien und beugte sich über sie. »Und nicht mehr aus dem Bett steigen, hören Sie?« Sie gab ihr einen Kuss. »Morgen kommen wir wieder, um nach Ihnen zu sehen.«

»Wiedersehen, Kind«, sagte ihre Mutter tonlos.

»Werden Sie nicht mehr aus dem Bett steigen?«

Ihre Mutter sah sie an, als wäre sie eine Fremde.

»Sagen Sie ihr mal, dass sie nachts nicht so einen Krach machen soll«, sagte die Frau neben ihr, »denn das macht uns alle völlig kirre.«

Nicolien ignorierte das.

»Tschüss, Mutter«, sagte er und gab ihr ebenfalls einen Kuss.

Sie reagierte nicht darauf.

An der Tür drehten sie sich noch mal um. Nicolien winkte. »Tschüss.«

Ihre Mutter starrte reglos vor sich hin, ihr gesundes Auge von ihnen abgewandt.

»Sie sieht es nicht«, sagte er.

Bedrückt gingen sie den Flur entlang.

»Sollten wir nicht kurz mal zur Oberschwester gehen und fragen, was sie eigentlich dazu meint?«, schlug Nicolien vor.

Er nickte. »In Ordnung.«

In einem mit Glas abgetrennten Raum etwa in der Mitte des Flurs saßen vier junge Frauen, drei weiße und eine schwarze, und tranken Tee. Sie sahen hoch, als sie in der Tür erschienen.

»Wir würden gern die Oberschwester kurz sprechen«, sagte Nicolien.

»Das bin ich«, antwortete zu seiner Überraschung die schwarze junge Frau. Sie stand auf.

»Ich bin Frau Koning. Ich bin die Tochter von Frau Haspers. Wir finden, dass meine Mutter in einem sehr schlechten Zustand ist.« Sie sprach die Worte sehr präzise aus, so wie immer, wenn sie nervös war, was die gesellschaftliche Distanz zu diesen jungen Frauen noch einmal betonte.

»Ach nein, es geht ihr bestens«, sagte die junge Frau nicht besonders freundlich.

»Aber sie ist doch sehr durcheinander.«

»Das ist normal. Das hat nichts zu bedeuten.«

»Ist das normal?«, fragte Nicolien verwundert.

»Das haben sie hier öfter.«

»Kommt das denn von der Narkose?«, wollte er wissen.

Sie sah ihn an, als hielte sie das für eine reichlich dumme Bemerkung. »Nein, das hat sie immer.«

Einmal verrückt, immer verrückt, verstand er, sprach es jedoch nicht aus.

»Aber wir werden ihr eine Spritze geben«, sagte die junge Frau und wandte sich einem kleinen Tresen in der Ecke zu.

»Das hatten wir sowieso vor.«

»Vielen Dank«, sagte Nicolien perplex.

Ziemlich angeschlagen verließen sie das Krankenhaus.

»Was soll bloß werden, wenn sie demnächst wieder zu Hause ist?«, fragte sich Nicolien, als sie in der Dunkelheit den Leyweg entlang zum Haus ihrer Mutter gingen.

»Ja, das scheint mir schwierig«, gab er zu.

»Ich werde wohl eine Weile bleiben müssen.«

»Bis sie sich wieder selbst helfen kann.«

»Aber was wird dann aus dir?«

»Ich kann doch wohl für mich selbst sorgen?«

»Auch dein Essen machen?«

»Natürlich.«

»Oder sonst musst du eben hin- und herpendeln.«

»Und was ist mit den Katzen?«

»Die holen wir dann auch hierher. Oder du siehst jeden Tag kurz nach ihnen.«

»Nein, das gibt zu viel Durcheinander«, fand er. »Dann sorge ich lieber für mich selbst.«

*

6. März 1974

Er ging bis ans Ende des Bahnsteigs und blieb außerhalb der Überdachung stehen, im Wind. Vor ihm lag das Bahnhofsgelände mit einem vereinzelten verlassenen Zug, überall waren rote und gelbe Signallampen zu sehen. Zur Linken lagen die Stadt, das Droogdok und die Häuser der Haarlemmer Houttuinen, rechts sah man die lange Reihe der Straßenlaternen entlang des Westerdoksdijk, die Häuser des Bickerseiland und der Zandhoek, und dahinter die Lichter auf der anderen Seite des IJ. Das Wasser war aufgewühlt und leuchtete in der Dunkelheit in einem stahlartigen Glanz. Auf den Pieren brannte hier und dort eine Lampe. Er sah in die Richtung, aus der der Zug kommen musste, die Hände in den Taschen, die Rockschöße flatternd im Wind. Als er in der Ferne die Scheinwerfer der Lokomotive zwischen den abgestellten Zügen zum Vorschein kommen sah, drehte er sich um und ging langsam zurück. Nicht weit von der Mitteltreppe fuhr der Zug an ihm vorbei. Er blieb stehen, spähte zu den Türen des ersten Waggons und sah Nicolien darin für den Bruchteil einer Sekunde vorbeifahren. In dem Moment, in dem die Türen aufschwangen, war er zur Stelle. »Ha!«, sagte er. Er gab ihr einen Kuss und nahm ihr gleichzeitig die Reisetasche ab.

»Wie war es?«, fragte er, als sie zum Ausgang gingen.

»Geweint natürlich.«

Er nickte.

»Ich habe gesagt, dass wir am Wochenende wiederkommen.«

»Sie kann noch nicht allein zu Willy und Bertha«, vermutete er.

»Nächste Woche wieder, hoffe ich.«

Sie verließen den Bahnhof und gingen zwischen den Straßenbahnen hindurch zur Brücke.

»Und diese Frau Peereboom?«, fragte er, als sie die Prins Hendrikkade überquert hatten und auf dem Bürgersteig liefen.

»Die kommt jetzt zweimal am Tag für die Tropfen, bis sie es selbst kann.«

»Das ist doch ein Glück, dass du die gefunden hast.«

»Ein Riesenglück.«

Sie gingen eine Weile schweigend nebeneinander.

»Wie war es heute im Büro?«, fragte sie.

»Normal.«

»Und was hast du gegessen?«

»Mein übliches Resteessen.«

»Sicher mit Knoblauch.«

»Ja. Aber das Auge: Hast du den Eindruck, dass sie damit jetzt besser sehen kann?«

»Ich kann eigentlich keinen Unterschied feststellen«, sagte sie, »aber vielleicht kommt das noch.«

*

18. März 1974

Das Telefon klingelte. Er tippte den Satz zu Ende und nahm den Hörer ab. »Koning hier«, sagte er abwehrend.

»Oh, Maarten, bist du es?« – seine Schwiegermutter – »Ist Niekewiek nicht da? Ich kann meine Augentropfen nicht finden.«

»Haben Sie denn auch richtig gesucht?«

»Ja, aber ich kann sie nicht finden.«

»Sie werden sicher irgendwo sein.«

»Ja, aber wenn ich sie doch nicht finden kann?«

An ihrer Stimme hörte er, dass sie in Panik war. »Ich werde Nicolien mal rufen.« Er stand auf und verließ das Wohnzimmer. Nicolien saß auf dem Hocker in der Küche und mahlte Kaffee. Er blieb in der Tür stehen. »Mutter ist am Telefon.«

Sie hielt die Kurbel an. »Sie hat doch nicht wieder etwas verloren?«

»Ihre Augentropfen.«

»Es sieht so aus, als ob es immer schlimmer wird.« Sie stellte die Kaffeemühle auf die Anrichte und stand auf. »Was sollen wir bloß machen?«

Er ging hinter ihr her, zurück ins Wohnzimmer.

Sie nahm den Hörer hoch. »Ja, Mutter?«

Er setzte sich auf die Couch und wartete, in Gedanken bei dem Kommentar, an dem er gerade schrieb.

»Aber haben Sie denn auch richtig gesucht? … Wo haben Sie denn gesucht? … Und auf dem Kaminsims im hinteren

Zimmer? … Sehen Sie da dann noch einmal nach.« Sie drehte sich zu ihm um. »Sie ist total in Panik«, sagte sie, selbst ebenfalls in Panik.

»Sie findet sie schon wieder«, erwiderte er, um sie zu beruhigen.

Sie wandte sich ab. »Ja, Mutter? … Und in dem Glasschrank? … Sehen Sie da auch noch mal nach.«

Während sie ihre Mutter durch das gesamte Haus schickte, wartete er auf der Couch, bis er wieder an den Schreibtisch konnte, und lauschte zerstreut ihren Anweisungen, den Kommentar wie ein ungeborenes Kind im Kopf. Als sie eine halbe Stunde später den Hörer auflegte, stand er sofort auf.

»Sie hat sie nicht gefunden«, sagte sie verzweifelt.

»Sie werden schon wieder auftauchen.«

»Aber wie denn?«

»Sie sind doch immer wieder aufgetaucht?«

»Aber wenn sie die Tropfen nicht nimmt, bekommt sie wieder Probleme mit den Augen.«

»Warten wir es doch erst einmal ab.«

»Ja, abwarten, du hast gut reden! Du bist nicht verantwortlich!« Sie verließ das Zimmer, ging zurück in die Küche.

Er setzte sich wieder an den Schreibtisch und schrieb den Kommentar in einem Rutsch. Damit war er um zwölf Uhr fertig, aber er gönnte sich keine Pause und machte sich sofort daran, das Ganze ins Reine zu tippen. Während er damit beschäftigt war, rief seine Schwiegermutter erneut an, gerade als Nicolien zur Tür hinaus war, um einkaufen zu gehen. »Oh, Tag Maarten. Mutter hier!«

»Tag, Mutter.«

»Hör mal, ich habe das Fläschchen gefunden!«

»Schön! Sehen Sie!«

»Aber jetzt bin ich mir nicht sicher, ob es auch das richtige Fläschchen ist.«

»Was ist es denn für ein Fläschchen?«

»Ja, wie soll ich das jetzt sagen.« Sie verstummte.

»Ist es braun?«

»Nein, braun ist es nicht, glaube ich. Eher weiß.«

Er erinnerte sich nicht mit Sicherheit, ob das Fläschchen wirklich weiß war. »Ist kein Etikett drauf?«

»Doch, ich glaube schon.«

»Was steht da denn drauf?«

Es war eine Weile still. Auf der anderen Seite der Leitung hörte man es rumoren. »Ich weiß es nicht, ich kann meine Brille nicht finden. Ist Niekewiek nicht da?«

»Nein, die ist einkaufen. Welche Farbe hat das Etikett denn?«

Es war erneut einen Moment still. »Gold mit Grün.«

»Dann ist es Eau de Cologne! Das dürfen Sie auf keinen Fall nehmen!«

»Ach ja? Ist das Eau de Cologne?«

»Ja, das ist Eau de Cologne! Wenn Sie das in Ihre Augen träufeln, tut es sehr weh!«

»Oh, ja?«

»Ja. Werden Sie das auch bestimmt nicht tun?«

»Nein, ich werde es nicht tun. Ist Niekewiek nicht da?«

»Nein, die ist einkaufen«, sagte er geduldig.

»Mutter hat wieder angerufen«, sagte er, ohne mit dem Tippen aufzuhören. »Sie wollte sich Eau de Cologne in die Augen träufeln.«

»Und was jetzt?«, fragte sie erschrocken.

»Sie wird es nicht tun«, antwortete er, mit den Gedanken bei der Arbeit.

»Kannst du denn nicht mal einen Moment mit dem Tippen aufhören?«, fragte sie gereizt. »Ich rede doch mit dir?«

Er hörte auf zu tippen und sah sie abwesend an.

»Du sitzt wirklich da und arbeitest wie ein Verrückter!«

»Ich bin fast fertig.« Er sah verstohlen auf das Blatt in seiner Schreibmaschine, bereit weiterzumachen.

»Auf diese Weise arbeitest du dich noch ins Grab!«

»So schnell arbeitet man sich nicht ins Grab.«

»Was glaubst du eigentlich damit zu erreichen? Jede zehn Minuten, die du damit gewinnst, kosten dich ein Jahr deines Lebens!«

Er lachte verhalten.

»Kannst du denn nicht einen Moment Pause machen, damit wir wenigstens in Ruhe Tee trinken?«

»Ich wollte es vor dem Tee fertig haben.«

»Dann hast du es eben nach dem Tee fertig! Jetzt redest du mit mir! Was hat Mutter denn genau gesagt?«

»Sie dachte, dass sie das Fläschchen gefunden hätte, aber dann stellte sich heraus, dass es Eau de Cologne war.«

»Aber das ist doch furchtbar!«

Er reagierte nicht darauf, zu sehr von seiner Arbeit in Beschlag genommen.

»Sag jetzt mal was! Komm hinter der Schreibmaschine weg und setz dich auf die Couch! Ich will genau wissen, was Mutter gesagt hat!«

Unwillig stand er auf und ging zur Couch. »Weiter hat sie nichts gesagt. Ich habe sie das Fläschchen beschreiben lassen, und da wurde mir klar, dass es Eau de Cologne war.«

»Und jetzt trinkst du erst in Ruhe deinen Tee!«, sagte sie, als er saß. »Es hat manchmal wirklich den Anschein, als ob du verrückt geworden wärst mit deiner Arbeiterei!«

Während sie in die Küche ging, um Teewasser aufzusetzen, sah er geistesabwesend vor sich hin, die Unterarme auf den Knien, nicht ruhig, aber müde. Er fand, dass sie recht hatte. Eigentlich fand er das immer und bei allem, aber er wusste gleichzeitig nicht, wie er sich selbst ändern sollte, und nachdem sie zurück ins Wohnzimmer gekommen war, wartete er besorgt, bis er wieder loslegen durfte, und als es so weit war, erledigte er die Sache in zwanzig Minuten, exakt um halb fünf war er fertig, ohne irgendeine Befriedigung. Er füllte eine Überweisung aus und verließ das Haus, um sie zum Briefkasten zu bringen. Draußen war es sonnig, ein frischer Wind, klare Farben. Es hätte Besseres gegeben als einen Kommentar zu schreiben, der auch nur aus dem Abschreiben von Wahrheiten und Halbwahrheiten aus den Büchern anderer bestand. Er steckte die Postüberweisung in den blauen Briefkasten, kaufte die Zeitung und ging auf einem kleinen Umweg zurück nach Hause, unzufrieden.

Als er das Wohnzimmer betrat, legte Nicolien gerade den Telefonhörer auf. »Sie hat das Fläschchen gefunden, und jetzt ist es leer«, sagte sie verzweifelt, während sie sich zu ihm umdrehte.

»Grundgütiger Himmel.«

»Dann müssen wir Frau Peereboom halt wieder einschalten, denn ich weiß mir wirklich keinen Rat mehr.« Sie stand auf und setzte sich niedergeschlagen in ihren Sessel.

Er nahm ihr gegenüber auf der Couch Platz. »Mach das ruhig, denn wenn sie die Tropfen nicht nimmt, gehen ihre Augen zum Teufel, und es ist klar, dass sie sie nicht nimmt, oder zumindest nicht richtig.«

»Aber sie muss schon damit einverstanden sein.«

»Auch wenn sie nicht damit einverstanden ist!«

»Was soll das denn?«, fragte sie, plötzlich wütend. »Das entscheidest du doch nicht, hoffe ich?«

»Ich entscheide es nicht«, verteidigte er sich.

»Das muss Mutter doch wohl selbst entscheiden?«

»Und wenn sie es nun nicht entscheiden kann?«

»Wenn ein alter Mensch ins Altersheim soll, muss er dazu doch auch seine Zustimmung geben?«

»Wenn er es noch kann.«

»Auch wenn er es nicht kann! Hörst du? Auch wenn er es nicht kann! Wenn Mutter Frau Peereboom nicht um sich haben will, denke ich nicht daran, diese Person zu holen! Hörst du mich?«

»Wenn jemand dabei ist, dement zu werden, bist du verantwortlich!«, sagte er, jetzt ebenfalls wütend. »Du kannst doch nicht zulassen, dass sie blind wird?«

»Und wer sagt, dass sie blind wird? Was weißt du denn? Du bist doch kein Arzt?«

»Dafür muss man kein Arzt sein.«

»Was mischt du dich denn ein, wenn du kein Arzt bist? Ich mische mich doch auch nicht in deine Arbeit ein? Ich sage doch auch nicht, was du in deinem Büro tun musst?«

»Jetzt mach aber mal ’nen Punkt!«, sagte er empört. »Du tust den ganzen Tag nichts anderes, als dich in meine Arbeit einzumischen!«

»Ja, zu deinem Besten! Weil ich mir Sorgen mache! Ist das etwa nicht mehr gestattet? Darf ich mir keine Sorgen machen, wenn du den ganzen Tag hier sitzt und wie ein Idiot arbeitest?«

»Und dies ist dann zum Besten deiner Mutter!«, sagte er etwas ruhiger, von der Kraft des Arguments überzeugt.

»Das ist überhaupt nicht zum Besten meiner Mutter! Das ist etwas ganz anderes! Ich mische mich doch auch nicht ein, wenn es um deine Karteikarten geht? Wie die angelegt werden müssen?«

»Du willst deine Mutter ja wohl nicht mit einer Karteikarte vergleichen?«

»Das ist doch nicht dein Ernst?« Sie stand drohend auf und beugte sich wütend zu ihm hinüber. »Die Bemerkung nimmst du hoffentlich zurück! Du wirst doch nicht auch noch deinen Spott mit mir treiben? Mit meinen Sorgen? So weit wirst du es doch nicht treiben? Das tust du doch nicht? So hundsgemein wirst du doch nicht sein?«

Er war unwillkürlich etwas zusammengezuckt, aus Angst vor einem Überraschungsangriff. »Ich nehme die Bemerkung zurück«, sagte er, ohne sie anzusehen.

»Das will ich aber meinen! Das würde ich dir auch geraten haben! Meine Mutter mit einer Karteikarte zu vergleichen! Wie kannst du es wagen? So etwas Schlimmes hast du noch nie gesagt! Hast du so hart gearbeitet, dass du sogar mir gegenüber nicht mehr weißt, was du sagen kannst? Dann arbeite nicht so hart! Benimm dich bitteschön mal ein bisschen normaler!« Sie wandte sich abrupt ab und lief zornig aus dem Zimmer in Richtung Küche.

Er blieb traurig auf der Couch sitzen.

*

21. April 1974

»Mutter ist krank«, sagte sie, während sie den Hörer auf die Gabel legte. »Sie kommt nicht.«

»Ich habe es gehört«, sagte er. »Was hat sie?«

»Ihr ist schwindelig, und sie muss dauernd zur Toilette.«

Er nickte.

Sie blieb unschlüssig am Schreibtisch stehen. »Sollte ich dann nicht zu ihr fahren?«

»Das könntest du machen.«

»Denn wie kommt sie sonst an ihr Essen?« Sie ging zu ihrem Sessel und setzte sich.

»Ja«, sagte er unbestimmt.

»Aber ich habe das Hähnchen schon gebraten.« In ihrer Stimme klang leichte Panik durch.

»Dann nimmst du das Hähnchen mit.«

»Wie soll das gehen? Ich kann es doch nicht in eine Tüte stecken?«

»Dann nimmst du es im Topf mit.«

»Und was ist mit dir? Was sollst du dann essen?«

Er zögerte. »Dann komme ich auch mit.«

»Aber musst du denn nicht arbeiten?«

»Ich muss doch nicht immer arbeiten.« Er legte sein Buch weg.

Sie sah auf die Uhr. »Dann müssen wir jetzt aber gehen. Dann sind wir noch vor dem Kaffee da.«

»Wenn Sie uns jetzt bloß hört …«, sagte sie oben an der Haustür. »Sie ist wieder so taub in letzter Zeit. Und wenn sie dann im Bett liegt …« Sie drückte dreimal kurz auf die Klingel und stieß gegen das kleine Fenster.

Es blieb einen Moment still. Dann ging die Tür des Zimmers auf, das nach vorne heraus lag, und er hörte seine Schwiegermutter in den Flur treten. Sie öffnete das kleine Fenster und sah sie an. »Seid ihr das?«, fragte sie überrascht. »Was für ein Fest!« Im Schloss klickte es, und die Tür sprang auf.

»Ich dachte, Sie würden im Bett liegen«, sagte Nicolien. Sie gab ihr einen Kuss.

»Im Bett? Ach was, Kind. Ich liege doch tagsüber nicht im Bett.«

Er gab ihr seinerseits einen Kuss.

»Aber Sie waren doch krank?«

»Krank? Davon weiß ich nichts.«

»Sie haben doch gerade eben angerufen, dass sie krank wären und deswegen nicht kommen könnten!«

»Glaubst du es mir, wenn ich dir sage, dass ich mich daran überhaupt nicht mehr erinnere?«

Er hatte inzwischen seine Jacke aufgehängt, brachte die Tasche in die Küche und folgte ihnen ins Wohnzimmer.

»Sie sind also nicht krank?«, hörte er Nicolien sagen.

»Nein. Zum Glück nicht.«

»Und auch nicht schwindelig?«

»Ja, ein bisschen schwindelig bin ich schon.« Die Zeitung lag aufgeschlagen vor ihr auf dem kleinen Tisch mit ihrer Brille obenauf.

»Na, sehen Sie. Dann sind Sie also krank!«

»Ach ja?« Sie musste darüber lachen. »Na ja, wenn du es sagst …«

Er setzte sich in den Sessel seines Schwiegervaters und sah von einer zur anderen.

»Dann haben Sie sicher noch keinen Kaffee aufgesetzt?«, fragte Nicolien.

»Nein, ich dachte, ich warte mal auf euch.«

»Dann werde ich jetzt den Kaffee aufsetzen. Oder haben Sie keine Lust auf Kaffee?«

»O doch, natürlich.« Sie legte ihre Hände auf die Lehnen ihres Sessels. »Soll ich dir dann nicht kurz helfen?«

»Nein, bleiben Sie jetzt mal sitzen. Sie sind krank.« Sie verließ den Raum.

Ihre Mutter ließ sich wieder zurücksinken. Sie sah ihn an. »Tag, Jansen.«

»Tag, Pietersen«, antwortete er.

»Wie geht es deinem Vater?«

»Gut.«

»Zum Glück.«

»Und wie geht es Ihnen?«

»Ach, ganz gut. Muss ja.«

Er nickte. »Dann ist es gut.«

Es entstand eine Pause. In der Küche wurde der Kaffee gemahlen. Seine Schwiegermutter stand unsicher auf, ging um ihn herum und sah auf den Kalender, der neben dem Telefon an der Wand hing.

»Was suchen Sie?«, fragte er.

»Ich sehe nach, welchen Tag wir haben.«

»Das können Sie auf dem Kalender nicht sehen.«

»Ach nein?«

»Außer wenn Sie das Datum wissen.«

»Ach ja.«

»Sonntag«, half er.

»O ja, Sonntag.« Sie setzte sich wieder hin.

»Sonntag, den 21. April.«

»Es ist nicht schlimm, alt zu werden, solange nur die grauen Zellen in Ordnung sind.«

»Die bleiben schon in Ordnung.«

Sie lachte kurz. »Du bist lieb. Dass du das nur weißt.«

Er lächelte verlegen. In der Küche begann der Kessel zu pfeifen. Der Ton ebbte sofort wieder ab. Ein paar Sekunden später wurde der Kessel wieder auf den Gasherd gestellt. »Der Kaffee ist im Anmarsch«, sagte er.

Sie wollte aufstehen. »Soll ich dann nicht mal kurz helfen?«

»Nein, bleiben Sie ruhig sitzen. Er kommt gleich.«

Sie ließ sich wieder zurücksinken. Es war einen Moment still.

»Haben Sie vielleicht etwas gegessen, dass Sie ständig zur Toilette müssen?«, fragte Nicolien, als sie mit dem Tablett ins Wohnzimmer kam.

»Nicht, dass ich wüsste.«

»Was haben Sie denn gegessen?« Sie verteilte die Tassen und die drei Ingwertörtchen, die sie von zu Hause mitgebracht hatte, und setzte sich.

Ihre Mutter schüttelte den Kopf. »Das weiß ich nicht.«

»Sie wissen doch wohl, was Sie gegessen haben?«

»Ich kann mich nicht daran erinnern.«

»Sie wissen doch wohl, ob Sie sich etwas zu essen gemacht haben?«

Ihre Mutter dachte nach. »Ich glaube, dass ich bei Willy und Bertha gegessen habe.«

»Oh, Sie haben bei Willy und Bertha gegessen?«

»Aber ich weiß es nicht sicher.«

»Wissen Sie dann auch nicht, ob Sie gestern Abend ferngesehen haben?«

»Doch, ferngesehen habe ich schon.«

»Dann haben Sie bei Willy und Bertha gegessen. Dann wird es also wohl nicht am Essen liegen.«

Er steckte sich ein Stück seines Ingwertörtchens in den Mund. »Schmeckt gut!«, sagte er.

»Ja, ich dachte mir schon, dass euch das schmecken wird, Ingwertörtchen«, sagte seine Schwiegermutter.

Sie reagierten nicht darauf.

»Haben Sie Ihre Wahlbenachrichtigung schon bekommen?«, fragte er.

»Ich glaube schon. Ich weiß es nicht. Müssen wir denn zur Wahl?«

»Nächste Woche.«

»Wen soll ich denn wählen?«

»Den ersten Kandidaten auf der Liste 1.«

»Ist das wieder derselbe Mann – wie hieß er noch gleich?«

»Den Uyl.«

»Ach ja, den Uyl.«

»Aber diesmal ist es nicht den Uyl, denn der ist für das Land, und diese Wahlen sind für die Kommunen. Es ist ein Freund von den Uyl.«

»Ach ja. Und wählt ihr den dann auch?«

»Ja.«

»Nein, wir wählen den zweiten Kandidaten der Liste 6«, korrigierte Nicolien.

»Um es nicht zu kompliziert zu machen«, verdeutlichte er, während er sie ansah.

»Und warum wähle ich den dann nicht?«, fragte ihre Mutter.

»Das geht hier nicht«, sagte Nicolien.

»Die wollen die Autos aus Amsterdam vertreiben«, erklärte er.

Seine Schwiegermutter sah ihn bestürzt an. »Wollen sie die Juden aus Amsterdam vertreiben?«, fragte sie gedämpft.

»Nein, die Autos!«, sagte Nicolien gereizt.

»Oh, die Autos. Die werde ich dann auch wählen.«

»Nein, das geht hier nicht, denn Sie wählen in Den Haag«, sagte er.

»Ach ja.«

»Wollen wir noch eine zweite Tasse Kaffee trinken?«, schlug Nicolien vor.

Ihre Mutter richtete sich auf. »Soll ich dir dann nicht mal helfen?«

»Nein, bleiben Sie schön sitzen.« Sie stellte die Tassen auf das Tablett und verließ damit den Raum.

»Sorge dich nicht, mein Kind«, bemerkte seine Schwiegermutter.

Er stand auf.

»Was hast du vor?«

»Schauen, ob ich Ihre Wahlbenachrichtigung finden kann.« Er sah seitlich auf den Kaminsims aufrecht hingestellt einen Stapel Briefe und Postkarten, nahm ihn mit zu seinem Sessel und schaute ihn durch. Er enthielt Briefe und Postkarten von Nicolien, Post- und Ansichtskarten von Tante Katrien, Fransje und Tante Han, eine Todesbenachrichtigung, eine Reihe ungeöffneter Rechnungen, eine Karte mit Telefonnummern, einen Umschlag des niederländischen Zivilschutzes, einen Stadtteilplan … aber keine Wahlbenachrichtigung. »Was tust du da?«, fragte Nicolien, als sie ins Wohnzimmer kam.

»Ich suche die Wahlbenachrichtigung.« Er holte sein Taschenmesser aus der Tasche und schnitt einen der Umschläge auf. »Bezahlen Sie Ihre Rechnungen eigentlich noch?«, fragte er.

»Ich glaube, schon.«

»Hat Mutter ihre Rechnungen nicht bezahlt?«, fragte Nicolien beunruhigt.

»Diese jedenfalls nicht.« Er sah seine Schwiegermutter an. »Und die Miete? Haben Sie die bezahlt?«

»Ja sicher, die bezahle ich immer.«

»Mutter bezahlt sie immer per Postanweisung«, sagte Nicolien.

»Wo heben Sie denn die Abschnitte auf?«, fragte er seine Schwiegermutter.

»Ich glaube, im Geschirrschrank. Ja, im Geschirrschrank.«

Er legte den Stapel auf die Lehne seines Sessels.

»Trink jetzt erst mal deinen Kaffee aus«, sagte Nicolien.

Er setzte sich wieder. »Ich werde gleich mal nachschauen«, sagte er zu seiner Schwiegermutter.

»Oh, ich danke dir«, sagte sie. »Ja, ich weiß das alles nicht mehr so genau. Ich bin schon alt.«

Er saß am Esstisch im hinteren Zimmer mit allen Papieren, die er hatte finden können, in kleinen Stapeln um sich herum. »Findest du dich zurecht?«, fragte Nicolien, als sie vom Flur aus hereinkam. »Es ist kalt hier. Ist dir nicht zu kalt?«

»Nein, mir ist nicht zu kalt. Seit sie aus der Augenklinik zurück ist, hat sie nichts mehr bezahlt.«

»Ich wollte jetzt mal ein Butterbrot essen.«

»Sieh mal.« Er gab ihr ein abgerissenes Stück Papier, auf das seine Mutter mit ungelenker Hand *Stück Käse für Maarten* geschrieben hatte.

»Sie denkt also durchaus noch daran!«

»Aber sie nimmt es nicht mehr mit. Ich habe auch die Wahlbenachrichtigung gefunden.«

Sie drehte sich zum Kaminsims um. »Ob sie dann ihre Augentropfen überhaupt noch nimmt?« Sie nahm das Fläschchen und hielt es gegen das Licht. »Ja, das schon, glaube ich.«

»Jedenfalls werden wir in Zukunft die Rechnungen bezahlen.« Er stand auf, besann sich, stellte das Radio an und sah auf die Senderskala.

»Aber kommst du dann jetzt erst mal zum Essen?« Sie öffnete die Schranktür, nahm den Käseteller heraus und öffnete die Brottrommel. »Mutter hat schon Brot geholt«, sagte sie verwundert.

Aus dem Lautsprecher kam lispelnd etwas Musik. Er stellte den Sender etwas genauer ein, machte das Radio wieder aus und folgte ihr ins Wohnzimmer.

Seine Schwiegermutter saß da und starrte ziellos vor sich hin.

»Sie haben ja noch Brot«, sagte Nicolien.

»Ja, das habe ich von Willy gekriegt.«

»Sie haben also nicht dort gegessen?«

»Aber nein, Kind, wie kommst du darauf? Ich habe zu Hause gegessen.«

»Weil Sie gesagt haben, dass Sie da ferngesehen haben.«

»Aber nein, ich habe bei Frau Baas ferngesehen.«

»Und was haben Sie hier dann gegessen?«

»Das Übliche, Reste.«

»Dann haben Sie davon natürlich Diarrhöe bekommen.«

»Das wird es wohl gewesen sein«, sagte ihre Mutter ergeben.

*

9. Juni 1974

»Aber das haben Sie letztes Mal auch gesagt, und da hatten Sie nichts«, hörte er sie sagen. Er ging ins Wohnzimmer. Sie saß an seinem Schreibtisch und telefonierte, ihm den Rücken zugekehrt. »Und was wollen Sie jetzt machen?« Er setzte sich auf die Couch und wartete ab. »Na, dann machen Sie das ruhig. Und alles Gute. Wenn Sie weiterhin krank sind, komme ich morgen zu Ihnen. Ich rufe noch mal an. Tschüss. Und alles Gute, ja? Tschüss.« Sie legte den Hörer auf und drehte sich zu ihm um. »Jetzt sagt sie wieder, dass sie krank wäre. Genau wie vor unserem Urlaub.«

Er nickte.

»Wieder schwindelig und ständig zum Klo.«

»Merkwürdig.«

»Was soll ich jetzt machen?«

»Willst du wieder hinfahren?«

»Wir sind gerade erst wieder zu Hause. Sollen wir dem denn jedes Mal nachgeben.«

»Nein«, sagte er unbestimmt.

»Auf die Weise wird es zur Gewohnheit.«

»Das soll es natürlich nicht.«

»Ich wollte eigentlich erst ein bisschen abwarten und morgen hingehen, zumindest, wenn sie dann noch krank ist.«

»Das ist vielleicht das Beste.«

»Sollen wir dann ein bisschen spazieren gehen?«

»Gut.« Er stand auf.

»Aber nicht in der freien Natur, oder?«

»Dann in der Stadt. In der freien Natur sind wir jetzt genug gewandert.«

»Sollte sie es sich etwa nicht mehr zutrauen?«, fragte sie sich, kaum dass sie draußen waren und dem Verlauf der Gracht folgten.

»Gut möglich«, fand er. »Daran habe ich noch nicht gedacht.«

»Das würde bedeuten, dass ich sie in Zukunft abholen muss.«

»Auf jeden Fall vom Bahnhof.«

»Ja, das auf jeden Fall.«

Sie gingen auf einem Umweg zum Spui und saßen eine Weile auf einer Bank beim Athenaeum Nieuwscentrum in der Sonne. Es war noch still. Der Dichter Louis Lehmann kam mit steifen Bewegungen angeradelt, stellte sein Fahrrad am Fenster der Buchhandlung ab und kaufte eine Zeitung. Ein anderer Mann kaufte ebenfalls eine Zeitung, setzte sich mit ihr neben sie und begann zu lesen. Ein junger Mann zeichnete die Terrasse vor dem Café Hoppe, auf der zwei Leute saßen. Ein paar Tauben liefen gurrend herum.

Als sie wieder die Wohnung betraten, klingelte gerade das Telefon. Er rannte hin und nahm ab. »Koning hier.«

»Oh, Tag, Maarten« – die Stimme seiner Schwiegermutter. »Welchen Tag haben wir heute?«

»Sonntag.«

»Ist es Mutter?«, fragte Nicolien hinter ihm.

Er nickte.

»Warum bin ich dann nicht bei euch?«

»Sie sind doch krank?«

»Bin ich krank?«

»Gib sie mir mal«, sagte Nicolien und streckte die Hand aus.

»Ich gebe Ihnen mal Nicolien.«

»Ja, gern.«

Nicolien nahm den Hörer von ihm entgegen. »Tag, Mutter. Sie hatten doch gerade angerufen, dass Sie krank wären?« Er wandte sich vom Schreibtisch ab und setzte sich auf die Couch. »Na, dann können Sie doch noch hierherkommen? … Ja, das können Sie bestimmt. Das machen Sie doch immer? … Sie gehen einfach zum Bus, am Ende der Amandelstraat, Sie wissen doch, Bus 19, und dann zum Bahnhof. … Nein, ich werde am Bahnhof auf Sie warten. Sollen wir das so machen? … Einfach das, was Sie immer mitnehmen, Ihr Nachthemd und Ihr Portemonnaie und natürlich Ihre Augentropfen. Vergessen Sie vor allem nicht Ihre Augentropfen! Werden Sie daran denken? … Und wann gehen Sie dann los? … Gut. Dann stehe ich also am Bahnhof! … Nein, natürlich in Amsterdam! Ja, am Ausgang! … Ja, ich stehe am Bahnhof! … Tschüss. Bis gleich.« Sie legte den Hörer auf. »Sie weiß gar nichts mehr«, sagte sie beunruhigt. »Ich habe den Eindruck, dass sie total in Panik ist.«

»Ja«, sagte er.

Er hörte die beiden die Freitreppe hinaufsteigen. Die Haustür fiel ins Schloss. Im Hausflur hörte man ihre Stimmen. Er stand auf und ging ihnen entgegen, öffnete die Wohnungstür und wartete. Ganz langsam kamen sie um den letzten Treppenabsatz gebogen, seine Schwiegermutter tief vornübergebeugt, ihre Hand am Geländer, Nicolien mit ihrer Tasche auf der anderen Seite.

»Das ist eine ziemliche Kletterpartie, nicht?«, sagte seine Schwiegermutter leicht keuchend.

»Das ist es bei Ihnen zu Hause doch auch?«, sagte Nicolien.

»Ja, aber mir ist, als ob es hier steiler wäre.«

»Nein, das stimmt nicht. Es ist nur eine Krümmung drin. Vielleicht ist es das.«

»Ja, vielleicht ist es das tatsächlich.«

Sie stieg unter Anstrengungen den Treppenabsatz hinauf.

»Tag, Mutter«, sagte er.

»Oh, Tag, Maarten. Bist du nicht auf der Arbeit?«

»Es ist doch Sonntag?«

»Ach ja, es ist Sonntag.«

Er gab ihr einen Kuss und ließ die beiden an sich vorbei eintreten.

»Geben Sie mir mal Ihren Mantel«, sagte Nicolien und nahm ihren Mantel. »Schauen Sie mal, da sind ja auch Marietje und Jonas, die kommen, um Sie zu begrüßen. Sie haben Ihre Stimme gehört.«

Seine Schwiegermutter drehte sich um. Marietje lief voraus, Jonas kam langsam hinter ihr her. »Seid ihr es?«, sagte sie entzückt und beugte sich vor. »Seid ihr es? Kommt mal! Kommt mal zu eurer Mutter! Ich bin so allein!« Sie streichelte Marietje. »Ja, sagt er zu seiner Mutter! Nein, sagt er zu seiner Mutter!« Sie streckte die Hand nach Jonas aus. »Und du natürlich auch! Du natürlich auch! Dich darf ich doch nicht vergessen? Mein kleiner Süßer!« Jonas ließ sich fallen, sie kraulte ihm den Bauch. »Oh, was ist er lieb. Was ist er lieb!«

»Und jetzt mal ins Wohnzimmer«, sagte Nicolien.

Ihre Mutter richtete sich auf. »O ja. Wo war das noch gleich?«

»Sie wissen doch wohl, wo das Wohnzimmer ist?«

»Ja, natürlich weiß ich das.«

Unsicher ging sie den Flur entlang, Nicolien mit ihrer Tasche hinter ihr, Maarten folgte den beiden. »Wie groß es hier ist, was?«, sagte sie, als sie den Raum betrat. Sie blieb stehen und kniff die Augen zu, um sich vor dem Licht zu schützen. »Wo soll ich mich denn hinsetzen?«

»Da, wo Sie immer sitzen«, sagte Nicolien leicht verärgert.

»Ach ja.« Sie sah sich um. »Wo ist meine Tasche? Ich habe etwas für Maarten.«

»Hier«, sagte Nicolien und stellte die Tasche auf den Tisch.

Seine Schwiegermutter zog den Reißverschluss auf und holte ein in braunes Papier gewickeltes Päckchen heraus. »Du weißt bestimmt schon, was es ist«, sagte sie und überreichte es ihm. »Ich dachte mir, das würde dir bestimmt schmecken.«

Während sie sich setzten, öffnete er das Päckchen. »Ein Stück Seife«, sagte er überrascht.

»Ein Stück Seife?«, sagte seine Schwiegermutter verwundert. »Ach, ich dachte, dass es Käse wäre.«

Er lachte. »Nein, es ist wirklich und wahrhaftig Seife.« Er roch daran. »Kein Zweifel möglich.«

Sie musste selbst auch darüber lachen. »Das ist schon was, wenn man so eine verrückte Mutter hat«, sagte sie. »Damit wirst du schön zu schaffen haben.«

*

14. Juli 1974

»Ich war die Woche mit Willy im Westbroekpark bei den Rosen«, sagte seine Schwiegermutter, als sie sich am Sonntagmorgen fertig machten, um spazieren zu gehen. »Können wir da nicht mal hingehen?«

Nicolien sah ihn an. »Das geht schon, oder?«

»Eine gute Idee«, fand er.

»Dann kannst du gleich mal sehen, wo wir damals gewohnt haben. Wissen Sie eigentlich noch, Mutter, dass wir über dem Teeausschank gewohnt haben?«

»Ja, das weiß ich noch gut«, sagte ihre Mutter. »Was für eine Gesellschaft!«

»Gehörte der auch Onkel Jef?«, fragte er.

»Ja, aber bevor er das Badhotel gekauft hat.«

»Wie war das noch? Warum seid ihr da eigentlich eingezogen?«, fragte Nicolien ihre Mutter.

»Weil wir damals keine Wohnung bekommen konnten«, antwortete ihre Mutter. »Und da sagte Jef: ›Dann zieht doch hier ein.‹ Aber ich fand es auch unheimlich, denn abends war ich ganz allein mit dir und Oma. Und wenn es dunkel war, wurde es ziemlich gruselig in dem dunklen Park.«

»Vater hatte damals eine Abendschule«, kommentierte er.

»Ja, in Dordrecht, glaube ich. Oder Leerdam. Ja, in Leerdam. Ich weiß es nicht mehr so genau.«

»Ich fand es schon nett«, sagte Nicolien.

»Ja, aber du warst noch klein«, sagte ihre Mutter.

»Wie alt warst du damals?«, fragte er.

»Ich glaube sechs, oder, Mutter? Ich ging schon zur Schule.«

»Ja, du warst noch klein. Aber ich hatte immer Angst, dass nachts Männer in den Park kommen könnten.«

»Gab es denn kein Telefon?«, fragte er.

»Das hatte man damals noch nicht.«

»Man hat doch auch mal versucht einzubrechen?«, erinnerte sich Nicolien.

»Ja, da haben sie an der Tür gerüttelt. Ich habe das Fenster aufgemacht und ›Wer ist da?‹ gerufen. Da sind sie weggelaufen.«

»Ja, das ist beängstigend«, gab er zu.

»Wir waren nur zwei Frauen mit einem Kind. Da kann man nicht so viel machen, wenn sie einem übelwollen, nicht wahr?«

»Nein, nichts.«

»Ich war jedenfalls immer ziemlich froh, wenn ich das Licht von Vaters Fahrrad ankommen sah.«

Sie hatten die Sinaasappelstraat überquert, auf dem Weg zur Haltestelle der Linie 14. Die Straßen waren nass. Es war drückend warm unter einem grauen Himmel.

»Aber der Park war abends doch sicher geschlossen?«

»Ja, da war ein Eingangstor, und das wurde abends zugemacht, aber da kletterten die Männer einfach drüber, wenn sie Böses im Schilde führten.«

»Und wie kam Vater dann dort hinein?«

»Vater hatte einen Schlüssel.«

»Er hat doch auch einmal selbst über das Tor klettern müssen, weil er den Schlüssel vergessen hatte?«, fragte Nicolien.

»Nein, daran kann ich mich nicht mehr erinnern. Aber es kann gut sein, denn was wir da nicht alles erlebt haben!«

»Und dann seid ihr in die Pansierstraat umgezogen«, erinnerte er sich.

»Zu Frau Kuiper«, sagte Nicolien.

»Die kam aus Zeeland«, fügte ihre Mutter hinzu. »Die konnte diesen leckeren Butterkuchen machen. Weißt du noch, der Butterkuchen?«

Sie standen an der Haltestelle. Während sie auf den Bus warteten, begann es zögerlich zu regnen, doch zu wenig, um umzukehren. Der Bus war nahezu leer. Nicolien und ihre Mutter setzten sich nebeneinander, er nahm auf der anderen Seite des Gangs Platz. Sie fuhren die Mient entlang, folgten der Valkenboslaan und der Groot Hertoginnelaan und setzten ihren Weg durch das Statenkwartier fort. Es war noch ruhig auf den Straßen. Das Laub der Bäume an den Alleen war dunkelgrün und regenschwer, auf den Bürgersteigen standen große Pfützen. Als sie an der Ecke zum Nieuwe Duinweg ausstiegen, war es trocken. Sie gingen den Weg ein Stück zurück bis zum Kapelweg, schräg gegenüber der Hogere Burgerschool Nieuwe Duinweg, gegen die er mal mit seiner Schule Handball gespielt und dabei fünf zu zwei verloren hatte, wenn er sich recht erinnerte. In Den Haag war jeder Schritt mit Melancholie beladen.

»Wir gehen doch sicher erst ins Rosarium und trinken danach Kaffee, oder?«, schlug Nicolien vor.

»Ich finde alles gut«, antwortete er.

»Genau wie Sankt Nikolaus«, sagte seine Schwiegermutter.

»Sie wissen Kontra zu geben.«

»Ja, ich bin nicht so dumm, wie du vielleicht denkst.«

»Deine Mutter kriegt es heute gut auf die Reihe«, sagte er zu Nicolien.

»Ich muss ein bisschen über dich lachen«, sagte seine Schwiegermutter.

Er lachte amüsiert.

Hinter dem Eingangstor gingen sie nach rechts ins Rosarium. Zwischen den Beeten spazierten einige Besucher herum, jedoch weniger, als er erwartet hatte. Die Rosen, derentwegen sie gekommen waren, boten einen traurigen Anblick. Der Platzregen des vorangegangenen Tages hatte sie zu Boden gedrückt. Von den Blüten war nur wenig übriggeblieben, die Blätter hingen verschrumpelt und braun an den Stängeln.

»Es ist nicht viel davon übrig, was?«, stellte Nicolien fest.

»Das kann man wohl behaupten«, stimmte er zu.

»Und als ich vor ein paar Tagen mit Willy hier war, waren sie noch so schön«, sagte seine Schwiegermutter. »Wie seltsam.«

»Sie sprechen aus, was ich denke«, antwortete er.

Es begann zu regnen.

»Sollen wir dann nicht lieber Kaffee trinken«, schlug Nicolien vor, »denn sonderlich viel zu sehen gibt es nicht.«

Sie fanden einen Platz unter dem Schutzdach.

»Hier habe ich mit Willy ein herrliches Eis gegessen«, erinnerte sich ihre Mutter.

»Aber jetzt trinken wir Kaffee«, entschied Nicolien. »Mit einem Törtchen, oder, Maarten?«

»Ob Bruin das wohl schafft?«, fragte ihre Mutter.

»Heute schafft Bruin alles«, antwortete er.

Der Kellner kam, um die Bestellung aufzunehmen.

»Drei Tassen Kaffee. Und haben Sie auch Kuchen?«, fragte Nicolien.

»Rührkuchen, Apfelkuchen, Erdbeertorte und Mokkatorte«, antwortete der Mann.

»Was möchten Sie, Mutter?«

»Ich hätte gern einen Mohrenkopf.«

»Mohrenköpfe haben wir nicht«, sagte der Mann.

»Dann nehme ich doch mal ein Eis.«

»Nein, Sie müssen sich jetzt für ein Törtchen entscheiden.«

»Was gibt es denn für Törtchen?«

»Bringen Sie uns dann drei Erdbeertörtchen«, sagte Nicolien.

»Drei Tassen Kaffee und drei Stücke Erdbeertorte«, wiederholte der Mann.

»Das war doch richtig, oder?«, fragte sie Maarten, als der Mann verschwunden war.

»Was kriege ich jetzt?«, fragte ihre Mutter.

»Ein Erdbeertörtchen«, sagte Nicolien. »Das finden Sie doch sicher lecker?«

»Na und ob! Ich bin ganz wild auf Erdbeertörtchen.«

»Das denke ich doch auch.«

Sie schwiegen. Um sie herum waren inzwischen mehrere Tische besetzt.

Die gedämpften Gespräche der Leute vermischten sich mit den Geräuschen des nicht enden wollenden Regens.

»So ein Regenschauer ist gut für die Blumen«, bemerkte seine Schwiegermutter. »Sie haben so schön frisch ausgesehen.«

»Na ja«, sagte er. »In diesem Fall eher nicht.«

»Sie waren vom Regen doch völlig zerstört!«, sagte Nicolien. »Es war nun überhaupt nichts mehr von ihnen übrig!«

»Ja, eben«, sagte ihre Schwiegermutter vage.

»Sie legen sich aber auch auf gar keinen Standpunkt fest, oder?«, sagte er lachend. »Sie kriegt man nicht kaputt.«

»Guten Tag, Ekelpaket«, antwortete sie.

»Danke gleichfalls«, spielte er den Ball zurück.

Während seine Schwiegermutter und Nicolien mit der Zubereitung des Essens beschäftigt waren, stand er auf dem Balkon. Der Regen hatte sich verzogen, der Himmel hatte sich aufgeklart. Die Tür zur Küche hinter ihm stand einen Spalt offen. Er hörte ihre Stimmen, aber er gab sich keine Mühe, dem Gespräch zu folgen. Unter ihm lag der Innenhof des Bäckers mit dem kleinen Schuppen, in dem dieser sein Mehl aufbewahrte. Dahinter befand sich die grau verputzte, fensterlose Mauer des ersten Hauses der Mandarijnstraat. Die Straße machte einen verlassenen Eindruck. Von dort aus, wo er stand, konnte er auf der anderen Straßenseite, hinter dem kleinen, mit Kies bedeckten Vorgarten, durch einen Spalt in den Gardinen Frau Baas sitzen sehen. Sie saß dort im späten Sonnenschein, mit dem Rücken zum Fenster, und las die Zeitung. Er wandte sich ab, öffnete die Klappe des Kohlenkastens, in dem seine Schwiegermutter auf den mit einem Stück Plastik abgedeckten Kohlen ihre Lebensmittel aufbewahrte, ließ die Klappe wieder zufallen, öffnete den Fliegenschrank darüber und inspizierte den Inhalt. Zu seiner Überraschung fand er zwischen den Töpfen und Schälchen eine Perlenschnur. Er öffnete die Küchentür weiter. »Seht mal, was ich gefunden habe«, sagte er und hielt die Schnur hoch. Sie drehten sich zu ihm um.

»Bloß nicht reinbringen!«, warnte seine Schwiegermutter.

»Warum nicht?«

»Das bringt Unglück.«

»Unglück? Davon habe ich ja noch nie gehört.«

»Perlen im Haus bringen Unglück.«

Er betrachtete die Schnur. »Aber das hier sind doch keine echten Perlen?«

»Das ist egal. Man weiß ja nie.«

»Wusstest du, dass sie Unglück bringen?«, fragte Nicolien.

»Nie gehört.«

»Ich weiß auch nicht, ob es wahr ist«, sagte seine Schwiegermutter.

»Aber Sie gehen lieber auf Nummer sicher«, stellte er fest.

»Ja, treib nur deinen Spott damit.«

»Aber wie haben Sie sie dann in den Fliegenschrank bekommen? Sie sind dafür doch nicht außenrum geklettert, hoffe ich?« Er musste bei dem Gedanken lachen.

»Ach, du Quälgeist. Lass dich mal untersuchen.«

»Aber dann auf Ihre Kosten«, antwortete er. Er schloss die Tür und legte die Perlen dorthin, wo sie hingehörten.

*

19. August 1974

Als er auf dem Weg nach Hause die Zeitung kaufte, tippte ihm jemand auf die Schulter. »Hey, André«, sagte er erfreut. Zusammen gingen sie in Richtung Bahnhof. Er fragte ihn, wie es ihm ginge, sie sprachen über Probleme mit seinen Studenten und über seine Arbeit, ohne ihm die Gelegenheit zu geben, seinerseits etwas zu fragen. An der Ampel auf der Ecke zur Raadhuisstraat wollte André bei Rot die Straße überqueren. Er hielt ihn zurück. »Sonst fahren sie uns tot«, warnte er ihn. Im selben Moment kam die Horde überwiegend roter Autos in Bewegung. André nutzte die Gelegenheit, um sich nach seiner Familie zu erkundigen, offenbar in der Annahme, dass Maarten Kinder hätte. An der Ecke zum Lijnbaanssteeg gaben sie sich die Hand. Er ging allein nach Hause.

Nicolien und ihre Mutter saßen im Wohnzimmer, Nicolien mit einem Glas Genever, ihre Mutter mit einem Eierlikör. Er schenkte sich einen Schnaps ein und nahm in Gedanken einen Schluck. Beim letzten Mal, als er André getroffen hatte, vor sechzehn Jahren, war es genauso gewesen. Er hatte damals in der Bibliothek bei der Ausleihe gestanden, und André hatte ihm auf die Schulter getippt.

»Du bist so still«, sagte Nicolien. »Du fragst gar nichts?« Es klang verärgert, ein Ärger, der sich bei ihr immer zeigte, wenn sie den ganzen Tag mit ihrer Mutter zugebracht hatte.

Er sah hoch. »Was habt ihr heute Nachmittag gemacht?«, fragte er geistesabwesend.

»Wir haben beim Lido auf der Terrasse gesessen.«

»Und wie war es?«

»Das war ganz nett, oder, Mutter?«

»Ja, das war mal was anderes, nicht?«, sagte ihre Mutter.

»Ihr seid hin- und zurückgelaufen«, vermutete er.

»Nein, wir sind natürlich mit der Straßenbahn gefahren!«, sagte Nicolien gereizt.

»Und wir haben ein leckeres Eis gegessen«, erinnerte sich seine Schwiegermutter.

Er nickte.

Nicolien stand auf, um in die Küche zu gehen.

»Soll ich dir nicht helfen?«, fragte ihre Mutter und richtete sich auf.

»Nein, ich rufe Sie schon.«

Er wusste, dass sie froh war, einen Augenblick allein zu sein.

Es war einen Moment still.

»Ja, so geht es nun einmal zu in der Welt«, bemerkte seine Schwiegermutter.

Er rechnete aus, wie lange es her war, dass er mit André durch Amsterdam gelaufen war und über die Menschheit diskutiert hatte. Das war im ersten Jahr seiner Studienzeit gewesen, als er noch Wirtschaftswissenschaften studiert hatte. Also vor neunundzwanzig Jahren. Grundgütiger! Was ihn traurig machte, war das Gefühl, eingesperrt zu sein. Ein Professor und ein wissenschaftlicher Beamter im höheren Dienst. Er sah die zwei kleinen Jungen aus einem riesengroßen Raum hinaus in einen Trichter laufen. Und wenn man sich dann Jahre später begegnete, jeder in seinem eigenen Trichter, merkte man, wie unerreichbar man füreinander geworden war. Traurige Gedanken, die zudem von der Einladung zum Kongress in Ungarn unterstützt wurden, die gerade an diesem Tag eingetroffen war und in der er seinen Namen zwischen all den anderen Namen vorgefunden hatte, obwohl er dort nichts zu suchen hatte.

»Du darfst nicht grübeln«, warnte seine Schwiegermutter.

Er sah langsam zu ihr hinüber und lächelte. »Warum eigentlich nicht?«

»Das ist nicht gut für den Menschen.«

»Grübeln Sie nie?« Er schenkte sich einen zweiten Schnaps ein.

»Doch, sicher.«

»Na sehen Sie.«

»Aber ich bin schon alt.«

»Ebendarum.«

»Hast du denn nicht mal eine Platte für Mutter aufgelegt?«, fragte Nicolien, als sie den Raum betrat.

»Ich war noch nicht dazu gekommen«, entschuldigte er sich. Er stand auf, hockte sich vor den Schrank mit Schallplatten, wählte nach einigem Suchen eine Platte mit sechs Trompetenkonzerten aus, gespielt von Maurice André, legte sie auf den Plattenteller, hob die Nadel in die Rille und setzte sich wieder. André stimmte mit voller Kraft eine Sonate von Tessarini an.

»Die doch nicht!«, sagte Nicolien empört.

»Warum nicht?«

»Du weißt doch, dass Mutter das nicht mag! Das ist doch viel zu laut!«

»Was mag Mutter dann?«

»Schubert oder natürlich Chopin! Es scheint, dass du mit dem Kopf überhaupt nicht bei der Sache bist! Was ist denn los?«

»Schubert oder Chopin«, wiederholte er und stand auf. Er ersetzte die Platte von André durch die *Impromptus* von Schubert und setzte sich wieder. »Beerta will zu seinem fünfundsiebzigsten Geburtstagsfest eine große Feier veranstalten«, erzählte er, während Ingrid Haebler einsetzte. Er sah seine Schwiegermutter an. »Mein früherer Chef will, wenn er fünfundsiebzig wird, eine große Feier für hundertfünfzig Leute geben, in einem Saal.«

»Ach, der Mann ist ja nicht mehr ganz richtig im Kopf«, sagte sie.

Er schmunzelte. »Ich werde es ihm sagen.«

»Und müssen wir da dann auch hin?«, fragte Nicolien entsetzt.

»Ich fürchte, ja.«

»Ich denke nicht daran.«

»Ich glaube, dass er selbst nichts davon hält. Es ist eine Idee von Karel.«

»Ja, natürlich.« Sie stand wieder auf und verließ das Wohnzimmer.

»Es heißt, dass das Meer immer höher steigt. Und dass es dann ganz Scheveningen überschwemmen wird«, sagte seine Schwiegermutter.

»Wer sagt das?«

»Die Mädchen.«

»Willy und Bertha«, war ihm klar.

»Das wird doch wohl nicht passieren?«

»Das sagen sie natürlich, weil sie da ein Haus haben.«

»Ja, das wird es wohl sein.«

»Wir werden es auf jeden Fall nicht mehr erleben.«

»Ja, das denke ich auch.«

Sie schwiegen. Die Musik von Schubert füllte den Raum.

»Ich finde im Übrigen, dass mit dem Meer derzeit nicht mehr viel los ist«, sagte seine Schwiegermutter. »Früher war es viel wüster.«

*

9. November 1974

In der Post war eine Karte von Tante Katrien. *Geehrte Familie. Aus dem Grund, dass ich Montag wegen meiner Füße zum Doktor muss, kann ich Ihre Mutter und Han nicht empfangen. Ich kann aber am nächsten Montag. Hochachtungsvoll, Ihre Katrien Olieslager.*

»Sie glaubt natürlich, dass Mutter am Wochenende bei uns ist«, sagte Nicolien.

»So wird es wohl sein.«

»Was sollen wir jetzt machen?«

»Anrufen?«

»Aber wie macht man ihr das begreiflich?«

»Das wird nicht einfach sein.«

»Denn wenn Tante Han sie Montag holen kommt, hat sie es natürlich längst wieder vergessen.«

»Dann solltest du Tante Han anrufen.«

»Glaubst du denn, dass die es begreift? Sie ist doch auch nicht mehr ganz klar im Kopf.«

Er lachte. »Wenn man darüber nachdenkt, ist es eigentlich echt meisterhaft.«

»So lustig finde ich das nicht.«

Er schwieg.

»Lass mich erst mal Mutter anrufen«, entschied sie. »Dann können wir immer noch sehen.«

Während er sich auf die Couch setzte, wählte sie die Nummer ihrer Mutter. Es dauerte einen Moment, bis abgenommen wurde.

»Vielleicht ist sie schon bei Willy und Bertha?«, vermutete er.

»Das ist derzeit doch immer erst samstagnachmittags? Die beiden wollten sie nicht mehr so lange haben.« Sie wandte sich ab. »Ja, Mutter, ich bin's. Tag. ... Ja, ich rufe Sie aus folgendem Grund an: Sie sollten doch am Montag mit Tante Han zu Tante Katrien gehen? ... Wissen Sie das nicht? ... Aber das hatten Sie doch abgemacht? ... Ja sicher, das hatten Sie abgemacht. Sie wollten Montag zu Tante Katrien gehen. ... Ja, die sollte Sie abholen. Sie wissen es also doch! ... Nein, um zu Tante Katrien zu gehen. ... Wissen Sie es jetzt wieder? ... Ja, Tante Han sollte zu Ihnen kommen, und dann wollten Sie gemeinsam zu Tante

Katrien gehen. … Ja, das haben Sie natürlich vergessen. Aber das macht nichts, denn daraus wird eh nichts. … Nein, daraus wird nichts, denn Tante Katrien muss zum Doktor, wegen ihrer Füße. … Ja, die scheint etwas an den Füßen zu haben. … Nein, Tante Katrien, nicht Tante Han! Tante Han sollte Sie abholen. … Ja, Tante Katrien hat etwas an den Füßen und kann Sie jetzt nicht empfangen. … Hat sie das geschrieben? … Was schreibt sie denn? … Ja, suchen Sie ihn mal eben.« Sie drehte sich zu ihm um. »Jetzt sagt sie, dass Tante Katrien ihr geschrieben hätte, dass sie überhaupt keinen Besuch mehr haben will.« Sie wandte sich wieder ab. »Können Sie ihn nicht finden? … Ja, da sehen Sie, das haben Sie geträumt. Das denken Sie sich bloß aus. Sonst hätte Tante Katrien Sie doch nicht eingeladen? … Ja, Montag. Aber daraus wird jetzt nichts. … Nein, daraus wird nichts, weil Tante Katrien etwas an den Füßen hat, und deswegen muss sie zum Doktor und bittet Sie, ob Sie nächste Woche Montag kommen können. … Nein, nicht diesen Montag, sondern den Montag darauf. … Ja, weil sie etwas an den Füßen hat. … Gehen Sie dann erst mal zu Willy und Bertha. … Ja, ich rufe noch mal an. Tschüss. … Tschüss.« Sie legte den Hörer auf. »Sie begreift gar nichts mehr«, sagte sie verzweifelt.

»Vielleicht solltest du doch besser Tante Han anrufen?«

»Haben wir denn ihre Telefonnummer?«

»Die wird doch wohl in der Mappe sein?«

Sie holte die Mappe aus dem Schreibtisch. »Siehst du, dass ich nicht hätte anrufen sollen? Das hättest du wissen müssen! Das wissen wir doch schon so lange!«

Er reagierte nicht darauf.

»Hier habe ich sie.« Sie nahm den Hörer von der Gabel und wählte die Nummer. Diesmal wurde gleich abgenommen. »Ja,

Cardi, Nicolien hier. Ist deine Schwiegermutter auch da? … Sie ist nicht da? … Wann kommt sie denn wieder? … Heute Abend? Dann rufe ich heute Abend noch mal an. Geht es euch gut? … Schön. Also bis heute Abend. Tschüss.« Sie legte den Hörer wieder auf. »Jetzt muss ich heute Abend noch mal anrufen«, sagte sie verstimmt.

»Das macht doch nichts? Solange du sie nur vor Montag zu fassen kriegst.«

»Aber ich habe überhaupt keine Lust, sie noch mal anzurufen.«

»Dann rufst du nicht an.«

»Aber ich habe es versprochen!«

»Das heißt doch nichts. Die meisten Leute rechnen nicht mal damit, wenn man so etwas verspricht.«

»Solche Leute kenne ich nicht.«

»Aber du weißt doch wohl, dass es einen Haufen Leute gibt, die nicht anrufen, wenn sie sagen, dass sie anrufen würden?«

»Wer denn?«

Er dachte kurz nach. »Das kann ich so schnell nicht sagen.«

»Ich kenne jedenfalls nur Leute, die tun, was sie versprechen!«

Er reagierte nicht darauf.

»Was sollen wir bloß mit Mutter machen?«, fragte sie ratlos.

*

29. Dezember 1974

Es war kalt bei einem schneidenden Nordostwind. So früh waren erst wenige Menschen auf der Straße. Während sie auf den Bahnhof zugingen, kam seine Schwiegermutter gerade durch die Schwingtüren, hilflos suchend, den Kopf etwas dümmlich seitwärts erhoben, als würde sie sie dort in halber Höhe erwarten.

»Tag, Mutter«, sagte Nicolien und gab ihr einen Kuss.

»Oh, Tag, Kind. Bist du es? Ich dachte schon.«

»Maarten ist auch da.«

»Oh, Tag, Maarten. Bist du auch da?«

Er gab ihr ebenfalls einen Kuss und nahm ihr die Tasche ab.

»Warum haben Sie denn bloß den dünnen Mantel angezogen?«, sagte Nicolien besorgt. »Das ist doch viel zu kalt! Das ist Ihr Sommermantel!«

»Ja, ich konnte keinen anderen finden.«

»Aber Sie haben doch sicher eine Jacke darunter?« Sie sah zwischen zwei Knöpfen nach, was ihre Mutter unter dem Mantel trug.

»Ja, ich glaube schon. Ja, eine Jacke habe ich schon drunter.«

»Und dieser dünne Schal! Sie hätten sich doch einen Wollschal umbinden müssen?«

»Ja, Kind. Ich weiß das alles nicht mehr so genau. Das Alter kommt mit Gebrechen, musst du dir bloß denken.«

Sie gingen langsam zurück nach Hause. Während Nicolien

und ihre Mutter sich unterhielten, versuchte er sich ihrem Tempo anzupassen. Er musste sich zurückhalten, um nicht vorauszulaufen und wieder umzukehren und dann kleine Runden um sie zu drehen, und er konnte sich vorstellen, wie frustrierend es für einen Hund sein musste, mit Menschen spazieren zu gehen.

»Hey, hier ist es schön«, sagte seine Schwiegermutter, als sie das Haus betraten und die Eingangstür hinter ihnen zufiel. »Bei diesem Wetter ist es sowieso am besten, im eigenen Häuschen zu sein.« Sie griff zum Geländer und stieg langsam die Treppe hinauf, wobei Nicolien sie auf der anderen Seite unterstützte.

Träge folgte er ihnen, dabei ständig stehenbleibend, um ihnen einen Vorsprung zu geben. Er wartete auf der letzten Treppenstufe, bis Nicolien die Wohnungstür geöffnet hatte, und trat hinter ihnen ein. Während seine Schwiegermutter ausgiebig die Katzen begrüßte, ging er wieder zur Wohnungstür hinaus, brachte ihre Tasche ins Kämmerchen, ging zurück in die Wohnung und betrat das Wohnzimmer.

»So, jetzt werde ich mal Kaffee machen«, sagte Nicolien, sobald ihre Mutter Platz genommen hatte.

»Soll ich dir dann nicht eben helfen?«, fragte ihre Mutter.

»Nein, bleiben Sie ruhig sitzen. Ich mache das schon allein.«

»Das ist doch schon schön, von seinen Kindern versorgt zu werden«, bemerkte ihre Mutter.

»Sind Sie müde von der Reise?«, fragte er.

»Ach nein. Das geht schon.«

Er schmunzelte. »Sie sind aus Stahl.«

»Na ja, nicht aus Stahl. Das hätte man gern, aber so ist es nun auch wieder nicht.«

»Würden Sie wirklich aus Stahl sein wollen?«

»Kein Stück.«

»Dann wären Sie ein Roboter.«

»Besser nicht.«

Es entstand eine Pause.

»Wie geht es Willy und Bertha?«, fragte er.

»Danke. Ich soll dich grüßen.«

»Grüßen Sie zurück.«

»Das mache ich.«

»Und der Freund von Bertha?«

»Ganz gut. Von dem höre ich nie mehr was.«

»Also nicht so gut.«

»Nein, vielleicht nicht. Man weiß es nicht. Das ist alles ein bisschen heimlich.«

»Ein bisschen mysteriös, meinen Sie?«

»Das weiß ich nicht. Ich sage bloß immer: Zum Glück, dass nicht alle Menschen gleich sind.«

»Darüber haben wir uns schon öfter unterhalten, aber ich bezweifele es.«

»Ach, Quälgeist.«

Er lächelte.

»Wo ist Niekewiek denn?«

»In der Küche.«

»Soll ich dann nicht helfen?« Sie wollte aufstehen.

»Nein, bleiben Sie mal sitzen. Sie kommt gleich.«

Sie ließ sich wieder zurücksinken, wobei die Sitzauflage ihres Sessels unter ihr wegrutschte, ohne dass sie dem Aufmerksamkeit schenkte. Er fragte sich, warum ihn das irritierte, aber er sagte nichts.

Nicolien kam mit dem Kaffee und drei Törtchen ins Wohnzimmer. »Hier ist der Kaffee.«

»Was haben wir es wieder gut«, sagte ihre Mutter.

Auch das irritierte ihn.

»Wir müssen heute Abend zu Maartens Vater«, sagte Nicolien, nachdem sie den Kaffee und die Törtchen verteilt hatte.

»Komme ich dann mit?«, fragte ihre Mutter.

»Nein, Sie bleiben hier. Er liegt im Krankenhaus.«

»Liegt er im Krankenhaus?«

»Er ist krank.«

»Doch nichts Ernstes?«

»Doch, etwas sehr Ernstes.«

»Wie schlimm für ihn.«

»Aber er nimmt es ziemlich gleichmütig hin«, sagte er, um die Mitteilung etwas abzuschwächen.

»Oh, zum Glück.«

Sie aßen ihre Törtchen.

»Dein Vater liegt also im Krankenhaus.«

»Ja«, sagte er.

»Und bin ich dann allein hier?«

»So schlimm ist das doch nicht?«, sagte Nicolien. »Sie können doch wohl eine Weile allein sein?«

»Ja sicher, aber es ist hier ein bisschen groß, nicht wahr?«

»Aber wir sind doch auch bald wieder zurück?«

»Ja, das zum Glück schon. Ich würde mir keinen Rat wissen.«

Sie schwiegen.

»Sehen Sie nichts an meinem Zahn?«, fragte Nicolien. Sie beugte sich zu ihrer Mutter hinüber und schob ihre Oberlippe hoch.

»Ist etwas mit deinem Zahn?«

»Der ist raus. Das hier ist ein neuer.«

»Hast du denn so schlechte Zähne?«

»Aber das wussten Sie doch? Ich habe furchtbar schlechte Zähne.«

»Seltsam, nicht? Weil Vater und ich immer so gute Zähne hatten.«

»Aber Sie haben doch überhaupt keine guten Zähne?« Es klang verärgert. »Sie hatten vor dem Krieg schon ein künstliches Gebiss.«

»Habe ich ein Gebiss?«

»Das wissen Sie doch wohl? Sie nehmen es doch jeden Abend aus dem Mund, bevor Sie schlafen gehen?«

Ihre Mutter lachte. »Ja, jetzt, wo du es sagst. Willst du mir wohl glauben, dass ich das völlig vergessen hatte.«

»Also, wir sind gleich wieder da«, sagte Nicolien, als sie, bereits im Mantel, ins Wohnzimmer kam.

Vom Flur aus sah er, dass sich seine Schwiegermutter aus dem Sessel erhob. »Und was ist mit mir?«, fragte sie hilflos.

»Wenn Sie Durst haben, machen Sie sich einfach eine Kanne Tee. Ich habe alles auf die Spüle gestellt. Sie müssen nur Wasser kochen.«

»O ja.« Sie kam zögernd auf Nicolien zu.

»Sie können doch sitzen bleiben?«

»Nur eben Tschüss sagen.« Sie gab ihr einen unbeholfenen Kuss.

»Wir sind gleich wieder da«, wiederholte Nicolien.

»Ja, zum Glück.« Sie folgte ihnen bis zur Wohnungstür.

»Sie brauchen doch nicht ganz bis zur Tür mitzukommen«, sagte Nicolien verärgert.

»Nein, aber ich mache es trotzdem.«

Er hatte die Tür schon geöffnet und trat ins Treppenportal.

»Na denn, tschüss. Bis gleich«, sagte Nicolien. Sie gab ihrer Mutter noch einen Kuss. »Setzen Sie sich jetzt mal ruhig hin und lesen etwas.«

»Ja, Kind. Tschüss, Maarten.«

»Tschüss, Mutter.«

Sie sah ihnen nach, den Türknauf in der Hand, das Licht aus dem Flur im Rücken. »Tschüss«, sagte sie.

»Tschüss«, antworteten sie beide.

»Kommt bald wieder.«

»Ja, wir sind bald wieder da«, sagte Nicolien an der Krümmung der Treppe. »Tschüss.«

»Tschüss.«

Als sie außer Sicht waren und durch den Hausflur zur Eingangstür gingen, hörte er, wie sich die Wohnungstür oben ganz leise schloss.

»Das ist doch furchtbar«, sagte Nicolien. »Es scheint, als ob sie immer abhängiger wird.«

»Außerdem glaube ich, dass sie in diesem großen Zimmer Angst hat«, sagte er.

Das Licht im Flur brannte noch, als sie wieder zurückkamen. Es fiel durch die Oberlichter und die Mattglasscheibe der Wohnungstür und beleuchtete das Treppenportal.

»Sie hat das Licht brennen lassen«, bemerkte er.

»Das lässt Schlimmes befürchten«, sagte sie.

Er öffnete die Wohnungstür.

»Huhu, wir sind wieder da!«, rief Nicolien.

Die Tür zum Wohnzimmer stand weit offen, doch es kam keine Antwort.

»Sie wird doch wohl noch da sein«, sagte sie beunruhigt und

ging, noch im Mantel, direkt ins Wohnzimmer. »Was haben Sie denn gemacht?«, hörte er sie fragen. »Es ist eiskalt hier. Sie hätten die Tür doch nicht offenstehen lassen müssen!«

Er folgte ihr in den Raum. Seine Schwiegermutter saß durchgefroren in ihrem Sessel, sie hatte sich einen alten Wintermantel von Nicolien umgehängt. »Seid ihr da?«, fragte sie geistesabwesend. Die Sitzauflage ihres Sessels war jetzt ganz heruntergerutscht und lag vor ihr auf dem Boden. Er sah es und stellte fest, dass es ihn erneut irritierte. Warum bloß? Weil sie alt und abhängig war? Ich bin schlecht, dachte er missmutig.

*

31. Dezember 1974

»Sollen wir erst noch einen Krapfen nehmen und dann eine Runde *Mensch ärgere dich nicht* spielen?«, schlug Nicolien vor. »Wollen Sie noch einen Krapfen, Mutter?«

»Ja, ich möchte gerne noch einen Krapfen«, sagte ihre Mutter.

»Oder möchten Sie lieber eine Apfeltasche?«

»Die möchte ich wohl auch.«

»Nein, eines von beiden.«

»Dann eben eine Apfeltasche.«

»Für Mutter eine Apfeltasche«, sagte sie und legte eine Apfeltasche auf den Unterteller ihrer Mutter. »Und du?«

»Gib mir auch mal eine Apfeltasche.«

»Wenn wir nicht aufpassen, sind unsere Apfeltaschen bald alle.«

»Sollen wir nicht auch schon ein Gläschen Glühwein trinken?«, schlug er vor.

Sie zögerte. »Sollten wir damit nicht lieber ein bisschen warten?«

»Gut.«

»Holst du dann das *Mensch ärgere dich nicht*?«

»Ich hole das *Mensch ärgere dich nicht.*« Er verließ den Raum, machte das Licht im Stauraum an, stieg auf einen Hocker und holte die Schachtel aus dem Regal. »Ich werde euch gleich mal zeigen, was eine Harke ist«, bluffte er, als er wieder ins Wohnzimmer kam, »damit ihr euch totärgert. Kann ich den Wein auf das Büffet stellen?«

»Der kann doch wohl auf dem Tisch stehen bleiben?«

»Auch gut.«

»Kann ich auch was machen?«, fragte seine Schwiegermutter.

»Nein, Sie brauchen nichts zu tun«, sagte Nicolien.

Er schob das Rechaud mit dem Topf Glühwein und die Schalen mit den Krapfen und den Apfeltaschen zur Seite, klappte das Spielbrett auf, stellte die Schachtel mit den Spielfiguren auf den Tisch und kehrte an seinen Platz zurück, um seine Apfeltasche zu essen.

»Jeder nimmt also zwei Farben«, sagte er, als sie um den Tisch herumsaßen. »Mutter blau und schwarz, du rot und grün und ich gelb und violett.«

»Welche Farben habe ich?«, fragte seine Schwiegermutter.

»Blau und schwarz!« Er zeigte sie ihr.

»Blau und schwarz«, wiederholte sie.

»Erst also die Figuren auf die Startfelder stellen.« Er kippte die Figuren aus der Schachtel über dem Spielbrett aus und begann, die gelben herauszusuchen.

»Ist diese hier blau?«, fragte seine Schwiegermutter.

»Nein, die ist schwarz. Die hier ist blau.« Er gab ihr eine blaue.

»Ach ja.«

Nicolien hatte das rote Startfeld bereits vollgestellt und fing mit dem grünen an. Während er das gelbe Startfeld füllte, sah er, dass seine Schwiegermutter die blauen Spielfiguren auf die Zielfelder stellte. »Nein, Mutter. Da müssen Sie nachher hin. Sie müssen hier stehen«, mahnte er und setzte die blauen Figuren ins Startfeld um.

»Ja, ich dachte auch schon.«

»Sie dachten, Sie könnten uns überlisten.«

»Ja, ich dachte, ich stelle sie mal dahin.«

»Ich bin fertig«, sagte Nicolien.

»Einen Moment«, sagte er. Er füllte das violette Startfeld, sah seine Schwiegermutter herumhantieren und half ihr, auch das schwarze Startfeld zu füllen. »Fertig!«

»Soll ich mal würfeln?«, fragte Nicolien. Sie warf den Würfel in einem Bogen über den Tisch.

»Zwei!«, sagte er. »Mutter, jetzt Sie!«

»Was muss ich machen?«

»Würfeln!«

»Ach ja.« Sie nahm den Würfel und warf ihn.

»Fünf! Und jetzt ich.« Er langte über das Spielbrett, holte sich den Würfel und warf ihn längs vor sich. »Vier! Mutter fängt an!« Er gab ihr den Würfel.

»Muss ich anfangen?«

»Sie müssen anfangen.«

»Aber ich habe doch schon gewürfelt?«

»Ja, aber Sie müssen noch mal würfeln.«

An ihrem Gesicht war zu erkennen, dass sie von alldem nicht viel begriff, aber sie würfelte.

»Drei!«, stellte er fest. »Jetzt müssen Sie eine Ihrer Spielfiguren auf die Startposition stellen und dann drei Felder vorrücken.«

Sie sah auf das Spielbrett.

»Ich glaube, Mutter versteht das nicht ganz«, sagte Nicolien.

»Ach was. Sie muss nur wieder hineinkommen. Sie hat es voriges Jahr doch auch gespielt?«

Seine Schwiegermutter streckte zögernd ihre Hand zu einer gelben Spielfigur aus.

»Nein, die gehört mir. Eine schwarze oder blaue!«

»Eine schwarze oder blaue«, wiederholte sie. Sie nahm eine blaue Figur und zögerte wieder.

»Und jetzt auf die Startposition stellen.«

Ganz langsam ging ihre Hand zum Spielbrett, sie hielt inne und stellte dann die Spielfigur auf das erste Zielfeld ihrer Farbe. »Hier dann mal?«

»Nein, hier«, korrigierte er und setzte die Figur um.

»Ich glaube echt, dass Mutter zu müde ist«, sagte Nicolien. »Nicht wahr, Mutter? Sie sind ein bisschen müde.«

»Aber nein, Kind. Ich bin nicht müde.«

»Finden Sie es denn schön?«, fragte er.

»Ja, sicher.«

»Dann müssen Sie mit der Figur jetzt drei Felder vorrücken.«

Sie nahm die Spielfigur wieder in die Hand und rückte drei Felder weiter, allerdings in der falschen Richtung.

»Sollen wir nicht lieber etwas anderes spielen?«, fragte Nicolien. »Denn ich glaube wirklich, dass das für Mutter zu schwer ist.«

Er ließ sich gegen die Lehne seines Stuhls sinken. »Ja, aber was …?« Er sah seine Schwiegermutter an, die ein wenig niedergeschlagen dasaß. »Was für Spiele haben Sie früher sonst noch gespielt?«

»Früher?« – als ob sie nicht ganz bei der Sache war. »Mit Jef und Gertie haben wir oft Bridge gespielt.«

»Ja, das war, als Vater noch lebte. Aber ich meine, als Sie noch ein Kind waren.«

»Als ich noch ein Kind war? Halma.«

»Das ist genauso schwer. Noch etwas anderes.«

»Und auch Bingo, glaube ich.«

»Das wird doch wohl bei Vater zu Hause gewesen sein?«, bemerkte Nicolien. »Doch nicht bei Ihnen?«

»Und Domino.«

»Domino! Das ist keine schlechte Idee.« Er sah Nicolien an. »Aber vielleicht können wir erst einen Krapfen essen und ein Glas Glühwein dazu trinken?«

»Ist gut«, sagte sie. »Möchten Sie auch einen Krapfen, Mutter?«

»Wenn ich euch keine Ungelegenheiten bereite?«

Die Bemerkung wirkte befremdlich. »Sie bereiten uns doch keine Ungelegenheiten«, sagte Nicolien gekränkt.

»Nein, aber das hat meine Mutter immer gesagt«, entschuldigte sich ihre Mutter.

Den Rest des Abends spielten sie Domino. Er steckte eine Niederlage nach der anderen ein. Obwohl er merkte, dass er das nicht gut ertrug, wusste er sich einigermaßen zu beherrschen. Einmal, als seine Schwiegermutter einen Anschluss übersah, der ihn neunzehn Punkte kostete, kam er fast an seine Grenze, doch glücklicherweise gelang es ihm gerade noch rechtzeitig, seine besseren Gefühle zu mobilisieren. Schließlich gewann sie durch ihren Fehler, was man mit einigem guten Willen als Taktik werten konnte, und wenn etwas Taktik war und keine Dummheit, war es zulässig. Um zwanzig vor zwölf, als keiner von ihnen dreien infolge des Glühweins mehr in der Lage war, exakt die Augen auf den Steinen zu zählen, beendeten sie die letzte Runde. Sie warteten auf die Uhr und die Pfiffe und wünschten Mutter ein glückliches neues Jahr. Gleich darauf setzte draußen das Knallen ein. Jonas flüchtete unter die Couch, Marietje folgte ihm sicherheitshalber. Er schob das Fenster auf und sah nach draußen. Die Nacht war mild, es sah nach Regen aus. Nicolien stellte sich neben ihn. Links von ihrem Haus wurde, sehr zu seinem Ärger, unten an einem Baum ein Feuer entzündet. Auf der Brücke brannte ein großes rotes Licht, aus dem mit lautem Geknalle Funken sprühten. Auf der anderen Seite der Gracht, an der Ecke zum Korsjespoortsteeg, wurden Leuchtraketen abgefeuert.

»Was sehen deine Augen?«, fragte seine Schwiegermutter. Sie saß halb abgewandt in ihrem Sessel, ab und zu rot vom Feuerwerk beleuchtet.

»Feuerwerk«, antwortete er. Es krachte und knallte jetzt von allen Seiten. Über der Gracht hing dichter Schwefeldampf. Er hörte einen Hund heulen. Eine Ente fiel wie ein Stein vom Himmel und verschwand hinter einem Giebel auf der anderen Straßenseite. Das trübte seine Stimmung.

»Ist das nicht furchtbar für die Tiere?«, fragte seine Schwiegermutter hinter ihm, als ob sie seine Gedanken erriet.

»Ja«, sagte er.

Ein Auto mit Blaulicht fuhr langsam die Gracht entlang. Von allen Seiten rannten Leute in die Nebenstraßen.

»Polizei!«, warnte er.

»Oh, zum Glück.«

»Nur gut, dass es die Polizei gibt«, sagte er schmunzelnd und drehte sich zu ihr um.

»Du sprichst aus, was ich denke.«

»Ich habe noch Brot mit Garnelen«, sagte Nicolien und schob das Fenster herunter. »Sollen wir das jetzt essen?«

*

12. Februar 1975

Er nahm den Hörer ab. »Koning hier.«

»Tag. Ich kann Mutter nicht ans Telefon kriegen.« Es lag eine leichte Panik in ihrer Stimme. »Ich versuche es schon den ganzen Morgen, aber sie geht nicht ran.«

»Vielleicht ist sie doch zu Willy und Bertha gegangen?«

»Die habe ich auch schon angerufen, aber sie wissen von nichts.«

»Das ist komisch.«

»Jetzt mache ich mir natürlich Sorgen.«

»Ja, natürlich.«

»Also, ich denke, ich werde mal hinfahren. Was meinst du?«

»Das scheint mir das Beste zu sein.«

»Gerade jetzt, wo ich so erkältet bin.«

»Ja, das ist verdammt ärgerlich.«

»Nun, dann mache ich mich mal auf den Weg. Ich ruf dich an.«

»In Ordnung. Alles Gute.« Nachdenklich legte er den Hörer wieder auf. Einen Augenblick lang starrte er vor sich hin und beugte sich dann wieder über seine Arbeit.

Anderthalb Stunden später, er war gerade beim Essen, rief sie erneut an.

»Hör mal, sie lag noch im Bett. Sie ist einfach im Bett geblieben.«

»Weil Willy und Bertha sie nicht mehr zu Besuch haben wollen«, schlussfolgerte er.

»Ich glaube, ja. Jetzt weiß sie mit dem Mittwoch natürlich nichts mehr anzufangen.«

»Verdammt ärgerlich.«

»Es ist doch eine Katastrophe, dass sie da nicht mehr hin kann?«

»Ja, eine Katastrophe. Und jetzt?«

»Jetzt zieht sie sich an und ist dabei ständig am Heulen.«

»Natürlich.«

»Das finde ich überhaupt nicht so natürlich. Es ist doch unheimlich irritierend?«

»Das auch.«

»Es gibt doch wohl noch mehr Menschen, die einen Tag allein sein müssen?«

»Sogar noch länger.«

»Eben.«

»Und was machst du jetzt?«

»Ich wollte heute noch hierbleiben, bis sie sich beruhigt hat.«

»Mach das ruhig.«

»Es stehen noch ein paar Reste im Kühlschrank. Die kannst du dir aufwärmen.«

»Ich werde sehen.«

»Dann bis heute Abend.«

»Bis heute Abend. Alles Gute.« Er legte den Hörer auf und nahm einen Bissen von seinem Brot.

»Ich möchte mich nicht in Dinge einmischen, die mich nichts angehen«, sagte Bart hinter seinem Bücherregal, »aber ist etwas mit deiner Schwiegermutter nicht in Ordnung?«

»Ja«, sagte er. »Es geht darum, dass sie mittwochs immer zu zwei alten Cousinen gegangen ist, am Wochenende übrigens auch, zumindest, wenn sie nicht bei uns war, aber die wollen sie jetzt am Mittwoch nicht mehr empfangen, angeblich, weil sie jetzt anderweitige Verpflichtungen haben, aber wahrscheinlich, weil es sie verrückt macht, ständig dasselbe sagen zu müssen.«

»Das kann ich natürlich nicht beurteilen«, wehrte Bart ab.

»Wird es jetzt nicht doch Zeit, sie bei euch zu Hause aufzunehmen?«, bemerkte Ad.

Maarten konnte ihn nicht sehen, doch er glaubte, aus seiner Stimme leise Schadenfreude herauszuhören. »Ich glaube nicht, dass das die Lösung ist«, sagte er trocken und nahm einen weiteren Bissen von seinem Brot.

*

22. Juli 1976

Am Ende des Nachmittags war er nach neun Stunden sinnlosen Tippens rechtschaffen müde. Er ging langsam, mit einem leichten Schwindelgefühl, durch den dichten Verkehr nach Hause, inmitten der Raserei des abendlichen Berufsverkehrs. »Guten Tag, meine Damen«, rief er beim Eintreten, doch die Damen waren nicht da. Er ging ins Schlafzimmer, zog eine alte Hose und ein altes Hemd an, streichelte Marietje, sah in die Bäume und setzte sich auf die Couch. Er hatte gerade Platz genommen, als er sie, sich unterhaltend, hereinkommen hörte. »Gehen Sie schon mal ins Wohnzimmer«, hörte er Nicolien sagen, »dann stelle ich inzwischen das Essen auf den Herd.« – »Kommst du dann auch?«, fragte ihre Mutter. – »Ja, ich komme auch.« Er hörte sie durch den Flur gehen und sah zur Tür, die ganz vorsichtig geöffnet wurde. Sie schaute um die Ecke, als wolle sie sich davon überzeugen, dass es das richtige Zimmer war, kam herein und sah ihn sitzen. Sie hob die Hand. »Ha, der Jansen.«

»Ha, die Pietersen.«

»Sitzt du hier ein bisschen allein herum?«

»Ja, aber jetzt sind Sie ja zum Glück da.«

Sie verstand es nicht, oder sie hörte nicht zu. Sie blieb stehen und sah unsicher auf die drei Sessel. »Wo soll ich mich jetzt hinsetzen?«

»Das ist egal.«

»Dann eben hier.« Sie setzte sich in den Sessel, in dem sie immer saß.

»Wie geht es denn deinem Vater?«, fragte sie und sah ihn an.

»Der ist tot.«

Sie erschrak. »Ist er tot?«

»Ja, aber schon lange.«

»Oh, zum Glück. Ich dachte schon.«

»Wo sind Sie gewesen?«

»Oh, überall ein bisschen, nicht? Die übliche kleine Tour, will ich mal sagen.«

»Und was ist die übliche kleine Tour?«

»Oh, der Boulevard und so.«

»Der Boulevard?«

Sie verstand sofort, dass mit ihrer Antwort etwas nicht in Ordnung war. »Ach, der Boulevard, nein, natürlich nicht der Boulevard! Der Bijenkorf! Wir waren im Bijenkorf.«

»Und, war es schön?« Bedachte man den Zeitpunkt, an dem sie nach Hause gekommen waren, schien es ihm unwahrscheinlich, dass sie tatsächlich im Kaufhaus gewesen waren.

»Ja, hör mal, immer ein bisschen dasselbe, nicht? Es ist ja nicht mehr wie früher.«

»Nein, das ist es wohl nicht.«

Sie drehte sich zur Tür um und legte die Hände auf die Lehnen ihres Sessels. »Wo bleibt Niekewiek denn?« Sie wollte aufstehen.

»Die kommt gleich«, beruhigte er sie. »Sie ist noch mit dem Essen beschäftigt.«

»Muss ich dabei denn nicht helfen?«

»Nein, das ist heute nicht nötig.«

»Oh.« Sie ließ sich wieder zurückfallen.

Nicolien kam mit der Flasche Genever ins Wohnzimmer. »Tag«, sagte sie.

»Oh, bist du da?«, fragte ihre Mutter. »Ich dachte schon: Wo bleibst du bloß?«

»Ich musste mich doch ums Essen kümmern!« Sie sah zu dem kleinen Tisch. »Hast du denn noch nicht mal die Gläser hingestellt und den Eierlikör?« Sie war verärgert.

»Entschuldige.« Er stand auf. »Ich bin gerade erst gekommen.« Er holte die Gläser aus dem Geschirrschrank und den Eierlikör aus der Ecke. »Wo seid ihr gewesen?«

»In Edam.«

»In Edam?«, fragte er überrascht.

»Es war nett, nicht wahr, Mutter?«

»Ja, sehr nett«, pflichtete ihre Mutter bei. »Das war mal wieder was anderes, oder?«

Er goss den Eierlikör ins Glas seiner Schwiegermutter und schenkte anschließend ihre eigenen Gläser voll.

»In der Küche gibt es auch noch ein bisschen Schlagsahne«, sagte Nicolien.

Er verließ das Wohnzimmer, trödelte ein wenig bei der Suche nach der Schlagsahne und ging dann langsam wieder zurück. Er war plötzlich so müde, dass es ihm schien, als träten seine Augen aus den Höhlen.

»Was hast du gemacht?«, fragte sie, als er wieder ins Zimmer kam.

»Ich habe geschuftet wie ein Blöder.« Er reichte ihr die Schlagsahne.

Sie gab ein paar Löffel auf den Eierlikör und reichte ihrer Mutter das Glas. »Hier, Mutter!«

»Oh, Kind«, sagte ihre Mutter verzückt. Sie nahm ihr das Glas vorsichtig ab und hob es ihnen entgegen. »Na, dann wollen wir mal sagen: Prost, nicht wahr?«

Nach dem Essen fühlte er sich elend: straffe Haut und ein schwerer Kopf. Er legte sich auf die Couch, schloss die Augen und öffnete sie wieder, um in den Himmel zu schauen. Seine Schwiegermutter und Nicolien saßen, jede mit einem Teil der Zeitung vor sich, zu beiden Seiten des offenen Fensters. Die Standardbemerkung für diese Situation war »Die Familie Lesegern«, doch er fühlte sich zu elend, um Scherze zu machen.

Ihm wurde kalt. Er ging widerwillig ins Hinterzimmer, um sich einen Pullunder zu holen, und fror anschließend noch mehr, als würde in seiner Brust von Zeit zu Zeit ein breiter Strahl kalten Wassers angestellt. Langsam beschlich ihn der Verdacht, dass er die Grippe hatte. Er fragte sich, wann er sie sich geholt haben könnte, und erinnerte sich, dass er, als er gestern im Regen nach Hause gekommen war, auf der Brücke über den Singel plötzlich verdammt gefroren hatte. Er behielt die Nachricht noch eine Weile für sich, auch wenn er die Sache bei Weitem nicht mehr so genoss wie früher, im Gegenteil: Je älter man wurde, umso ungelegener kam so etwas. Endlich, gegen zehn Uhr, stand er auf. »Ich gehe ins Bett«, sagte er. »Ich bin krank. Tschüss, Mutter! Gute Nacht.«

»Tschüss, Maarten«, sagte seine Schwiegermutter. »Schlaf gut.«

Nicolien kam hinter ihm her ins Schlafzimmer. »Das meinst du doch nicht im Ernst, dass du krank bist?«, sagte sie verstimmt. »Gerade jetzt, wo Mutter da ist! Eines der wenigen Male, an dem sie mal etwas länger zu Besuch kommt! Das Einzige, was sie hat! Das wirst du ihr doch nicht verderben?«

»Ich kann es wirklich nicht ändern«, entschuldigte er sich. »Ich fühle mich hundeelend.«

»Selbstverständlich kannst du es ändern! Das kommt natürlich von den Schnäpsen! Woher sollte es sonst kommen?«

»Nein, es kommt nicht von den Schnäpsen.« Er zog die Hose aus und legte sie über den Stuhl.

»Es kommt sehr wohl von den Schnäpsen!«, sagte sie hitzig. »Ich habe dich noch gewarnt! Du willst es nur nicht zugeben!«

»Ich will es gern zugeben«, sagte er matt. »Ich fühle mich nur zu elend, um es ausführlich zu tun.« Er ging ins Bad und sah in den Spiegel. Sein Gesicht war kreidebleich. Außerdem hatte er starke Schmerzen im Kiefer.

»Solange du nur dafür sorgst, dass es dir morgen wieder besser geht!«, sagte sie. »Das verlange ich!«

*

24. Juli 1976

Nicolien kam wieder aus dem Bad und zog sich an. »Soll ich die Vorhänge schon mal aufziehen?«

»Nein, lass sie noch einen Moment zu.«

»Aber du kommst doch zum Frühstück, oder?«

»Ja, ich komme zum Frühstück.«

Sie verließ das Zimmer. Er hörte sie über den Flur zur Wohnungstür hinausgehen, das Geräusch der Tür zum Kämmerchen, die ein wenig klemmte, und gleich darauf ihre Stimmen. »Guten Morgen, wie haben Sie geschlafen?« – »Gut, mein Kind.« Die Vorhänge wurden mit zwei Rucken aufgezogen. »Liegen Sie da mit Ihrem Unterrock im Bett?« – »Ja, das habe ich einfach mal gemacht.« – »Aber Sie müssen doch Ihr Nachthemd anziehen?« – »Was sagst du?« – »Sie müssen doch Ihr Nachthemd anziehen?« – »Ja, eigentlich schon.« Er lauschte atemlos. Ihre Stimmen drangen durch den Lichtschacht in sein Zimmer, als stünden die beiden an seinem Bett. »Nehmen Sie nachts Ihr Gebiss auch aus dem Mund?«, hörte er Nicolien fragen. – »Was? Mein Gebiss? Ja, ich glaube schon. Ich weiß es nicht mehr. Vielleicht nicht.« – »Aber das müssen Sie doch machen? Es ist doch gefährlich, wenn Sie es in Ihrem Mund lassen?« – »Ja, dann musst du mir in Zukunft mal eine Tasse Wasser geben.« – »Aber die bekommen Sie doch? Hier steht sie!« – »Wo? Ach ja. Ja, Kind, das Alter kommt mit Gebrechen, musst du dir einfach denken.« Es blieb eine Weile still. »Was machen wir jetzt?«, hörte er seine Schwiegermutter fragen. – »Jetzt gehen Sie sich waschen.« – »Ach ja.« – »Wenn Sie den Nachttopf mitnehmen, nehme ich das hier mit.« – »Ach ja.« – Die Tür des Kämmerchens wurde geöffnet und wieder geschlossen. Das Geräusch des Schlüssels in der Wohnungstür und danach erneut die Stimme seiner Schwiegermutter: »So, da wären wir wieder.« Er hörte sie zur Toilette gehen und den Nachttopf leeren. »Und jetzt?« Sie war wieder auf dem Flur. – »Jetzt gehen Sie sich mal waschen. Aber erst Maarten kurz guten Morgen sagen.« Die Tür des Schlafzimmers wurde etwas weiter geöffnet. Im Halbdunkel sah er, wie seine Schwiegermutter hereingeschoben wurde. »Da liegt er. Sehen Sie?« Sie stand hilflos neben seinem Bett und starrte auf die Kamineinfassung direkt gegenüber der Tür. »Tag, Maarten. Geht's schon wieder ein bisschen?«

»Ja, es geht mir wieder bestens«, sagte er, während er zu ihr hochsah.

»Das ist fein! Hast du gut geschlafen?« Offenbar hörte sie nicht, woher seine Stimme kam, denn sie starrte weiterhin geradeaus in die Dunkelheit.

»Und Sie auch?«

»Was sagt Maarten?«, fragte sie und drehte sich zu Nicolien um, die hinter ihr in der Tür stehen geblieben war.

»Er fragt, ob Sie auch gut geschlafen haben.«

»Ja, ich bin ein bisschen taub. Meine Ohren müssen mal wieder durchgespült werden.«

»Mutter ist morgens immer ziemlich taub. Komisch, nicht?«, sagte Nicolien. »Aber du sprichst auch reichlich undeutlich.«

»Kein Krach im Treppenhaus?«, fragte Maarten, seine Stimme erhebend und deutlich artikulierend.

»Was sagt er?«

Sie sah noch immer zur Kamineinfassung hinüber, während sie stocksteif auf der Stelle stehen blieb.

»Ob es keinen Krach im Treppenhaus gab.«

»Nein, ich habe bestens geschlafen.«

»Schön.«

Sie drehte sich um. »Wo muss ich jetzt hin?«

»Jetzt müssen Sie hier rein.« Sie schob ihre Mutter in Richtung Bad.

»Ach ja.«

Sie gingen zusammen ins Bad. Die Tür schloss sich hinter ihnen. »Und muss ich hier dann auch wieder raus?«, hörte er sie fragen. – »Ja, das können Sie machen, aber Sie können auch hier wieder durch, zum Flur. Genau wie sonst.« – »Ach ja. Na, dann finde ich es schon, denke ich. Dann wollen wir mal schön ein bisschen planschen.« – »Bis gleich.« – »Ja, dann bis gleich. Tschüss.« Die Tür ging wieder zu. Es wurde mucksmäuschenstill im Bad. Er fragte sich, was sie jetzt machte. Ein- oder zweimal hörte er ganz kurz den Wasserhahn, doch dabei blieb es. Er fragte sich, was sie unter Waschen verstand. Auf keinen Fall ihr Haar, und die Füße auch nicht. Und der Rest? Soweit sie wussten, war sie noch nie unter der Dusche gewesen. Mit Wasser hatte sie es nicht so, und Wasser, das von oben kam, war schon sehr beängstigend. Er riss sich zusammen, richtete sich auf dem Bettrand auf, blieb dort noch einen Moment unschlüssig sitzen, zog dann widerwillig seinen Morgenmantel an und ging ins Wohnzimmer, die Augen zum Schutz vor dem grellen Licht zugekniffen. Schlapp und schwindelig saß er auf der Couch, in der Ecke hinter den Pflanzen. Er hörte die Badezimmertür zum Flur hin aufgehen und leitete aus den Geräuschen, die er hörte, ab, dass sie vergeblich den Lichtschalter suchte, weil sie sich nicht daran gewöhnen konnte, dass das Licht im Bad mit einer Kordel betätigt wurde. Nicolien war damit beschäftigt, im Waschbecken der Toilette den Nachttopf auszuspülen. Er hörte seine Schwiegermutter auf dem Flur hin- und hergeistern. Die Tür wurde vorsichtig etwas weiter aufgestoßen. Sie betrat zögernd den Raum, eine Hand um den Rand ihres Morgenmantels geklammert, überrascht, als sie ihn auf der Couch sitzen sah. Ihr Gesicht begann zu strahlen. »Hoi!« Sie hob die Hand, die Finger gespreizt, so wie ein Schulmädchen ihren kleinen Freund begrüßt, in diesem Fall ein Schulmädchen mit einem sehr alten Kopf.

»Hoi«, sagte er.

Sie hörte Nicolien aus der Toilette kommen, drehte sich um und ging mit albern kleinen Schritten wieder in den Flur. »Und jetzt?« – »Jetzt müssen Sie sich anziehen«, hörte er Nicolien sagen. »Sehen Sie! Wenn Sie das jetzt mal anziehen!« Es fiel ihm erneut auf, was für eine Engelsgeduld sie im zurückliegenden Jahr entwickelt hatte. Eine beruhigende Aussicht für den Fall, dass er selbst dement werden würde, auch wenn er gleichzeitig bezweifelte, dass jemand mit ihrem Charakter so etwas zweimal im Leben schaffen würde. »Nein, nicht hier! Im Kämmerchen, oder?« Er vermutete, dass sie sich im Flur anziehen wollte. Sie musste darüber selbst ein wenig lachen. »Ja, natürlich.«

Als er sie zum zweiten Mal durch die Wohnungstür hereinkommen hörte, setzte er sich an den Tisch. Sie kam ins Wohnzimmer, ging unsicher in Richtung des Tisches und blieb dort stehen. »Wo soll ich mich hinsetzen?«

»Wo Sie immer sitzen.« Es irritierte ihn. Sie saß dort nun schon seit sieben Jahren, er fand, dass sie es allmählich doch wohl wissen könnte.

»Dort?« Aus irgendeinem Grund wollte sie sich immer auf Nicoliens Platz setzen, oder sie tat so als ob, denn es war schwer, bei ihr die Grenze zwischen dem festzustellen, was sie tatsächlich nicht wusste, und dem, was sie nur nicht wusste, weil es nicht in ihrem Interesse lag. Ein Teil seiner Irritation beruhte auf Unglauben. Der Rest war die normale Irritation gegenüber wehrlosen Menschen, die hilflos auftraten. Dass es ihm meist gelang, diese Irritation zu verbergen, rechnete er sich nicht als Verdienst an. Die erste Reaktion war schließlich bezeichnender als das polierte Endergebnis, das übrigens schon bei der geringsten Spannung nicht mehr so glänzend aussah. Zivilisation ist wunderbar, dachte er, doch sie bedeutet nicht viel, wenn die Seele nicht davon durchdrungen ist.

Inzwischen war Nicolien hereingekommen. Sie schnitt das Brot, legte eine Scheibe Weißbrot auf den Teller ihrer Mutter und schnitt dann eine Scheibe dunkles Brot ab.

»Ich kriege zwei Scheiben Brot von meiner Mutter«, bemerkte ihre Mutter. Er hätte darauf wetten können, dass es von Nicolien auch so beabsichtigt war, doch das Brot wanderte in den Korb, mit einer Geste, an der nur der Kenner eine gewisse Gereiztheit ablesen konnte. Er wusste, dass sie eine solche Bemerkung nicht ertrug. Und tatsächlich, die nächste Scheibe war dann für ihre Mutter. Sie hatte sich wieder unter Kontrolle.

»Fein, dass du dich wieder so gut erholt hast, nicht?«, sagte ihre Mutter.

»Wunderbar!« Er würgte seinen Brei hinunter. Danach ging nichts mehr, und sobald er die Gelegenheit bekam, setzte er sich auf die Couch. Er rappelte sich wieder auf, als sie zum Einkaufen gingen, um ihnen vom Fenster aus hinterherzusehen. Nicolien ging über die Straße zur Grachtenseite und winkte. Es dauerte lange, bis auch ihre Mutter in Sicht kam. Sie schlenderte ebenfalls zur gegenüberliegenden Straßenseite, drehte sich dort ganz um, sah langsam nach oben, mit der Hand über den Augen, spreizte die Finger der anderen und hielt sie ihm mit einem verstörten Lächeln entgegen. Das wiederholte sich noch einmal, und dann trabte sie hinter Nicolien her, die linke Hand vorgestreckt an ihrem Arm, den Rücken gekrümmt, den Kopf vorgestreckt, wie die Blinden auf dem Gemälde von Bruegel.

*

25. Juli 1976

»Sollen wir uns nicht ans Fenster setzen?«, fragte Nicolien. »Bei dem schönen Wetter?« Sie blieb stehen, das Tablett mit den Kaffeetassen in der Hand, ihre Mutter geistesabwesend hinter ihr.

»In Ordnung«, sagte er.

»Stellst du dann mal deinen Schreibtischstuhl für Mutter ans Fenster? Dann kann sie die Boote beobachten.«

Er stand auf.

»Wo soll ich mich hinsetzen?«, fragte ihre Mutter.

»Ans Fenster. Maarten stellt Ihnen den Schreibtischstuhl hin.«

»Dann können Sie die Boote beobachten«, sagte er, hob den Stuhl hoch und brachte ihn ans Fenster.

»O ja.«

Auf die andere Seite stellte er einen Stuhl für Nicolien, und er selbst setzte sich zwischen die beiden, ein Stück vom Fenster entfernt.

Nicolien stellte die Tassen für ihre Mutter und für sich selbst auf die Fensterbank und die seine auf den kleinen Tisch. Ihre Mutter nahm auf dem Schreibtischstuhl Platz. »Ich sitze im ersten Rang«, bemerkte sie.

»Das steht Ihnen zu«, sagte er.

»Wer schon hat, dem wird gegeben.«

»Das ist wahr.«

»Das sagt man schon mal.«

»Gehst du morgen wieder ins Büro?«, fragte Nicolien.

Er nickte. »Ja.«

»Geht Maarten morgen ins Büro?«, fragte ihre Mutter.

»Er ist doch krank gewesen.«

»O ja. Ja, das wusste ich natürlich, aber ich dachte: Ich frage lieber nicht danach, denn das ist so unangenehm, dann denkst du vielleicht, dass er sehr krank ist.«

»Nein, sehr krank bin ich nicht.«

»Oh, zum Glück. Ja, es hätte sein können, denn man weiß ja nie.«

»Man weiß nichts«, bestätigte er. »Man ist seines Lebens nicht sicher.«

Sie tranken ihren Kaffee. Die Geräusche des Sommerabends drangen durch die Fenster herein: Stimmen, das leise Brummen eines Rundfahrtboots, das Spülen des Wassers um dessen Bug und das Schlagen der Wellen an der Ufermauer. Von dort aus, wo er saß, sah er nur das tiefe Grün des Baums vor ihrem Haus, dessen Blätter sich im Abendwind leicht bewegten, und das Profil seiner Schwiegermutter. Ihm fiel auf, dass sie einen Schmollmund hatte, und er leitete daraus ab, dass sie bereits sehr früh den Weg des geringsten Widerstands gewählt hatte und ihm konsequent bis zum Ende gefolgt war. Sie schaute reglos auf die vorbeifahrenden Boote, anscheinend von ihrem Anblick gefesselt. »Wie voll die Boote doch sind, oder?«, bemerkte sie. »Man meint, dass es keinen einzigen freien Platz mehr gibt.«

»Das kommt daher, weil es so ein schöner Abend ist«, sagte Nicolien.

»Wie viel kostet das eigentlich, was meinst du?«

»Dreieinhalb Gulden«, schätzte er.

»Das bringt so einem Mann dann auch ordentlich was ein.«

»Sie denken wieder an die Geschäftsleute.«

»Mutter denkt natürlich an Onkel Jef«, sagte Nicolien.

»Wenn der Sommer schön war, strömte das Geld herein«, erinnerte sich ihre Mutter, »aber wenn es regnete, war es für die Geschäftsleute ein Reinfall, denn man hatte ja sein Personal. Die Kosten liefen einfach weiter.«

Sie schwiegen.

»Aber wenn es dunkel wird, hört es sicher auf?«, vermutete sie. »Denn dann können sie nichts mehr sehen.«

»Die Grachten werden doch beleuchtet?«, sagte Nicolien.

»Ach ja. Vielleicht ist es dann erst richtig schön.«

»Das haben wir doch schon mal gemacht?«

»Ja, das stimmt auch. Jetzt, wo du es sagst.«

Sie sah wieder eine Weile nach draußen. »Es ist auch ganz windstill.«

Er hätte sagen können, dass es nicht *so* windstill wäre, aber er behielt es für sich. Das wäre Haarspalterei gewesen.

»Dass sie überhaupt noch etwas sehen können«, bemerkte seine Schwiegermutter, als wieder ein Boot vorbeikam. »Es ist doch eigentlich schon viel zu dunkel?«

»Aber Sie können doch auch noch sehen?«, sagte Nicolien.

»Ja, das stimmt eigentlich. Aber wenn es jetzt noch dunkler wird, hören sie sicher auf?«

»Nein, denn dann geht die Beleuchtung an.«

»Ach ja. Und können sie dann etwas sehen?«

»Ja, dann ist es doch erst richtig schön.«

»Ja, vielleicht schon.«

Sie schwiegen.

»Wie viel sollte das wohl kosten, so eine Bootsfahrt?«, fragte sie.

»Dreieinhalb Gulden«, sagte er.

»Dreieinhalb Gulden! Dann wird so ein Mann ganz schön was verdienen!«

»Finden Sie das viel?«

»Na ja, wenn man bedenkt, wie viele Leute da drinsitzen, wenn so ein Boot voll ist.«

»Hundert?«, schätzte er.

»Wie viel das wohl ist?«

»Dreihundertfünfzig Gulden.«

»Und was der Mann dann noch an Trinkgeld kriegt.«

»Das ist wahr.«

Sie schwiegen.

»Aber wenn es dunkel wird, hören sie sicher damit auf«, vermutete sie.

*

3. August 1976

Er saß zu Hause und arbeitete, als seine Schwiegermutter anrief. »Oh, Tag, Maarten. Ist Niekewiek nicht da?« An ihrer Stimme hörte er, dass sie in Panik war.

»Die ist einkaufen.«

»Oh, denn jetzt hat Annie angerufen, dass sie mich Donnerstag abholen will, aber Donnerstag kommt Niekewiek doch? Was soll ich jetzt machen?«

»Ich werde es ihr sagen, wenn sie wieder da ist. Dann ruft sie Sie zurück.«

»Und wann, glaubst du, ist das?«

»In einer Stunde.«

»Also werde ich dann mal warten.«

»Das würde ich machen.«

»Ich brauche also noch nichts mit Annie abzumachen?«

»Nein, warten Sie, bis Nicolien wieder da ist.«

»Gut, das werde ich dann mal machen. Denn ich weiß nicht, was ich tun soll, weißt du?«

»Ja, das verstehe ich. Sie ruft Sie in einer Stunde an.«

»Dann bis in einer Stunde.«

»Bis in einer Stunde. Tschüss, Mutter.« Er legte den Hörer wieder auf.

»Deine Mutter hat angerufen«, sagte er, als Nicolien ins Wohnzimmer kam. »Annie möchte sie Donnerstag holen kommen.«

»Aber da komm ich doch immer?«

»Das hat sie denn auch in Panik versetzt.«

»Das verstehe ich nicht. Annie weiß doch auch, dass ich immer donnerstags komme?« Sie kam an seinen Schreibtisch. »Kann ich da mal ran?« Er stand auf, sie setzte sich auf seinen Platz und griff zur Mappe mit den Telefonnummern. »Irgendwas ist immer«, sagte sie, während sie die Nummer von Annie suchte. »Mal ist es dies, mal ist es jenes.« Sie wählte die Nummer und sah über die Schulter. »Du wirst sehen, dass sie nicht mal zu Hause ist.« Noch bevor sie zu Ende gesprochen hatte, wandte sie sich wieder ab. »Ja, Annie, hier ist Nicolien. Hör mal, Folgendes: Meine Mutter hat gerade erzählt, dass du sie angerufen hättest, um zu sagen, dass du sie am Donnerstag holen wolltest, aber nun wollte ich am Donnerstag kommen, also … Was? Du hast gar nicht angerufen? Aber wie kommt sie denn darauf? … Ja, sicher ein bisschen durcheinander. … Ja, sie wird alt, aber sie kommt noch allein zurecht. … Ja, in Ordnung. Das wäre schön. Das findet sie bestimmt schön, denn ich glaube schon, dass sie sich einsam fühlt. … Ja, schön! Und wie geht es euch? … Auch Fräulein Jatin? … Ja, uns geht es auch gut. … Na ja. … Ja, natürlich. … Na ja. … Ja, das werde ich machen. … Ja, ich rufe sie sofort an. … Gut. Tschüss. … Tschüss.« Sie legte den Hörer auf. »Annie hat sie gar nicht angerufen«, sagte sie verblüfft. »Sie versteht das überhaupt nicht. Was soll man denn davon halten!« Sie nahm den Hörer wieder in die Hand und wählte die Nummer ihrer Mutter. »Ja, Mutter, ich bin's. Da bin ich also. Maarten sagt, Sie hätten angerufen, weil Annie Sie angerufen hätte?« Von der Couch aus konnte er die Stimme seiner Schwiegermutter hören. »Aber Annie hat Sie überhaupt nicht angerufen! … Nein! Sie weiß von nichts! Das müssen Sie geträumt haben! …

Ja, das haben Sie geträumt! … Ja, ziemlich komisch, aber das macht ja nichts. Jetzt ist doch wieder alles in Ordnung? … Ja, ich komme am Donnerstag. Zur üblichen Zeit. … Ja, dann machen wir es uns gemütlich. … Ja, das wissen Sie doch wohl? Sie sind gerade erst hier gewesen! … Ja, das denke ich auch. Sie sind ein bisschen durcheinander. Na, dann bis Donnerstag, nicht wahr? … Ja, bis Donnerstag. Tschüss. … Tschüss.« Sie legte den Hörer auf und drehte sich zu ihm um. »›Streichle die Katze von mir‹, hat sie gesagt. ›Du hast doch noch eine Katze?‹«

*

20. August 1976

»Du holst Mutter also ab?«, fragte er an der Tür.

»Ja«, sagte sie. »Ich denke, dass ich noch kurz mit ihr nach Kijkduin fahre, bevor wir hierherkommen. Bist du heute Nachmittag zu Hause?«

»Ich denke schon. Falls nichts dazwischenkommt.« Er gab ihr einen Kuss. »Bis nachher. Grüß sie schon mal von mir.« Er öffnete die Tür.

»Tschüss«, sagte sie noch einmal, als er die Treppe hinuntersteig, und schloss die Tür hinter ihm.

Um drei Uhr, er saß zu Hause und arbeitete, rief sie an. »Tag. Wir gehen jetzt zum Zug. Könntest du den Pudding aus dem Kühlschrank holen? Und den Wein reinstellen?«

»Das mache ich. Wie war es in Kijkduin?«

»Gut, aber das erzähle ich dann später. Vergisst du es auch nicht?«

»Den Pudding und den Wein.«

»Und machst du es dann sofort? Sonst vergisst du es doch noch.«

»Ich mache es sofort.«

»Dann bis gleich. Tschüss.«

»Tschüss«, sagte er. »Den Pudding und den Wein«, wiederholte er, während er aufstand. »Den Pudding aus dem Kühlschrank holen und den Wein reintun.«

Um Viertel vor fünf hörte er sie die Freitreppe hinaufsteigen. Er beugte sich aus dem Fenster, über die Geranien hinweg. Nicolien steckte gerade den Schlüssel ins Schloss, ihre Mutter stand geistesabwesend hinter ihr. »Hoi!«, sagte er.

Nicolien sah hoch. »Tag.« Ihre Mutter hob nur die Hand, ohne nach oben zu schauen, denn dafür war sie zu alt. Er ging zur Wohnungstür, öffnete sie und wartete dort auf die beiden. »Geht es?«, hörte er Nicolien fragen. »Ja, sicher«, antwortete seine Schwiegermutter. »Es ist nur eine ziemliche Kletterpartie, nicht wahr?« Stufe um Stufe kamen sie hoch. »Zwei Damen in Aktion«, sagte er, als sie an der Krümmung der Treppe erschienen.

»Ist das Maarten?«, fragte seine Schwiegermutter.

»Ja, das ist Maarten«, sagte Nicolien.

»Oh, Tag, Maarten«, sagte sie, ohne hochzusehen.

»Tag, Mutter«, antwortete er. »Gib mir mal die Tasche.« Er nahm Nicolien die Tasche ab, langte zum Schlüssel und brachte die Tasche ins Kämmerchen. Als er zurück in die Wohnung kam, stand seine Schwiegermutter da und streichelte Marietje, während sie sich mit der anderen Hand auf der Kommode abstützte.

»Bist du es? Bist du es wirklich? Ja, sagt er zu seiner Mutter. Nein, sagt er zu seiner Mutter.« Marietje legte sich auf den Rücken und ließ sich mit zugekniffenen Augen den Bauch kraulen.

»Wenn Sie schon mal ins Wohnzimmer gehen, kümmere ich mich um die Getränke«, sagte Nicolien.

Ihre Mutter richtete sich langsam wieder auf und sah unsicher in den Flur.

»Gehen Sie ruhig mit Maarten mit.«

»Geben Sie mir mal den Arm«, sagte er. »Dann werden wir es schon schaffen.«

»Ja, gern, denn ich weiß das alles nicht mehr so genau.«

»Das ist auch nicht nötig. Ich sorge schon dafür, dass Sie den Weg finden.«

»Oh, fein.«

Langsam gingen sie durch den Flur zum Wohnzimmer.

»Und da ist Ihr Platz«, sagte er, während er sie zum Sessel führte, der nahe am Fenster stand.

»Ja, jetzt weiß ich es wieder. Ich muss mich kurz wieder daran gewöhnen, nicht? Ich bin schon alt.« Sie setzte sich.

Er nahm auf der Couch Platz. »Was haben Sie heute gemacht?«, fragte er.

»Einfach in Ruhe zu Hause geblieben.«

»Zu Hause geblieben?«

»Ja, bei so wenig Zeit kann man sowieso nichts machen.« Sie besann sich. »Oder nein, ich glaube, dass wir in Richtung des Busses gegangen sind. Wie heißt das da auch wieder? Meer en Bos, glaube ich.«

Nicolien kam mit der Flasche Weißwein und einem Glas Eierlikör ins Wohnzimmer. »Für Sie einen Eierlikör, oder, Mutter?« Sie stellte das Glas vor sie hin.

»Ich danke dir, Kind. Was für eine Köstlichkeit.«

Er war aufgestanden und holte zwei Gläser und einen Korkenzieher aus dem Geschirrschrank. »Du wolltest noch von Kijkduin erzählen«, erinnerte er sie.

»Ach ja, das war schön, nicht wahr, Mutter? In Kijkduin.«

»Ja, das war schön«, sagte ihre Mutter. »Das war mal wieder was anderes, nicht?«

Nach dem Essen saßen sie am offenen Fenster, während es langsam dunkel wurde. Die Scheinwerfer draußen, von denen einer auf ihr Haus gerichtet war, gingen an und beleuchteten den Baum. Seine Schwiegermutter sah hinaus auf den Baum. »Wie still es ist, nicht?«, sagte sie. »Ich glaube, dass ich das Laub noch nie so still gesehen habe.« Er schaute hoch und sah, dass sich eine Menge Blätter bewegten, doch er hielt den Mund. Nachdem sie dies einige Male wiederholt hatte, wurde es ihm zu viel. Er stand auf und machte die Schreibtischlampe an. »Du willst doch jetzt nicht mehr arbeiten?«, protestierte Nicolien. Er machte das Licht aus, setzte sich wieder in seinen Sessel und blieb dort hocken, stundenlang, bis er so angespannt war, dass er befürchtete, wahnsinnig zu werden. Er ähnelte in keiner Weise dem in sich versunkenen Philosophen, so großartig er diese Haltung auch fand. Und er dachte mit Sorge an die Zeit, wenn er, von einem Schlaganfall getroffen, stumm und machtlos in einem Rollstuhl sitzen und auf den Tod warten würde.

*

21. August 1976

Von seinem Schreibtisch aus sah er seine Schwiegermutter in ihrem Pyjama aus dem Badezimmer in den Flur treten. Im selben Moment kam Nicolien aus der Küche.

»Und jetzt?«, fragte ihre Mutter hilflos.

»Jetzt gehen Sie mal in Ihr Kämmerchen und ziehen sich an.«

»Ach ja.« Während Nicolien hinter ihr ins Badezimmer ging, lief sie unsicher in seine Richtung. »Kämmerchen, Kämmerchen«, hörte er sie murmeln. Im Wohnzimmer blieb sie stehen und schaute sich um. »Kämmerchen.«

Nicolien sah an der Badezimmertür um die Ecke. »Nein, das Kämmerchen ist doch nicht da? Das Kämmerchen ist dort?« Sie zeigte in die andere Richtung.

»Ach ja.« Sie ging wieder in den Flur – »Kämmerchen, Kämmerchen« – und betrat zögernd das Schlafzimmer.

»Warum sind Sie denn jetzt hier?«, hörte er Nicolien fragen. »Sie wissen doch wohl, wo Ihr Kämmerchen ist?«

»Ja, Kind, aber ich kann es nicht finden.«

»Dann kommen Sie mal. Ich gehe mit Ihnen mit.«

Gemeinsam kamen sie wieder in den Flur, Nicolien mit dem Morgenrock ihrer Mutter über dem Arm. »Hier geht's lang. Wissen Sie noch?« Sie nahm sie am Arm, brachte sie zur Wohnungstür und öffnete sie. »Und dann ist dort Ihr Kämmerchen. Die Tür steht noch auf. Sehen Sie?«

»Ja, jetzt sehe ich es wieder«, antwortete ihre Mutter. »Das kommt daher, weil ich es nicht so gewohnt bin, und dann ist es ein bisschen schwierig, nicht wahr, wenn man so alt ist.«

*

31. Oktober 1976

Am Sonntagvormittag machten sie, bei blauem Himmel, einen Spaziergang durch den Vondelpark. Die Bäume waren gelb und rot, und es roch herbstlich. Sie saßen auf einer Bank in der Sonne und im Wind und gingen anschließend durch die Van Breestraat und die Verhulststraat zum Concertgebouw. Dort stiegen seine Schwiegermutter und Nicolien in die Straßenbahn. Er ging zu Fuß. Als er nach Hause kam, saßen sie im Wohnzimmer und warteten auf ihn. Nicolien ging in die Küche, um Kaffee zu machen.

»Und, hast du einen schönen Spaziergang gemacht?«, fragte seine Schwiegermutter.

»Einen sehr schönen. Und Sie?«

»Ja, wir auch.«

»Wo sind Sie gewesen?«

»Ich glaube, im Vondelpark. Ja, im Vondelpark. Wir haben in der Sonne auf einer Bank gesessen. Und du?«

»Ich war auch im Vondelpark spazieren.«

»Das ist aber ein Zufall. Da hätten wir uns also begegnen können.«

Er schmunzelte. »Das ist sicher ein Zufall. Und dann?«

Sie dachte nach. »Dann weiß ich es nicht mehr. Ich glaube, mit der Straßenbahn oder so.«

Er nickte. »Wahrscheinlich.«

»Alt werden ist nicht schlimm, aber man muss schon derselbe bleiben.«

»So ist es.«

»Du wirst noch mal an mich denken, wenn du selbst achtzig bist.«

»Wenn ich das überhaupt schaffe.«

Sie reagierte nicht darauf.

»Außerdem sind Sie schon dreiundachtzig.«

»Bin ich schon dreiundachtzig?« Sie lachte. »Willst du mir wohl glauben, dass ich das überhaupt nicht wusste?«

Nachmittags hörten sie sich Musik von Schubert an. Bei den *Impromptus*, die Nicoliens Vater immer gepfiffen hatte, hob ihre Mutter den Kopf ein wenig und bewegte ihre Hand sanft zum Takt. Das rührte ihn.

Abends spielten sie Domino. Obwohl er gewann, begann ihn das Spiel ein wenig zu langweilen. Vielleicht war er einfach nicht in der Stimmung, denn eigentlich hätte so ein Ründchen Domino ein Freudenfest sein müssen. Ein Glas Gewürzmilch und ein Stück Honigkuchen dazu und dann bis tief in die Nacht durchmachen. Wenn es gut lief, sollte das die Illusion von Zeitlosigkeit erzeugen.

Als er wieder auf der Couch saß und seine Schwiegermutter ansah, fragte er sich, was ihre Anwesenheit so beklemmend machte. Man sollte doch meinen, dass sie keiner Fliege etwas zuleide täte. Aber es schien, als hätte der Raum, in dem sie saßen, keine Kraft mehr, wenn sie da war. Alles flog zum Fenster hinaus. Das setzte ihm gewaltig zu, und es ärgerte ihn. Nur wenn man sich gemeinsam auf einen Punkt konzentriert, der die Kraft des Besonderen hat, kann man die Sache zusammenhalten. Vielleicht war das die Erklärung für das Versagen, wenn man alt ist. Wenn es nichts mehr gibt, was noch dein Interesse erregt, kann man auch nicht mehr in Frieden und Glück zusammensitzen.

*

28. November 1976

Das Wetter war trübe und unfreundlich. Sie fuhren mit der Linie 1 bis zur Kattenlaantje und gingen durch den Vondelpark zurück zum Café Americain, seine Schwiegermutter in gestrecktem Trab zwischen ihnen, mit steifen Knien und kleinen, stolpernden Schritten, den Kopf vorgestreckt. Sie taumelte durch die Drehtür des Cafés und schaffte es gerade noch, vor der Ablage mit den Zeitschriften einen Schwenk nach rechts zu machen, um dann zum Stehen zu kommen. Es dauerte eine Weile, bis sie sich hinter einen Tisch gezwängt hatte. Sie ließ einen Furz und saß im Folgenden, ihre blaue Wollmütze auf dem Kopf, den Mantel an, geistesabwesend, aber zufrieden da. Sie sah nach draußen, formte ihre Hände zu kleinen Köchern und beugte sich etwas nach vorn. »Sehe ich das richtig, dass die Fenster da weiß sind?«, fragte sie.

»Ja«, sagte er.

»Dass Mutter das sieht!«, staunte Nicolien.

»Ja, ich sehe so manches. War da nicht früher dieses gute Geschäft? Wie hieß das noch gleich?«

»Hirsch«, half er.

»Ach ja, Hirsch. Das war doch ein gutes Geschäft?«

»Ein sehr gutes Geschäft.«

»Und sollte das jetzt nicht mehr so gut laufen?«

»Ich glaube, nicht.«

»Eigenartig, oder?«

»Sehr eigenartig.«

»Man sollte doch meinen, dass die Leute jetzt viel mehr Geld haben als früher.«

»Haben Sie manchmal bei Hirsch gekauft?«

Sie musste darüber lachen. »Das war nur für die Schicken.«

Der Kellner kam, um die Bestellung aufzunehmen.

»Was möchten Sie, Mutter?«, fragte Nicolien.

»Bestell mir mal ein Eis. Oder haben sie das hier nicht?«

»Nein, vormittags nicht.«

»Dann eben Kaffee.«

»Drei Tassen Kaffee und dreimal Apfel im Schlafrock.«

»Kriegen wir einen Apfel im Schlafrock?«, fragte ihre Mutter.

»Das mögen Sie doch?«

»Ja, sicher. Ich werde hier nur verwöhnt.« Sie schaute nach draußen, machte aus ihren Händen wieder Köcher und beugte sich ein wenig vor. »Sind die Fenster da nicht weiß? Oder täusche ich mich?«

»Nein, Sie täuschen sich nicht«, sagte er.

»Da gab es früher doch so ein gutes Geschäft?«

*

1. Januar 1977

»Was hast du denn jetzt vor?«, fragte Nicolien.

»Ich habe mir überlegt, mit Mutter den Fragebogen von Sien durchzugehen.« Er setzte sich wieder auf die Couch, legte ein Brett auf die Knie und darauf den Fragebogen.

»Den Fragebogen von Sien?«, fragte sie bestürzt.

»Ich dachte, dass das vielleicht interessant wäre.«

»Arbeit fürs Büro? Sonntagnachmittags?«

»Weil er für Leute über siebzig gedacht ist.«

»Worum geht es denn da?«

»Um das, was sie früher gegessen haben, als sie noch ein Kind waren.«

»Aber das weiß Mutter doch sicher nicht mehr?«

»Das wollte ich ja gerade ausprobieren.«

»Und wenn ich gern Musik hören würde?«

»Dann hören wir natürlich Musik.« Er nahm das Brett hoch und legte es neben sich.

»Nein, geh ruhig den Fragebogen durch.«

»Ich höre mir auch gern Musik an.«

»Dann hättest du den Fragebogen nicht geholt.«

Er schwieg.

»Geh ihn schon durch. Jetzt kann ich mir keine Musik mehr anhören, wo ich weiß, dass du den Fragebogen durchgehen wolltest.«

»Was machen wir?«, fragte ihre Mutter, die vergeblich versucht hatte, dem Gespräch zu folgen. »Hören wir uns Musik an?«

»Nein, ich wollte Ihnen ein paar Fragen stellen, aus einem Fragebogen«, sagte Maarten etwas lauter, sich deutlich an sie wendend.

»Mir?«, fragte sie erstaunt. Sie begann zu lachen.

»Über die Zeit, als Sie noch bei Ihrer Mutter waren.«

»Bei meiner Mutter? Oh, Kind!«

»Siehst du«, sagte Nicolien. »Daran erinnert sich Mutter doch nicht mehr.«

»Warum sollte sie sich nicht daran erinnern? Ich interviewe doch öfter Leute, die über siebzig sind?«

»Aber nicht solche wie Mutter.«

»Das wollte ich nun gerade mal sehen«, sagte er gereizt.

Sie schwieg.

»Wo wohnten Sie damals?«, fragte er und richtete sich wieder an seine Schwiegermutter, er nahm das Brett mit dem Fragebogen auf den Schoß.

»Wann?«

»Als Sie noch ein Kind waren.«

»Ach, das weiß ich nicht mehr.«

»Doch, das wissen Sie noch genau.«

»In der Annastraat«, half Nicolien.

»Ja, in der Annastraat, glaube ich«, sagte ihre Mutter unsicher.

»Und Ihr Vater hatte eine Kneipe?«

»Musst du das alles wissen?«, fragte Nicolien verwundert.

»Wir müssen den sozialen Hintergrund kennen«, erklärte er, »sonst weiß man gar nichts.«

»Aber den kennst du doch schon?«

»Ja, aber ich versuche, Mutter wieder in die Zeit zu versetzen.«

»Aber eigentlich war er beim Grenzschutz«, sagte ihre Mutter, die inzwischen ihren eigenen Gedanken gefolgt war.

»Aber als Grenzschutzbeamten haben Sie ihn nicht mehr gekannt.«

»Was sagt Maarten?«, fragte ihre Mutter, sich an Nicolien wendend.

»Dass Sie ihn als Grenzschutzbeamten nicht mehr gekannt haben.«

»Nein, weil er wegen Rheuma ausgemustert worden war.«

»Als Sie ein Kind waren, war er Kneipier«, sagte er etwas lauter.

»Ja, da hatte er eine Kneipe.«

»Und wann hatte die Kneipe geöffnet?«

»Was sagst du?«

»Wann die Kneipe geöffnet war. Zu welchen Zeiten!«

»Oh, die war immer geöffnet.«

»Immer?«

»Ja, ich kann mich nicht erinnern, dass sie auch mal geschlossen hatte.«

»Sie haben also nie alle zusammen gegessen?«

»Was sagst du?«

»Du musst deutlicher sprechen«, sagte Nicolien.

»Ich spreche deutlich«, sagte er gereizt, »Mutter versteht mich bloß nicht.« Er sah seine Schwiegermutter wieder an. »Sie haben also nie alle gleichzeitig am Tisch gesessen!« Er strengte sich an, deutlich zu artikulieren.

»Nein, mein Vater hat immer zwischendurch etwas gegessen, nicht wahr?«

»Hinter der Theke.«

Sie nickte. »Auch mal hinter der Theke, oder wenn meine Mutter ihn abgelöst hat.« Die Frage rief eine Erinnerung bei ihr wach. »Das hatten die Kunden eigentlich lieber, denn meine Mutter machte das Schnapsglas voller. Mein Vater war sparsam, aber meine Mutter schenkte es immer bis zum Rand voll. Darüber hat er dann hinterher manchmal geschimpft.« Sie lachte vergnügt.

Maarten schmunzelte. Er wartete kurz. »Und Sie haben zusammen mit Ihrer Mutter gegessen?«

»Und mit Jef, Karel und Bets, als sie noch nicht verheiratet war.«

»Und wann war das?«

»Was sagst du?«

»Wann? Zu welchen Zeiten?«

Sie sah Nicolien an. »Was hat Maarten gesagt?«

»Er fragt, wann Sie gegessen haben.«

»Wann und wie oft Sie gegessen haben!«, wiederholte Maarten, als sie etwas verstört reagierte.

»O ja, ja, Brot mit Belag.«

»Und wie spät war das dann?«

»Was?«

»Wenn Sie Brot gegessen haben.«

»Das war um sechs Uhr.«

»Und mittags haben Sie warm gegessen.«

»Ja, mittags aß man warm. Das war damals noch so.«

»Und wann war das?«

»Was sagst du?«

»Wann das war, um welche Uhrzeit!«

»Was?«

»Wann Sie warm gegessen haben!«

»Oh, um zwölf Uhr.«

Er nickte. »Und das Frühstück?«

»Das Frühstück?«

»Ja.«

»Das Frühstück war um acht Uhr.«

Er notierte es.

»Wie viele Fragen hast du jetzt gehabt?«, fragte Nicolien.

»Eine.«

»Und wie viele sind es insgesamt?«

Er blätterte im Fragebogen. »Ungefähr hundert.«

»Hundert? Aber auf die Weise wirst du damit nie fertig?«

»Ich brauche damit auch nicht fertig zu werden. Ich mache einfach so lange, bis Mutter genug davon hat.« Er wandte sich wieder seiner Schwiegermutter zu. »Haben Sie schon genug davon?«

»Was hat Maarten gesagt?«

»Ob Sie schon genug davon haben«, sagte Nicolien.

»Ach was, aber ich weiß das alles nicht mehr so, nicht wahr? Denn ich bin schon achtzig!«

»Sogar schon dreiundachtzig«, sagte Maarten.

»Bin ich schon dreiundachtzig?« Sie musste darüber lachen. »Ach, Kinder, mit mir habt ihr was zu schaffen.«

»Ach was«, sagte Maarten.

»Alt werden ist nicht schlimm, aber man muss schon derselbe bleiben.«

»So ist es.«

»Ihr werdet noch manchmal an mich denken, wenn ihr selbst achtzig seid.«

Sie lachten.

»Das werden wir sicher«, sagte Maarten.

»Dreiundachtzig!« Sie konnte es nicht fassen.

»Kennen Sie diesen Reim noch?«, fragte Maarten.

»Was hat Maarten gesagt?«

»Ob Sie diesen Reim noch kennen«, sagte Nicolien.

»›Zehn, das ist mein Kindheitsjahr‹«, half Maarten.

»›Mit zwanzig sind wir schon ein Paar‹«, setzte seine Schwiegermutter ein.

»›Mit dreißig …‹«

»›… bin ich dann getraut.‹«

»›Mit vierzig …‹«

»›… auch schon angegraut.‹«

»›Mit fünfzig …‹«

»›Mit fünfzig …‹« Sie dachte nach. »›Mit fünfzig …‹ Ich weiß es nicht mehr.«

»Doch, das wissen Sie noch.«

»›Mit fünfzig wird's nicht besser werden.‹«

»Nein. ›Mit fünfzig kommen die Beschwerden!‹«

Sie wusste es wieder. »›Mit sechzig wird's nicht besser werden. Mit siebzig nimmt das Leben ab. Mit achtzig lieg ich dann im Grab. Die neunzig werd ich nicht erleben, denn hundert soll man nicht erstreben!‹« Es kam in einem Rutsch heraus. »Das hat mein Vater immer gesagt. Ich bin also schon achtzig!«

»Sogar schon dreiundachtzig!«

»Dreiundachtzig?« Sie lachte ungläubig.

»Aber als Sie noch ein Kind waren«, sagte Maarten, »da haben Sie also morgens Brot gegessen, mittags warm, und abends haben Sie wieder Brot gegessen.«

»Ja, mittags haben wir warm gegessen.«

»Und war das an allen Tagen so?«

»Was hat Maarten gesagt?«

»Ob es an allen Tagen so war«, sagte Nicolien.

»War es samstags auch so?«, half er.

»Ja, samstags auch.«

Er notierte es. »Und sonntags?«

»Sonntags hat meine Mutter Suppe gegessen. Und donnerstags haben wir immer Pfannkuchen gegessen.«

»Siehst du, dass Mutter das noch weiß?«, sagte er zu Nicolien.

»Ja, ich weiß noch so manches, auch wenn ich schon achtzig bin«, sagte ihre Mutter.

»Dreiundachtzig«, verbesserte er.

»Was hat Maarten gesagt?«, fragte sie, sich Nicolien zuwendend.

»Dass Sie schon dreiundachtzig sind!«

»Bin ich schon dreiundachtzig?«, fragte sie verwundert.

*

24. Februar 1977

Am Nachmittag arbeitete er zu Hause. Nicolien war zu ihrer Mutter gefahren. Um halb drei klingelte das Telefon.

»Oh, Tag, Maarten. Mutter hier.«

»Tag, Mutter.«

»Ich ruf dich mal eben an, aber ich weiß eigentlich nicht, warum.«

»Geben Sie mir dann mal kurz Nicolien.«

»Das mache ich. Tschüss.«

»Maarten möchte dich sprechen«, hörte er sie sagen.

»Tag«, sagte Nicolien. »Ich versuche, Mutter daran zu gewöhnen, dass jetzt eine 2 vor unserer Telefonnummer steht.«

»Helfen denn die Zettel nicht, die ich gemacht habe?«

»Die liest sie nicht.«

»Eigentlich müsste so eine Telefongesellschaft darauf Rücksicht nehmen.«

»Aber das tun sie nicht.«

»Sie denken keine Sekunde daran, dass sie so eine alte Frau völlig isolieren.«

»Was machst du gerade?«

»Ich arbeite. Also, ich lege wieder auf?«

»Ja, und dann lasse ich sie noch einmal anrufen.«

Er legte auf und wartete. Als es still blieb, las er die letzten Zeilen, die er geschrieben hatte, und begann wieder zu tippen, wurde aber erneut durch das Klingeln des Telefons unterbrochen.

»Tag, Maarten. Mutter hier.«

»Tag, Mutter. Wie geht's?«

»Ganz gut.«

»Was machen Sie gerade?«

»Oh, wir sitzen ein bisschen da und sitzen, nicht wahr? Du verstehst schon.«

»Und jetzt rufen Sie mich mal an.«

»Ja, ich dachte, ich rufe dich mal an.«

»Um die Gemütlichkeit zu steigern.«

»Ja, so sagt man, nicht?«

»Ja, das sagt man.«

»Und, geht es dir auch gut?«

»Sehr gut. Ich bin am Arbeiten.«

»Soll ich dann mal wieder auflegen?«

»Tun Sie das. Bis dann.«

»Tschüss, Maarten.«

Er legte den Hörer wieder auf und versuchte sich erneut zu konzentrieren. Das Telefon klingelte. Er nahm ab.

»Oh, Tag, Maarten. Bist du es?«

»Ja, ich bin es noch immer.«

»Zum Glück.«

»Wie ist das Wetter bei Ihnen?«

»Ganz gut, glaube ich.«

»Nicht kalt?«

»Ja, schon ein bisschen kalt.«

»Und auch ein bisschen grau.«

»Ja, grau auch. Man weiß eigentlich nicht, wie man es nennen soll.«

»Ist Nicolien zufällig da?«

»Ja, die ist hier.«

»Geben Sie sie mir mal.«

»Maarten möchte dich sprechen«, hörte er sie sagen.

Im Telefon knirschte es ein wenig. »Tag«, sagte Nicolien.

»Wie läuft es jetzt?«

»Noch nicht so besonders.«

»Du müsstest ihr eigentlich beibringen, die Nummer von den Zetteln abzulesen.«

»Lass mich mal entscheiden, wie ich es machen will. Misch du dich da jetzt nicht ein«, sagte sie gereizt.

»Natürlich.«

»Ich lege wieder auf, ja?«

»Prima.« Er legte den Hörer auf und beugte sich über seine Arbeit, bis das Telefon erneut klingelte.

*

27. März 1977

Nach dem Essen setzte er sich, schläfrig vom Wein, in den Sessel seines Schwiegervaters, während Nicolien und ihre Mutter sich in die Küche zurückzogen. Der Raum wurde gleichmäßig, aber spärlich durch die gegen die Decke gerichtete Stehlampe beleuchtet. Von dort, wo er saß, konnte er hinter der Spiegelung im Fenster undeutlich die Dachsimse und obersten Fenster in den Häusern auf der anderen Straßenseite sehen. Die Flammen im Gasofen flackerten. Der Kessel, der auf dem Ofen stand, säuselte. Gedämpft wegen der geschlossenen Tür hörte man aus der Küche undeutlich die Stimmen Nicoliens und ihrer Mutter. Er schloss die Augen und döste ein. Nicolien kam mit dem Tablett herein. »Könntest du das mal wegräumen?« In dem Moment klingelte das Telefon. Sie stellte das Tablett auf den kleinen Tisch und rief in den Flur: »Mutter! Frau Baas!« Ihre Mutter kam angetrabt, ging ins hintere Zimmer und suchte das Telefon. »Nein, hier ist es doch!«, rief Nicolien. »Das steht doch im Wohnzimmer!« Währenddessen klingelte das Telefon weiter. Ihre Mutter lief mit raschen Schritten daran vorbei zu ihrem Sessel in der anderen Ecke des Raums. »Nein, hier! Es steht doch hier!«, rief Nicolien. Sie nahm den Hörer ab und drückte ihn ihrer Mutter in die Hand.

»Ja«, rief ihre Mutter laut und mit einer etwas höheren, tonlosen Stimme in die Sprechmuschel. »O nein, das geht nicht, denn ich bin bei den Kindern.«

»Nein, Sie sind hier!«, rief Nicolien.

»Oh, warte mal. Meine Tochter sagt, dass ich hier bin. … Ja, aber die Kinder sind hier.«

»Wir gehen aber gleich!«, rief Nicolien.

»Oh, sie gehen gleich.«

»Um acht Uhr!«

»Um acht Uhr, sagt sie. Dann kann ich also doch kommen. … Ja, ja, dann um acht Uhr, nicht?«

Als sie im Bus zum Bahnhof saßen, dachte er an die Situation zurück.

»Was lachst du?«, fragte Nicolien.

»Über deine Mutter. ›Meine Tochter sagt, dass ich hier bin.‹«

»Aber das ist doch nicht zum Lachen?«

»Das ist doch furchtbar verrückt?«

»Das ist schrecklich traurig! Das kam doch daher, weil sie total in Panik war, dass wir gehen würden. Und dann noch diese schreckliche Frau Baas, die sie sowieso nicht ausstehen kann.«

»Das wusste ich nicht.«

»Die kann sie ganz und gar nicht leiden. Das ist doch auch überhaupt keine Frau für meine Mutter? Mit dieser lauten Stimme!«

»Warum geht sie sie dann besuchen?«

»Weil sie einsam ist! Verstehst du das nicht? Aus Einsamkeit! Und du lachst darüber!«

»Ich habe es nicht gewusst.«

»Zum Heulen ist es.«

»Aber auch wenn es traurig ist, darf man doch wohl noch darüber lachen?«

»Das darf man nicht! Das ist herzlos! Dann hat man kein Gefühl!«

Er schwieg.

»Ich finde es schrecklich, dass du darüber lachst!«

Er schwieg weiter. Als er zur Seite blickte, sah er, dass sie Tränen in den Augen hatte. »Es tut mir leid«, sagte er und nahm ihre Hand.

»Lass das!« Sie riss ihre Hand los. »Und jetzt auch noch auf lieb Kind machen!«

Er wandte sich ab und sah nach draußen. Neben ihm schaukelte sein Gesicht mit den Bewegungen des Busses mit. Als er an die Situation zurückdachte, hatte er Mühe, sein Lachen zu unterdrücken, doch dieses Mal gelang es ihm, sich zu beherrschen.

*

12. August 1977

»Ihr fahrt sicher mit der Straßenbahn?«, sagte er, als sie das Restaurant am Ende des Nieuwezijds Voorburgwal verließen.

»Ja, natürlich«, sagte Nicolien. »Mutter ist heute schon genug gelaufen.«

»Dann werde ich zu Fuß gehen.«

»Wenn du das schöner findest …«

Er streckte die Hand hoch. »Bis gleich.«

»Was macht Maarten jetzt?«, hörte er seine Schwiegermutter fragen, als er sich von ihnen entfernte.

»Maarten geht zu Fuß«, antwortete Nicolien.

Es war ein milder Abend, nach einem Regenschauer, und es begann zu dämmern. Auf der Straße war es relativ ruhig, wahrscheinlich, weil viele im Urlaub waren. Kurz vor dem Dam standen ein paar Straßenbahnen aufgereiht im Stau, doch er konnte nicht erkennen, durch was sie aufgehalten wurden. Als er den Lijnbaanssteeg erreichte, hatten sie ihn noch immer nicht überholt. Zu Hause angekommen, schob er das Fenster hoch, stellte die Sessel links und rechts vor die Fensterbank, setzte sich auf die Couch und nahm die Zeitung. Es dauerte lange, bis er die Hauseingangstür hörte, kurz darauf die Wohnungstür und die schnellen Schritte Nicoliens durch den Flur. Sie kam ins Wohnzimmer. »Ist Mutter nicht da?«, fragte sie erschrocken.

»Mutter?« An ihren Augen sah er, dass sie in Panik war. »Die ist doch bei dir?«

»Ich habe Mutter verloren!«

Ihm wurde kurz schwindlig. Langsam legte er die Zeitung weg.

»Wie konntest du Mutter denn verlieren?«

»Weil die Straßenbahn abgefahren ist, als ich einsteigen wollte! Was soll ich bloß machen? Ich bin ratlos!«

Er stand auf. »Aber wie konnte die Straßenbahn denn abfahren?«

»Weil mir mein Portemonnaie geklaut wurde! Aber was spielt das jetzt noch für eine Rolle? Tu lieber was! Sag, was wir machen sollen!«

»Ich werde sie suchen gehen«, sagte er und ging zur Tür. »Von wo aus bist du hierhergelaufen?«

»Vom Bahnhof aus. Ich dachte, dass sie vielleicht durchgefahren wäre.«

»Ruf du die Straßenbahn an, vielleicht haben sie sie da gefunden.«

Er war schon im Flur.

»Und die Polizei? Soll ich nicht die Polizei anrufen?«

»Warte damit noch eine Weile.« Er öffnete die Wohnungstür und eilte die Treppe hinunter. Während er in Richtung des Nieuwezijds Voorburgwal ging, überschlug er die Möglichkeiten. Wenn sie am Dam ausgestiegen war, war sie wahrscheinlich zum Spui zurückgelaufen und dabei unterwegs der Straßenbahn mit Nicolien begegnet. Sie konnte auch bis zum Kolk gewartet haben, weil sie dort immer ausstiegen, aber dann hätte sie auch ihr Haus wiedergefunden. Die letzte Möglichkeit bestand darin, dass sie in Panik bis zum Bahnhof weitergefahren und dort vom Schaffner im Waggon gefunden worden war. Er entschied sich für die erste Möglichkeit und eilte den Nieuwezijds Voorburgwal hinab in Richtung Spui, wobei er aufmerksam um sich herum und zur anderen Straßenseite hinübersah. Als er an der Haltestelle ankam, an der sie eingestiegen waren, ging er noch kurz weiter bis zum Spui und schaute sich dort um, bis er die Sinnlosigkeit seines Tuns einsah. Während er zurück in Richtung Bahnhof ging, begann er an dem ganzen Unterfangen zu zweifeln. Die Möglichkeit, dass sie jetzt irgendwo herumirrte, machte ihm die Stadt unheimlich. Die Dämmerung war in Dunkelheit übergegangen. Bei einer Bank auf dem Briefmarkenmarkt hing eine kleine Gruppe Surinamer herum, wahrscheinlich Junkies. Etwas weiter, zwischen Kolk und Bahnhof, streunten ein paar heruntergekommene Männer auf einem ansonsten nahezu leeren Bürgersteig herum. Es war deutlich, dass seine Schwiegermutter in dieser Umgebung keine Chance hätte. Beunruhigt ging er noch bis zur Prins Hendrikkade und sah dann ein, dass Weitersuchen keinen Sinn hatte und es besser war, die Polizei einzuschalten. Mit diesem Plan eilte er zurück.

Als er durch den Flur ging, hörte er im Wohnzimmer Stimmen. Er stieß die Tür auf und stand Nicolien, seiner Schwiegermutter und einem unbekannten Mann gegenüber, den er aufgrund seines Äußeren für einen Kriminalbeamten hielt.

»Mutter ist schon da!«, sagte Nicolien. »Der Herr hier hat sie gefunden.«

Der Mann stand auf. »Vielleicht darf ich mich kurz vorstellen«, sagte er. »Der Name ist Langeraad.« Ein Mann in einem tadellosen grauen Anzug mit einem Einstecktuch.

»Koning«, sagte Maarten verblüfft.

»Ich sah Ihre Mutter bei einem Baum auf dem Westermarkt«, erklärte der Mann. »Und mir war klar, dass etwas nicht in Ordnung war.«

»Der Herr hat gesagt: ›Kommen Sie mal mit mir mit‹«, sagte seine Schwiegermutter mit hoher Stimme.

»Zum Glück wusste sie Ihre Adresse«, sagte Langeraad. »Sonst wäre ich nicht so schnell hier gewesen.«

»Wie gut, dass sie sie wusste«, sagte Nicolien.

»Der Herr hier hat gesagt, dass ich ihm mal den Arm geben sollte«, sagte ihre Mutter.

»Es war so dunkel«, erklärte Langeraad. »Ich hatte Angst, dass sie hinfallen könnte.«

»Aber zum Glück haben wir niemanden gesehen«, sagte sie.

»Ihre Mutter hatte Angst, dass die Nachbarn etwas Falsches denken könnten«, sagte Langeraad schmunzelnd. Er setzte sich wieder.

»Was für ein Glück, dass Sie gerade vorbeigekommen sind«, sagte Maarten und nahm ebenfalls Platz.

»Ich hatte zufällig Überstunden gemacht.«

»Willst du auch eine Tasse Kaffee?«, fragte Nicolien.

»Gern«, sagte er. Während sie zur Küche ging, kam er in die Wirklichkeit zurück. Er verstand nun, dass sie tatsächlich am Dam ausgestiegen war, doch anstatt zurückzugehen, hatte sie die Raadhuisstraat überquert. Unbegreiflich, wie sie das angestellt hatte.

»Ich würde sagen: Auf das gute Ende!«, sagte Langeraad und hob kurz die Tasse hoch.

»Was war das doch für ein netter Herr, nicht?«, sagte seine Schwiegermutter, nachdem er Langeraad hinausbegleitet hatte und wieder ins Wohnzimmer gekommen war. »Das war sicher ein Freund von euch?«

»Das war doch der Herr, der Sie gefunden hat?«, sagte Nicolien.

»Ja, das dachte ich mir auch schon.«

»Er hat Sie doch nach Hause gebracht, weil Sie den Weg nicht mehr wussten?«

»Ja, das ist auch so. Seltsam, nicht, dass ich Arm in Arm mit diesem Herrn durch die Stadt gelaufen bin.« Sie musste selbst darüber lachen.

»Wie war das eigentlich mit dem Portemonnaie?«, fragte er Nicolien.

»Das wurde mir geklaut, als ich einsteigen wollte. Ich habe es dem Taschendieb wieder aus der Hand gerissen, aber dabei ist es aufgegangen, und als ich das Geld aufsammeln wollte, ist die Straßenbahn losgefahren. Ein anderer Mann, der gerade kam, hat mir noch geholfen.«

»Was war das für ein Mann?«

»Ein netter Mann. Der Taschendieb hat ihm auch noch einen Stoß gegen die Brust gegeben.«

»Ich meinte den Taschendieb?«

Sie zögerte. »Das sage ich lieber nicht.«

Das irritierte ihn. »Was ist denn das für ein Unsinn.«

»Weil das natürlich sofort alle denken.«

»Ich darf doch wohl wissen, was das für ein Mann war?«

Sie zögerte erneut. »Wenn du versprichst, dass du es niemandem erzählst.« Er zuckte mit den Achseln.

»Das war ein Surinamer.«

»Plötzlich hatte ich Niekewiekje verloren«, sagte ihre Mutter. »Und da wusste ich nicht mehr, was ich machen sollte.«

*

14. Dezember 1977

»Hier ist Mutter«, sagte Nicolien vom Flur aus, sie schob ihre Mutter im Morgenmantel ins Wohnzimmer. »Rufst du, wenn ich hereinkommen darf?«

»Noch einen Moment«, sagte Maarten. »Tag, Mutter.«

Seine Schwiegermutter war an der Tür stehen geblieben. »Tag, Maarten. Hast du gut geschlafen?«

»Ja. Und Sie?« Er stellte die Blumen auf die Ecke des Frühstückstisches.

»Danke.« Sie kam zögernd näher und blieb beim Stuhl von Nicolien stehen, ihre Hand auf der Lehne. »Soll ich mich mal hierhin setzen?«

»Nein, noch einen Moment.« Er holte die Streichhölzer vom kleinen Tisch und zündete die Kerzen an.

»Kann ich schon reinkommen?«, rief Nicolien aus dem Schlafzimmer.

»Noch einen Moment.« Er blickte sich rasch auf dem Frühstückstisch um, griff ein Buch von dem kleinen Stapel, der auf der Ecke des Tisches bereitlag, und gab es seiner Schwiegermutter. »Das ist von Ihnen.«

»Kriege ich ein Geschenk?«, fragte sie überrascht.

»Ja, aber das müssen Sie Nicolien geben.«

»Ach ja.«

»Komm ruhig rein!«, rief er.

Nicolien kam mit einem verlegenen Gesicht ins Wohnzimmer.

»Hoi!«, sagte er.

Ihre Mutter stand etwas verstört daneben.

»Was für schöne Blumen«, sagte sie verlegen. »Wo hast du die gekauft?«

»Auf dem Singel.« Er gab ihr ein Buch – »Und das ist von mir« – sowie eine Platte. »Und das ist von Marietje.«

»Aber das ist doch viel zu viel!«

»Und Mutter hat auch noch ein kleines Geschenk.« Er wandte sich seiner Schwiegermutter zu. »Nun ihr Geschenk, Mutter.«

»Ist das denn nicht für mich?«

»Nein, dieses Geschenk ist für Nicolien.«

»Und muss ich ihr das dann geben?«

»Ja, das müssen Sie ihr geben.«

Sie gab Nicolien das Buch. »Ich weiß zwar nicht, wofür es ist, Kind, aber es wird schon seine Richtigkeit haben.«

»Vielen Dank«, sagte Nicolien. Sie gab ihr einen Kuss und begann, ihre Geschenke auszupacken.

Maarten sah zu.

»Soll ich mich dann mal hierhin setzen?«, fragte ihre Mutter, sie zog an Nicoliens Stuhl.

»Nein, hier müssen Sie sitzen«, sagte er und zog ihren Stuhl unter dem Tisch hervor.

»Oh, muss ich mich dahin setzen?«, fragte sie erstaunt, als wäre es das erste Mal.

Nach dem Abwasch saß er mit seiner Schwiegermutter im Wohnzimmer, während Nicolien in der Küche Kaffee machte. Sie hatte die Zeitung auf den Schoß genommen und sah sich die Titelseite an. »Ich sehe hier«, sagte sie, aufblickend, »14. Dezember«, sie hielt ihren Finger neben das Datum.

»Ja«, sagte er.

»Aber dann hat das Kind doch Geburtstag?«

»Ja.«

»Und ich habe ihr nicht einmal ein Geschenk gegeben.«

»Doch, Sie haben ihr ein Geschenk gegeben.«

»Wann denn?«

»Heute Morgen.«

Sie sah ihn bestürzt an. »Habe ich ihr ein Geschenk gegeben? Davon weiß ich nichts mehr.«

»Doch, haben Sie.«

»Und habe ich ihr dann auch gratuliert?«

»Auch das.«

Sie schüttelte desorientiert den Kopf, drehte sich um, weil Nicolien das Zimmer betreten hatte, und stand auf. »Ich höre, du hast Geburtstag«, sagte sie hilflos.

»Aber das wussten Sie doch?« Sie stellte den Kaffee auf den kleinen Tisch.

»Und ich habe dir nicht einmal einen Kuss gegeben.«

»Sie haben mir wohl einen Kuss gegeben.«

»Nein, ich habe dir keinen Kuss gegeben.« Sie begann zu weinen, hielt Nicolien fest und gab ihr unbeholfen einen Kuss. »Ich habe dir keinen Kuss gegeben.«

»Sie haben mir wohl einen Kuss gegeben«, sagte Nicolien verzweifelt.

»Nein.« Weinend setzte sie sich wieder hin. »Dass man nicht einmal mehr weiß, dass das eigene Kind Geburtstag hat.«

Nicolien und Maarten sahen verlegen zu, unschlüssig, was sie tun sollten. Maarten beugte sich zu ihr hinüber und ergriff ihre Hand. »Sie haben ihr sogar noch ein Geschenk gegeben. Sie haben es nur vergessen.«

Sie schüttelte schluchzend den Kopf, ihre Stimme war zu erstickt, um zu antworten.

*

29. Mai 1978

Er war gerade dabei, sich einzuseifen, als die Tür zum Badezimmer aufgerissen wurde. »Mutter ist weg!«, sagte sie panisch. Er brauchte eine Sekunde, um die Nachricht zu verarbeiten, und sah sie an. »Sie ist weg! Das Kämmerchen ist leer!« Mit einer raschen Handbewegung fuhr er sich mit dem Waschlappen übers Gesicht und folgte ihr in den Flur. Sie traten ins Treppenhaus.

Die Tür des Kämmerchens stand weit offen, die Bettdecke war aufgeschlagen. »Was sollen wir jetzt machen?«, fragte sie ratlos. »Wo kann sie sein? Sie könnte in die Gracht gefallen sein!«

»Ich werde sie suchen«, sagte er und drehte sich um. »Zurück, ihr!«, sagte er zu den Katzen, die neugierig hinter der Wohnungstür standen, bückte sich, schob Jozefien, die vorn stand, zurück und ging eilends weiter zum Schlafzimmer. Während er seinen Morgenmantel abwarf und seine Unterhose anzog, hörte er, wie sie durch den Flur ins Wohnzimmer ging und das Fenster hochschob. Er zog sich sein Hemd an. »Da läuft sie!«, hörte er sie rufen. »Komm mal! Komm mal schnell!« Mit seinem halb zugeknöpften Hemd rannte er ins Wohnzimmer. Sie hing aus dem Fenster. »Mevrouw!«, rief sie. »Das ist meine Mutter! Ich komme!« Sie zog den Kopf zurück, er lehnte sich seinerseits hinaus. »Ich hole sie schon«, sagte sie hinter ihm und lief zur Tür. »Behalt du sie mal im Auge!« Seine Schwiegermutter stand in ihrem Pyjama an der Ecke zur Herenstraat und unterhielt sich mit einer Frau seines Alters. Die Frau nahm sie am Arm und zeigte in seine Richtung. Unter ihm schlug die Haustür zu, Nicolien eilte die Freitreppe hinunter und rannte ihr entgegen. Er sah sie lachen und mit der unbekannten Frau reden, noch einmal nicken und lachen, worauf sie ihre Mutter an den Arm nahm und langsam mit ihr zurückkam. Er schaute ihnen von oben zu, bis sie im Haus waren, schob das Fenster herunter und ging zur Wohnungstür. »Was für ein Zufall, was, dass ich dich gesehen habe«, hörte er seine Schwiegermutter auf der Treppe sagen. »Ich fragte mich schon, wo ich wäre.« – »Aber Sie waren doch bei uns?« Sie kamen um die Krümmung der Treppe. – »War ich bei euch?« – »Natürlich. Sie waren so wie sonst auch im Kämmerchen, wo Sie immer sind.«

»Tag, Mutter«, sagte er. »Guten Morgen.«

Sie sah hoch. »Hey, Tag, Maarten. Bist du auch hier?«

»Ich bin auch hier.«

»Was für ein Zufall.«

»Ein großer Zufall.«

»Und hier ist Ihr Zimmer, sehen Sie?«, sagte Nicolien. Sie führte ihre Mutter ins Kämmerchen.

Er ging wieder ins Badezimmer und begann sich erneut einzuseifen. Während er dort stand, hörte er die beiden im Kämmerchen, auf der anderen Seite des Lichtschachts, reden. Kurze Zeit später ging die Tür des Badezimmers auf. »Was soll man bloß dazu sagen?«, sagte sie. »Sie hat gedacht, dass sie irgendwo anders wäre.«

»Ein Glück, dass diese Frau sich um sie gekümmert hat.«

»Die hat gefragt, wo sie hinwolle, und da hat Mutter gesagt, dass sie auf der Suche nach ihrer Tochter wäre, die in Amsterdam wohnen würde.«

»Verrückt.«

»Das ist nicht verrückt! Das ist beängstigend! Demnächst erkennt sie ihr eigenes Haus nicht mehr. Ich frage mich, ob wir überhaupt noch in Urlaub fahren können.«

»So schlimm wird es wohl nicht kommen«, meinte er.

*

20. Juli 1978

Es herrschten hochsommerliche Temperaturen. Er war allein in seinem Zimmer, die Fenster standen weit offen. Gerade als er nach unten gehen wollte, um eine zweite Tasse Kaffee zu trinken, klingelte das Telefon. Er nahm den Hörer ab. »Koning hier.«

»Tag. Ich bin im Krankenhaus. Sie sind gerade dabei, Mutter zu untersuchen.«

»Was ist denn mit Mutter?«

»Sie hat auf der Straße gelegen.«

»Auf der Straße?«

»Als ich kam, war sie nicht da, und als ich sie gesucht habe, lag sie auf der Straße, mit lauter Leuten um sie herum. Sie hatten den Krankenwagen schon angerufen, aber ich glaube nicht, dass sie was hat.«

»Ist sie verwirrt?«

»Das nicht, aber ich glaube, dass sie nicht viel von dem mitkriegt, was um sie herum passiert.«

»Und jetzt?«

»Jetzt denke ich, dass ich heute Abend dableibe, und dann sehen wir weiter. Falls sie nichts hat, natürlich, aber auch sonst werde ich wohl bleiben müssen.«

»Das verstehe ich.«

»Bist du allein?«

»Ja, Ad und Bart sind nicht da.«

»Ich ruf dich noch mal an.«

»In Ordnung. Ich werde ja sehen. Alles Gute.«

*

21. Juli 1978

Er wartete am Bahnsteig auf sie. »Wie ist es jetzt?«, fragte er, als sie die Treppe hinunterstiegen.

»Hoffnungslos natürlich.«

Sie schwiegen, bis sie draußen waren.

»Der Hausarzt findet es unverantwortlich, dass sie noch länger bei sich zu Hause wohnen bleibt.«

»Das finden Ärzte immer. Die haben Angst vor der Verantwortung.«

»Und ich habe den Eindruck, dass sie auch nicht mehr für sich selbst sorgt. Da stand ein Topf mit verschimmeltem Essen, und bei einem anderen Topf war der Boden durchgebrannt. Ich glaube, dass sie nicht mehr mit dem Gasherd fertig wird.«

»Was sagt Frau Peereboom dazu?«

»Frau Peereboom kann natürlich auch nicht alles. Sie sieht zwar ab und zu nach dem Rechten, aber sie kann natürlich nicht für sie sorgen.«

»Nein.«

»Beim Bäcker haben sie gesagt, dass sie manchmal dreimal am Tag Brot kauft. Und sie scheint auch Geld zu verlieren, denn ihr Portemonnaie war vollkommen leer, obwohl ich ihr vorige Woche noch hundert Gulden reingesteckt habe.«

Er schwieg, nicht in der Lage, so rasch auf diese Hiobsbotschaften zu reagieren.

»Also, jetzt habe ich mal angerufen. Nächste Woche kommt eine Sozialarbeiterin, um zu schauen, ob sie einen Platz in einem Pflegeheim bekommen kann.«

Er sah sie an, sie hatte Tränen in den Augen, und nahm ihre Hand.

Sie schaute ihn an. »Können wir sie nicht zu uns nehmen?«

»Das ist doch ausgeschlossen?«

»Sie hat ihre Mutter doch auch bei sich zu Hause aufgenommen?«

»Ja, bis sie ebenfalls in ein Pflegeheim musste.«

»Sie könnte das Kämmerchen haben.«

»Aus dem läuft sie doch weg?«

»Aber du hast doch jetzt eine Alarmglocke angebracht?«

»Es geht darum, dass sie da Angst bekommt. Bei uns in der Wohnung hat sie auch Angst, wenn wir nicht da sind. Man müsste Tag und Nacht bei ihr bleiben.«

»Und wenn wir bei ihr einziehen würden? Das wäre doch auch möglich?«

Er schüttelte den Kopf.

»Warum wäre das nicht möglich?«

»Ich kann doch wegen der Arbeit nicht jeden Tag vier Stunden hin- und herfahren.«

»Es gibt doch wohl mehr Leute, die das machen?«

Er schwieg.

»Es gibt doch wohl mehr Leute, die das machen?«, wiederholte sie.

»Und du könntest das auch nicht. Du hast ja schon Kopfschmerzen, wenn sie nur eine Stunde im Haus ist.«

Sie gab darauf keine Antwort.

Er legte seinen Arm um ihre Schulter. »Es lässt sich wirklich nicht ändern.«

»Ich bin so traurig«, sagte sie halb weinend. »Sie ist doch meine Mutter.«

*

14. August 1978

»Das Taxi kommt«, sagte sie, während sie den Hörer auflegte. »Nimmst du Mutters Koffer?«

»Was machen wir jetzt?«, fragte ihre Mutter.

»Sie fahren wohin, wo Sie eine Weile wohnen werden«, sagte Nicolien.

»Und komme ich dann auch wieder hierher zurück?«

»Ja, sobald Sie wieder ganz allein für sich selbst sorgen können.«

Er stand mit ihrem Koffer an der Wohnungstür und wartete, bis Nicolien ihrer Mutter in den Mantel geholfen hatte.

»Ja, ich weiß das alles nicht mehr so gut«, sagte ihre Mutter, »aber wenn ihr es sagt, wird es wohl seine Richtigkeit haben.«

»Dann hat es seine Richtigkeit«, versicherte er.

»Habe ich jetzt alles?«, fragte Nicolien nervös.

»Wir kommen hier doch nachher noch zurück?«, sagte er.

»Ja, aber die Papiere?«

»Die Papiere sind in der Tasche.«

»Wo gehen wir jetzt hin?«, fragte ihre Mutter.

»Dorthin, wo Sie eine Zeitlang wohnen werden.«

»Ach ja.«

Er öffnete die Tür. »Hast du den Schlüssel?«

»Ja«, sagte sie.

Er ging vor ihnen her die Treppe hinunter und sah nach oben, während sie sich langsam nach unten schoben, seine Schwiegermutter mit der einen Hand am Geländer und an der anderen von Nicolien gestützt. Als sie fast unten waren, fuhr das Taxi vor. »Da ist schon das Taxi«, rief er.

Während Nicolien ihrer Mutter ins Taxi half und dann zu ihr stieg, setzte er sich neben den Fahrer. »Pflegeheim Sammersbrug«, sagte er. Er drehte sich um. »Sitzen Sie bequem?«, fragte er. Sie fuhren langsam los. Seine Schwiegermutter hörte ihn nicht. Sie sah hoch zu ihrem Haus und hob ganz kurz die Hand. »Tschüss, Häuschen«, sagte sie leise.

»Kommen Sie, um eine Weile bei uns zu wohnen?«, fragte die Frau, die sie empfing.

»Ich weiß es nicht mehr genau«, antwortete seine Schwiegermutter. »Ich bin schon alt.«

»Ja, aber das macht nichts. Das sind wir gewohnt.« Sie brachte sie zu einem kleinen, mit Glas abgetrennten Büro im Erdgeschoss.

»Es gibt noch ein paar Formulare, die Sie unterschreiben müssen«, sagte die Frau zu Nicolien, nachdem sie sich gesetzt hatten. Sie schob sie ihr hin.

»Wir haben vor, die Wohnung meiner Mutter noch nicht aufzugeben«, sagte Nicolien, als sie unterschrieben hatte, »damit ich ab und zu mit ihr dorthin kann. Sie darf da doch auch übernachten?«

Die Frau machte ein bedenkliches Gesicht. »Dafür müssen Sie aber die Zustimmung einholen. Und in den ersten drei Wochen darf sie auf keinen Fall Besuch bekommen, denn sonst gewöhnt sie sich nicht ein.«

»Und wenn sie sich nun nicht eingewöhnt? Darf sie dann nicht wieder zurück?«

»Davon lassen Sie uns mal nicht ausgehen«, sagte die Frau. »Unserer Erfahrung nach fühlen sich die meisten Bewohner hier sehr schnell zu Hause.«

Nicolien schwieg.

»Soll ich Ihnen dann zeigen, wo sie schlafen wird und wo der Gemeinschaftsraum ist?«, fragte die Frau. Sie stand auf.

Nicolien sah ihn an. »Bleibst du hier und wartest?«

»Ich warte«, antwortete er.

Er sah ihnen hinterher, während sie sich über den Flur entfernten, Nicolien mit dem Koffer ihrer Mutter in der Hand, die Frau mit der Tasche.

»Ich glaube, dass ich doch lieber bei meinen Kindern bleibe«, hörte er seine Schwiegermutter noch sagen.

Es dauerte lange, bis Nicolien zurückkam. Der Raum, in dem er saß, wirkte steril, sah man von einer Reihe Ansichtskarten von Gebäuden und fernen Stränden ab, die hinter dem kleinen Schreibtisch mit Klebestreifen an der Wand befestigt waren. Aus dem Bewohnertrakt des Heims hörte man keine Geräusche, als wäre er hermetisch von der Außenwelt abgeschlossen. Nur auf dem Flur herrschte ein wenig Leben. Als er ihre Schritte sich nähern hörte, stand er auf. Sie sah geistesabwesend und niedergeschlagen aus. Sie gingen über den Flur zurück, nickten der Frau hinter dem Tresen zu und verließen das Gebäude durch die Drehtür.

»Wie war es?«, fragte er, als sie draußen waren.

»Schrecklich, natürlich.« Sie hatte Tränen in den Augen. »Als ich wegging, fing sie an zu weinen.« Sie weinte nun ebenfalls. »Ich habe mich wie eine Verräterin gefühlt.«

Er nahm ihre Hand. »Komm.« Er wollte noch etwas sagen, doch seine Kehle war wie zugeschnürt.

*

30. Dezember 1978

»Du setzt dich doch wohl nicht hin und tippst?«, fragte Nicolien empört. Sie hatte das Wohnzimmer betreten und blieb an der Tür stehen.

»Kurz«, entschuldigte er sich.

»Jetzt, wo Mutter da ist?«

»Ich habe es gerade in meinem Kopf.«

»Aber dann kannst du doch damit warten?«

»Nein, das kann ich nun gerade nicht, denn es ist schwierig.«

»Was ist es denn?«

»Eine Besprechung des Handbuchs von Seiner und Güntermann.«

»Eine Besprechung?« Ihre Stimme hob sich vor Empörung. »Während Mutter da ist?«

»Aber ich habe momentan furchtbar viel zu tun.« Er fühlte sich schuldig.

»Es scheint fast, als ob du verrückt geworden wärst! Eine Besprechung! Für das Büro! In deiner Freizeit! Statt dich gemütlich dazuzusetzen! Ich höre ja wohl nicht recht! Eine Besprechung! Wenn man dir das vor zwanzig Jahren erzählt hätte, hättest du dich kaputtgelacht. Hörst du mich? Kaputtgelacht hättest du dich!«

»Ich lache mich nicht kaputt«, sagte er mürrisch. Er stand auf.

»Na, und ich auch nicht!«, sagte sie wütend. »Ich könnte eher heulen!« Sie verließ den Raum und ging zurück in die Küche.

Er setzte sich auf die Couch und griff zu seiner Pfeife. Seine Schwiegermutter saß geistesabwesend in ihrem Sessel unter der Lampe. Sie zupfte nervös an ihrem Rock, als wäre ein Fussel darauf, den sie entfernen wollte. Er stopfte die Pfeife und drückte mit dem Daumen den Tabak an. Während er damit beschäftigt war, sah er sie hin und wieder mitleidig prüfend an. »Heil!«, sagte er.

Sie reagierte nicht.

»Wie sollte es dem Mann wohl gehen?«, fragte er. Früher wäre sie es gewesen, die das gesagt hätte. Nun zupfte sie weiter an ihrem Rock, als wäre er nicht im Raum. Er sog die Flamme durch den Tabak, legte das Streichholz in den Aschenbecher und ließ sich in die Kissen zurücksinken. Unwillkürlich wanderten seine Gedanken zurück zur Besprechung. Er dachte einige Zeit intensiv darüber nach, stand dann auf, ging zu seinem Schreibtisch, nahm das Blatt hoch, das neben der Schreibmaschine lag, und las noch einmal den letzten Absatz. Während er damit beschäftigt war, hörte er Nicolien über den Flur kommen. Er wandte sich ab und nahm wieder auf der Couch Platz. Sie kam mit der Teekanne ins Wohnzimmer. »Hast du noch nicht einmal eine Platte für Mutter aufgelegt?«, fragte sie verärgert.

»Welche Platte soll ich denn auflegen?«, fragte er schuldbewusst.

»Das weißt du doch wohl? Du weißt doch wohl, was Mutter schön findet?«

Er stand auf. »Die *Impromptus*?«

»Das brauche ich dir doch nicht extra zu sagen?«, sagte sie gereizt. Sie setzte sich. »Da bin ich wieder«, sagte sie zu ihrer Mutter. »Wie geht es Ihnen jetzt?«

Ihre Mutter sah auf. »Ich danke Ihnen«, sagte sie höflich, mit einer hohen, etwas schrillen Stimme, »aber ich würde jetzt doch gern wieder zu meinen Kindern.«

»Aber Sie sind doch bei Ihren Kindern?«

Ihre Mutter sah sie verstört an. »Bin ich bei meinen Kindern?«

»Wir sind doch Ihre Kinder!«

»Seid ihr meine Kinder?«, fragte sie ungläubig.

Nicolien drehte sich zu ihm um. »Mutter glaubt, dass wir nicht ihre Kinder sind«, sagte sie verzweifelt.

»Wir sind Ihre Kinder!«, sagte er mit Nachdruck.

Seine Schwiegermutter schüttelte den Kopf. »Ich glaube, ich bin völlig durcheinander. Ich sehe sie fliegen.«

»Sonst wären Sie doch auch nicht hier?«, sagte Nicolien.

»Nein, wenn Sie es sagen, wird es wohl so sein.«

»Was sollen wir bloß machen?«, fragte Nicolien ratlos. »Sag jetzt mal was!«

»Ich werde eine Platte auflegen«, sagte er, »dann wird sie sich schon wieder erinnern.« Er ging vor dem Plattenschrank in die Hocke und suchte die Platte mit den *Impromptus*.

»Bin ich denn in Amsterdam?«, fragte seine Schwiegermutter Nicolien ungläubig.

*

9. Februar 1980

Auf dem Rijswijkseplein warteten sie auf die Linie 16. Es war unbewölkt, zum ersten Mal seit Wochen, ein früher Frühlingstag. Die Straßenbahn schaukelte durch das Laakkwartier und Spoorwijk, durch die Straßen, die er noch von früher kannte, aus der Zeit vor dem Krieg, in der er als Junge auf dem Fahrrad die Stadt erkundet hatte. Die Erinnerung weckte leichtes Heimweh, als blickte er auf sein Leben zurück, ein Leben, das unwiderruflich vorbei war. Es brachte ihn in eine geistesabwesende, schläfrige Stimmung.

An der Endhaltestelle stiegen sie aus, in einem Neubauviertel am Rande der Stadt. Dahinter lagen Brachen mit halb verfallenen Gewächshäusern. Auf dieser verkümmerten Fläche stand das Pflegeheim, von der Nachbarschaft durch eine breite Straße und einen schmalen Streifen von Schulgärten getrennt, die mit einem hohen Zaun gesichert waren. Sie warteten in der Halle, bis sie hineindurften. Die Halle füllte sich mit Besuchern, in der Mehrzahl Leute, die sich kannten und grüßten, einander jedoch sofort vergaßen, sobald die gläsernen Schwingtüren geöffnet wurden und alle so schnell wie möglich hindurchzukommen versuchten, um als Erste bei den Aufzügen zu sein, eine dichte Traube beherrscht vorandrängender Menschen, die, fünf, sechs Mann stark, durch den Flur eilte, vorbei an der Bank, auf der sie jedes Mal von demselben alten Mann, mit Mütze auf und Stock in der Hand, erwartet wurden. Die Leute vor ihnen grüßten ihn im Vorbeigehen. Nicolien grüßte ihn ebenfalls, Maarten nur flüchtig. »Heißt der Mann Jaap?«, fragte er amüsiert, während sie mit ein paar anderen die Treppe in den ersten Stock hinaufstiegen. »Ja«, sagte sie. Ihr Gesicht war abwesend, angespannt. Sie ging einen Schritt vor ihm, gehetzt, um so schnell wie möglich bei ihrer Mutter zu sein. Er folgte ihr, während er sich neugierig umsah, fing die Tür ab, die ein Mann ihnen aufgehalten hatte, und ging hinter ihr her durch einen langen Flur, an dem hinter Glaswänden die Gemeinschaftsräume der Bewohner lagen. Es war überhitzt, und es hing ein drückender Geruch von Urin, Fäkalien und Lysol in der Luft, was ihm ein Gefühl gab, als würde ihm der Atem genommen. »Da sitzt sie«, sagte Nicolien, noch bevor er sie selbst bemerkt hatte. Sie saß neben einer anderen alten Frau, die Arme auf den Lehnen ihres Stuhls, und stierte vor sich hin. Auch als Nicolien sich vorbeugte und ihr Gesicht vor sie hielt, bemerkte sie sie nicht sofort. »Da bin ich«, sagte Nicolien heiter. Ihre Mutter schreckte hoch, gleich darauf erkannte sie sie. »Oh, bist du es? Darf ich mit?«

»Wir kommen Sie besuchen. Sehen Sie mal, wer da ist!«

»Tag, Mutter.« Er beugte sich vor und gab ihr einen Kuss.

»Kommt ihr mich holen?«, fragte seine Schwiegermutter.

»Wir gehen ein Törtchen essen«, sagte Nicolien aufgeräumt, »und etwas trinken! Kommen Sie nur!« Sie packte ihre Mutter am Arm. »Hilfst du auch mal?« In ihrer Stimme lag ein unterdrückter Ärger.

Sie nahmen die Mutter zwischen sich und führten sie Schritt für Schritt zum Aufzug, der sie zum Café im dritten Stock brachte. Sie fanden einen Tisch am Fenster mit Aussicht auf die Schornsteine des Kesselhauses und, etwas weiter rechts, auf die Brache mit den verfallenen Gewächshäusern. »Wie geht es

Ihnen heute?«, fragte er, während Nicolien Tee und Törtchen holte.

»Ganz gut«, sagte sie geistesabwesend.

Der Raum füllte sich langsam mit alten, verlebten Menschen, die von ihren Familienmitgliedern, die meisten in seinem Alter, gestützt und zu einem der Stühle bugsiert wurden. Je mehr hereinkamen, umso lauter wurde es. Hinter seiner Schwiegermutter saß ein alter Mann, der geistesabwesend vor sich hin stierte. In Minutenabständen stieß er denselben tonlosen, unverständlichen Satz aus. Seine nicht sehr viel jüngeren Verwandten, eine Frau und ein Mann, saßen trostlos daneben. Die Frau stand auf. »Du auch ein Bier?«, fragte sie den Mann. Maarten fragte sich, in welchem Verhältnis sie zueinander standen, und kam zu dem Schluss, dass es der Bruder des Mannes sein musste. Zumindest schien ihm das die befriedigendste Annahme.

»So!«, sagte Nicolien. Sie stellte ein Tablett mit drei Tassen Tee und drei Törtchen zwischen ihnen ab. »Ich habe für dich auch mal einen Käsekuchen genommen. Sehen Sie mal, Mutter! Einen Mohrenkopf! Den mögen Sie doch so gern?«

»Ist der für mich?«, fragte ihre Mutter. Sie streckte die Hand aus.

»Aber dann tue ich Ihnen erst eine Serviette um.« Sie schob eine Papierserviette in die Bluse ihrer Mutter. »Siehst du die Frau da hinter mir?«, sagte sie zu Maarten. In dem Lärm hatte er Mühe, sie zu verstehen. Hinter ihr saß nur ein Ehepaar an einem kleinen Tisch. Der Mann sah aus wie ein gepflegter Beamter. Er trug einen tadellosen Anzug und eine schwere Brille. Ein kurzsichtiger Mann. Die Frau hatte ihm eine Serviette umgebunden, die sie offenbar selbst mitgebracht hatte, und fütterte ihn mit Eierlikör. Sie sprachen nicht miteinander. »Die Frau kommt hier jeden Tag her«, sagte Nicolien. »Der Mann kann nicht mehr sprechen, und er begreift nichts mehr. ›Aber er bleibt mein Mann‹, sagt sie. Findest du das nicht toll?« Ihre Stimme ging in die Höhe.

»Ja.« Es rührte ihn.

»Warten Sie mal, ich werde Ihnen helfen«, sagte Nicolien zu ihrer Mutter, die vergeblich versuchte, sich den Mohrenkopf auf einmal in den Mund zu stecken.

Er sah zu, wie Nicolien mit einer Kuchengabel ein Stück des Mohrenkopfs abstach und es in den Mund ihrer Mutter stopfte. Die Frau neben ihnen hatte das Bier geholt. Der alte Mann zog sein Glas mit einem Ruck zu sich heran und trank es gierig in zwei, drei Zügen aus, ohne seinem Besuch Beachtung zu schenken. An einem anderen Tisch, dicht bei dem ihren, so nahe, dass sich die Stühle berührten, hatte eine etwas größere Gesellschaft um eine alte Frau herum Platz genommen. Sie unterhielten sich miteinander, die alte Frau saß etwas verloren daneben. Sie sah zu ihnen herüber, erst zu Nicolien und dann zu seiner Schwiegermutter, die sich mit offenem Mund füttern ließ. Offenbar erkannte sie sie, denn sie zog sie am Ärmel, ohne sich um das Füttern zu kümmern.

»Ja?«, sagte seine Schwiegermutter mechanisch.

»Wer ist das?«, fragte die Frau und zeigte auf Nicolien.

Nun erst schien seine Schwiegermutter zu bemerken, woher das Ziehen kam. Sie sah zu der Frau und dann zur Seite zu Nicolien. »Das ist der Doktor«, sagte sie mit einer hohen, schrillen Stimme, »oder nein«, sie sah noch einmal hin, ihren Irrtum bemerkend, »das ist mein Sohn.«

»Ja, Gesang!«, sagte die Frau, sie verstand: »von den Zeugen Jehovas!«

Der Lärm im Saal hatte eine betäubende Wirkung. Er sah sich um. Das Sonnenlicht fiel durch die hohen Fenster herein und beschien die farbig-farblose Gruppe freudloser Menschen.

»Wissen Sie denn noch, wo Sie gewohnt haben?«, fragte Nicolien.

»O ja, natürlich.«

»Wo war das denn?«

Ihre Mutter dachte angestrengt nach. Sie schüttelte den Kopf. »Ich weiß es nicht mehr. Sag du es mir.«

»In der Amandelstraat!«

»Ach ja.«

»Und die Nummer?«

Sie dachte erneut nach, vergeblich.

»Neununddreißig!«

»O ja, neununddreißig.«

»Amandelstraat neununddreißig!«

»Wie konnte ich das bloß vergessen?«

Die Frau mit dem Bier hatte noch einen Eierlikör mit Schlagsahne geholt. Der alte Mann versuchte mit bebender Hand einen Löffel Schlagsahne zum Mund zu führen, verfehlte das Ziel und kleckerte den größten Teil auf seine Krawatte. Die Frau wischte es mit einer Papierserviette ab und fütterte den Rest. Er ließ sich füttern wie ein Vogel, das schmale Gesicht erhoben, der Mund in Erwartung des Löffels geöffnet.

»Soll ich für Mutter auch einen Eierlikör holen?«, fragte Nicolien.

»Ja«, sagte er.

»Du nicht?«

Er schüttelte den Kopf.

Sie stand auf und ging zum Ausschank.

Er sah seine Schwiegermutter an. Sie saß etwas verstört da und nestelte an einer Serviette. »Tag, Jansen«, sagte er.

Sie sah ihn an, ohne zu reagieren.

»Wie geht es Ihnen jetzt?«

»Gut«, sagte sie mechanisch.

»Wissen Sie noch, früher?«

Sie schüttelte den Kopf. »Nein, das weiß ich nicht mehr.«

»Zehn!«, versuchte er es.

Sie sah ihn verständnislos an.

»›Zehn, das ist mein Kindheitsjahr!‹ Zwanzig?«

Sie schüttelte den Kopf.

»Sie wissen es! Denken Sie noch mal kurz nach!«

»Mit zwanzig bin ich dann getraut.«

»›Mit zwanzig sind wir schon ein Paar!‹«

»Ach ja.«

»Dreißig?«

»›Bin ich dann getraut.‹«

»Ja! Großartig! Sehen Sie, dass Sie es noch wissen?«

Nicolien stellte zwei Eierliköre auf den Tisch. »Sollen wir gleich noch kurz mit Mutter spazieren gehen?«, schlug sie vor. »Ich finde es hier so bedrückend.«

Sie nahmen sie wieder mit nach unten, zogen ihr den Wintermantel an und spazierten mit ihr auf der Straße entlang des kleinen Gewässers, hinter dem die Weiden und Gewächshäuser begannen, hin und her. Die Weiden sahen vernachlässigt aus. Die Gewächshäuser waren heruntergekommen und halb eingestürzt. Zwischen den Gewächshäusern liefen zwei Gastarbeiter herum. Auf dem Bürgersteig saß ein Mann neben seinem Auto und strich zwei Radkappen schwarz an.

»Was ist das?«, fragte seine Schwiegermutter.

»Autoräder«, antwortete Nicolien.

Der Mann sah auf. »Ja«, sagte er.

»Und wissen Sie noch, wo Sie früher gewohnt haben?«, fragte Nicolien.

»Nein, das weiß ich nicht.«

»Amandelstraat neununddreißig.«

»Ach ja, wie konnte ich das bloß vergessen.«

Der Spaziergang ermüdete sie. Sie knickte zwischen ihnen ein und ließ sich halb mitschleifen, den Kopf gesenkt. Sie brachten sie zurück zum Café, in dem es zum Ende des Nachmittags hin bereits sehr viel leerer geworden war. Nicolien holte noch einen Eierlikör. »Und wissen Sie noch, wo Sie früher gewohnt haben?«, fragte sie, als sie ihr den Teelöffel vor den Mund hielt.

»Amandelstraat neununddreißig«, sagte ihre Mutter, den Blick auf den Eierlikör gerichtet.

»Ja, hallo!«, rief Maarten.

»Sehen Sie jetzt, dass Sie es noch wissen?«, sagte Nicolien erfreut.

»Aber meine Hände sind so steif«, sagte sie.

Maarten nahm ihre Hände in die seinen und sah auf ihre Finger: weiße, etwas breite Finger, ganz anders als Nicoliens Hände. »Sie sind noch dieselben«, sagte er, »normale Hände.«

»O ja?«, sagte sie erfreut. »O Kind!«

Sie brachten sie zurück ins Wohnzimmer und setzten sie in einen Sessel neben der alten Frau, bei der sie meistens saß. Nicolien beugte sich zu ihr hinüber. »Fanden Sie es schön?« Sie gab ihr einen Kuss.

»Ja, ich fand es schön.«

»Und nicht weinen, hören Sie, denn wir kommen bald wieder. Werden Sie nicht weinen?«

»Nein, Kind.« Sie weinte dieses Mal nicht.

Als sie ihr vom Flur aus durch die Scheibe zuwinkten, sah sie sie schon nicht mehr. Sie blickte vor sich hin, versunken in ihre verschwommenen Gedanken. Wahrscheinlich hatte sie bereits vergessen, dass sie dagewesen waren.

*

27. Februar 1980

Er tickte gegen das kleine Fenster und wartete. Im Innern wurde die Tür des Wohnzimmers und danach die Wohnungstür geöffnet. »Ach, du bist es«, sagte sie.

Er gab ihr einen Kuss. »Geht es voran?«

»Ich bin fast fertig.«

Die Teppiche lagen aufgerollt im Flur. Die Garderobe war bereits von der Möbelspedition mitgenommen worden. Er legte seinen Mantel auf ihr Bett im Zimmer nebenan und ging ins Wohnzimmer. Bis auf zwei Stühle und einen Karton, über den sie ein Deckchen gelegt hatte, war das Zimmer leer. Die Couch hatte das Antiquitätenauktionshaus schon abgeholt. Die Schirmlampe und die Lampe, die über dem runden Tisch gehangen hatte, waren verschwunden, die Wände und der Kaminsims kahl. Dort, wo sich der Geschirrschrank befunden hatte, stand nun ein Stapel Umzugskartons.

»Morgen kommt der Trödler«, sagte sie. »Wenn du gleich noch, bevor du weggehst, die Teppiche an die Bordsteinkante legen könntest? Denn das schaffe ich nicht.«

Er nickte und setzte sich.

»Willst du einen Schnaps?«, fragte sie.

»Hast du den noch?«

»Du glaubst doch nicht, dass ich es ohne Schnaps aushalte?«

Während sie in der Küche war, sah er sich um. Obwohl das Zimmer seines Glanzes beraubt war, hatte es durch die paar Dinge, die zurückgeblieben waren, doch etwas von seinem Charakter bewahrt, so wie bei einem alten Menschen.

»Vielleicht könntest du gleich auch noch kurz die Lampe im Flur abbauen?« fragte sie, als sie wieder ins Zimmer kam. »Denn das habe ich mich nicht getraut. Und das Namensschild kriege ich nicht abmontiert. Könntest du das vielleicht machen?«

»Mache ich.« Er nahm ihr die Flasche ab und schenkte ihre Gläser voll. »Es war sicher unangenehm«, sagte er.

»Ja«, antwortete sie »Es war sehr schwer.«

Sie aßen beim Schein einer Kerze. Als es allmählich dunkel wurde, schien es, als würde der Raum noch einmal, ein letztes Mal, zum Leben erwachen. Von dort, wo er saß, konnte er die Dächer der Häuser auf der anderen Straßenseite sehen, und er bildete sich ein, dass es noch genauso war, wie es immer gewesen war, vom ersten Augenblick an, als er hierhergekommen war, vor sechsunddreißig Jahren.

*

28. Februar 1980

Sobald die Haustür ins Schloss fiel und er ihre Schritte im Hausflur hörte, ging er ihr entgegen und erwartete sie an der Wohnungstür. »Gib nur her«, sagte er und nahm ihr die Tasche ab. Sie war schwer wie Blei.

»Pass auf«, warnte sie, »da sind noch ein paar Teller und Gläser drin.« Sie hängte ihren Mantel an die Garderobe und begrüßte die Katzen.

Er folgte ihr ins Wohnzimmer. »Möchtest du noch Tee?«, fragte er.

»Lieber gleich einen Schnaps.« Sie setzte sich in ihren Sessel.

Er nahm auf der Couch Platz. »War es noch viel?«

»Der Mann vom Gas und Elektro kam erst um zwei Uhr, und dann musste ich noch den Schlüssel wegbringen.«

Er nickte.

»Ich habe die Vorhänge hängen lassen. Vielleicht können die nächsten Bewohner sie ja noch gebrauchen. Und was ich mit den Kohlen im Kohlenkasten machen sollte, wusste ich auch nicht.«

»Die wird keiner mehr haben wollen.«

»Nein, aber man kann sie doch auch nicht wegwerfen?«

Er schüttelte den Kopf.

Es war eine Weile still.

»Wenn man bedenkt, dass es über vierzig Jahre mein Zuhause gewesen ist«, sagte sie. »Und jetzt ist es weg.« Sie hatte Tränen in den Augen. »Jetzt habe ich kein Zuhause mehr.«

Er stand auf, hockte sich neben ihren Sessel und nahm ihre Hand. »Du hast doch noch ein Zuhause?«

Sie schüttelte heftig den Kopf und begann zu weinen. »Ich stand vor der Tür und konnte sie nicht zuziehen. Ich bin noch einmal hineingegangen, um Abschied zu nehmen. Es war schrecklich. Ich bin so schrecklich traurig.«

*

9. März 1980

Er war mit der Besprechung eines österreichischen Atlas der Volkskultur beschäftigt, als er hörte, dass vor dem Haus ein Auto hielt. Es blieb mit laufendem Motor stehen, ein Wagenschlag wurde geöffnet. Er stand auf, ging zum Fenster und sah gerade noch, die Stirn gegen die Scheibe gedrückt, wie der Taxifahrer und Nicolien seiner Schwiegermutter aus dem Taxi halfen. Er wandte sich ab, rannte im Laufschritt durch den Flur und die Treppe hinunter, öffnete die Haustür und hakte sie ein. Der Fahrer lud gerade einen zusammengeklappten Rollstuhl aus dem Kofferraum, Nicolien stand daneben, ihr Portemonnaie in der Hand, seine Schwiegermutter sah verstört vor sich hin, hilflos. »Tag, Mutter«, sagte er. »Herzlichen Glückwunsch.« Er gab ihr einen Kuss.

»Bist du auch hier?«, fragte sie verwundert.

»Ich bin auch hier.«

»Ja, ich weiß zwar nicht, wo ich bin, aber es wird wohl seine Richtigkeit haben, oder?«

»Es hat seine Richtigkeit«, beruhigte er sie. »Geben Sie nur her«, sagte er zum Fahrer. Er nahm ihm den Rollstuhl ab und wartete bei seiner Schwiegermutter, während Nicolien bezahlte.

»Besten Dank und schönen Tag noch«, sagte der Mann. Er stieg ein, zog die Wagentür zu und fuhr davon.

»Wie lief es?«, fragte er Nicolien.

»Gut«, sagte sie abwehrend.

»Was machen wir jetzt?«, fragte seine Schwiegermutter.

»Jetzt trinken wir erst eine Tasse Kaffee«, sagte Nicolien. »Geben Sie mir mal einen Arm.«

»O Kind, wie herrlich.« Schritt für Schritt stieg sie vor ihm her die Freitreppe hinauf, während sie ihren linken Arm zum Geländer ausstreckte, rechts von Nicolien gestützt.

Er folgte mit dem Rollstuhl, schloss die Tür hinter sich und schob den Stuhl langsam hinter ihnen her zur Treppe. »Ich werde ihn hier mal stehen lassen, oder?«, sagte er.

»Ja, das geht schon«, sagte Nicolien.

»Und was machen wir jetzt?«, fragte seine Schwiegermutter.

»Jetzt werden wir eine Tasse Kaffee trinken«, sagte Nicolien, »mit einem Mohrenkopf.«

»O Kind, wie herrlich.«

Während Nicolien in der Küche mit dem Kaffee beschäftigt war, saß er mit seiner Schwiegermutter im Wohnzimmer.

»Wie geht es Ihnen?«, fragte er.

»Ich danke Ihnen«, sagte seine Schwiegermutter höflich. »Den Umständen entsprechend.«

»Ich soll Sie grüßen«, begriff er.

»Ja, ich dich auch.«

Sie schwiegen.

»Willst du mir wohl glauben, dass ich nicht einmal weiß, wo ich bin?«

»Sie sind bei uns.«

»Oh, bin ich bei euch?«

»In Amsterdam.«

»Bin ich in Amsterdam?«

»Bei Maarten und Nicolien in Amsterdam.«

Sie schüttelte den Kopf. Es war zu viel, um es zu begreifen.

»Und wissen Sie denn, wo Sie herkommen?«

»Ja, sicher.«

»Woher denn?«

»Aus der Amandelstraat.«

»Nein, aus dem Pflegeheim.«

»Bin ich denn in einem Pflegeheim?«

»Sie sind in einem Pflegeheim.«

Sie schüttelte den Kopf. »Davon weiß ich nichts. Du musst dir einfach sagen, dass ich ja auch schon achtzig bin.«

»Siebenundachtzig. Heute sind Sie siebenundachtzig geworden.«

»Bin ich schon siebenundachtzig?« Sie musste darüber lachen.

»Hast du das Fenster im Hinterzimmer noch repariert?«, fragte Nicolien, als sie mit dem Kaffee und den Törtchen ins Wohnzimmer kam.

»Ja«, sagte er. »Ich wäre dabei fast umgekommen, aber jetzt lässt es sich wieder auf- und zumachen wie eine Eins.«

Sie reagierte nicht darauf. »Sagen Sie ruhig, was Sie möchten, Mutter.« Sie hielt ihrer Mutter die Schale mit den Törtchen hin.

»Darf ich als Erste aussuchen?«

»Sie haben doch Geburtstag?«

Ihre Mutter prüfte das Angebot. »Na, dann nehme ich mal einen Mohrenkopf.«

»Wenn ich dir damit keine Ungelegenheiten bereite«, ergänzte er.

Sie setzten ihre Mutter, gut eingepackt und mit einer blauen Wollmütze auf dem Kopf, in den Rollstuhl und schoben sie die Gracht entlang. Es war noch kühl, die Sonne schien nicht. Maarten fuhr mit dem Rollstuhl auf der Fahrbahn, Nicolien ging auf dem Bürgersteig. Es klappte wunderbar. Er schob den Rollstuhl in hohem Tempo vor sich her, ließ ihn durch die Schlaglöcher auf und nieder hüpfen und von selbst die Brücke hinunterrollen. »Lass das, Maarten!«, rief Nicolien hinter ihm. »Ich finde das nicht gut! Nachher fällt sie noch!«

Er blieb stehen und wartete, bis sie wieder bei ihnen war. »Sie fällt schon nicht.«

»Aber ich finde es trotzdem nicht gut.«

Seine Schwiegermutter sah regungslos vor sich hin, ohne eine Spur von Beteiligung. Er versuchte sich zu beherrschen, doch das kostete ihn Mühe. Die Macht der Räder. »Gleich setze ich mich rein, und dann müssen Sie schieben«, sagte er zu seiner Schwiegermutter.

»Kommt gar nicht infrage. Das hättest du wohl gern.«

»Ja, das hätte ich gern.«

Sie reagierte nicht darauf. »Wo fahren wir jetzt hin?«

»In den Vondelpark«, sagte Nicolien. »Wissen Sie noch?«

Sie dachte nach. »Das weiß ich nicht mehr. Aber du musst dir einfach sagen, dass ich ja auch schon achtzig bin.«

»Siebenundachtzig!«, verbesserte Maarten.

»Bin ich schon siebenundachtzig?« Sie musste lachen. »O Kind, ihr habt was mit mir zu schaffen. Dass ihr mal so eine Mutter haben würdet.«

»Das ist halb so wild«, versicherte er ihr.

Sie schoben sie zum Vondelpark und setzten sich auf eine Bank gegenüber der Hundewiese, seine Schwiegermutter im Rollstuhl mit angezogener Bremse daneben. Es waren ziemlich viele Hunde dort. Sie rannten hintereinanderher oder jagten einem Ball nach, schlugen Purzelbäume, zerrten an einem Ast und bellten. An ihrem Gesicht war zu erkennen, dass sie ihren Bewegungen folgte, ohne ihren Kopf zu bewegen.

»Finden Sie es schön?«, fragte Nicolien.

»Ja, Kind.«

Ein zweiter Rollstuhl, gefolgt von zwei Jungen, von denen einer das Gefährt schob, rollte den Weg entlang. Eine alte Frau in einem dunkelblauen Wintermantel, genau wie seine Schwiegermutter, mit einer weißen Pudelmütze auf dem Kopf saß darin. Ihr Kinn ruhte auf der Brust. Sie schlief. Maarten folgte ihnen von der Bank aus mit seinen Blicken, während sie vorbeigingen, und fühlte sich ihnen verbunden, als würden sie zu sechst einen kleinen Freundeskreis bilden.

Während Nicolien in der Küche beschäftigt war, deckte er den Tisch, holte Weingläser aus dem Glasschrank im Hinterzimmer und füllte ein Glas mit Eierlikör für seine Schwiegermutter. Er holte den Weißwein aus dem Kühlschrank und entkorkte die Flasche.

Nicolien kam wieder ins Wohnzimmer. »Hast du diese Gläser genommen?«, fragte sie verstimmt.

»Die wollte ich jetzt mal nehmen.«

»Aber die sind doch viel zu groß! Und Mutter muss auch ein anderes Glas haben!« Sie nahm die Gläser wieder vom Tisch, tauschte sie um und füllte den Eierlikör in ein kleineres Glas. »Warum sagst du nichts?«, fragte sie.

»Ich dachte, dass ich es richtig gemacht hätte«, sagte er gekränkt.

»Das hast du eben nicht!«

Er schwieg.

»Schenkst du nicht ein?«, fragte sie.

»Dann kannst du ja auch einschenken.«

Das machte sie wütend. »Das wird ja immer besser! Erst die falschen Gläser hinstellen, und dann auch noch beleidigt tun!«

Er nahm die Flasche vom Fußboden und füllte die Gläser.

»Du sagst noch immer nichts!«, sagte sie.

Er hob seine Hand in Richtung seiner Schwiegermutter.

»Heil!«, sagte sie.

»Wie sollte es dem Mann gehen?«, fragte er.

»Warum legst du keine Platte auf?«, sagte Nicolien. »Sonst legst du doch immer eine Platte auf? Oder bist du gerade dabei, miese Stimmung zu verbreiten?«

»Ich war noch nicht so weit«, entschuldigte er sich. Er stand auf und legte die *Impromptus* von Schubert auf. Sobald die Musik begann, hob seine Schwiegermutter den Kopf ein wenig und lauschte mit einem kleinen Lächeln, während sie mit einer Hand kaum merklich den Takt schlug. Er betrachtete sie verstohlen. Als er zu Nicolien hinübersah, bemerkte er, dass sie weinte. Das war nicht seine Absicht gewesen, doch er wusste nicht, was er dagegen tun sollte, und er war auch zu dickköpfig dafür, denn er fühlte sich nicht schuldig. Sie stand auf, ging in die Küche und kam wieder zurück. Sie weinte noch immer.

Er bekam Mitleid, doch in Anwesenheit ihrer Mutter wusste er sich keinen Rat. Sie ging wieder in die Küche. Er kam ihr hinterher, um etwas zu holen, und tippte kurz auf ihren Kopf.

»Könntest du Mutter an den Tisch setzen?«, fragte sie tonlos. »Das Essen ist fertig.«

»Mutter!«, sagte er lebhaft, als er ins Wohnzimmer kam, »wir gehen zu Tisch! Essen!« Er blieb bei ihrem Sessel stehen.

»Wo muss ich denn hin?«, fragte sie und sah zu ihm auf.

»Geben Sie mir mal den Arm. Ich werde Sie schon bringen.«

»Oh, gern!« Sie ließ sich mühsam aufhelfen. »Ich danke Ihnen, denn ich weiß das alles nicht mehr.«

»Aber ich weiß es schon noch, und das genügt!« Er hielt ihr seinen Arm hin, sie hakte sich ein. »›Da kommt die Braut!‹«, sang er, »›Da kommt die Braut!‹«, und führte sie zu ihrem Platz, während sie wortlos mitsang.

»Soll ich mich hier hinsetzen?«, fragte sie.

»Nein, hier.« Er zog einen Stuhl für sie heraus.

»O ja.«

Nicolien kam mit den Schalen herein. Sie sah kreidebleich aus, und er vermutete, dass sie Kopfschmerzen hatte. Während sie ihrer Mutter auftat, suchte er fieberhaft nach einem Thema, um das Gespräch im Fluss zu halten. »Erinnern Sie sich noch daran, was Cats gesagt hat?«, fragte er.

»Was hat Maarten gesagt?«, fragte sie Nicolien.

»Du musst lauter sprechen«, sagte Nicolien, »sonst versteht Mutter dich nicht.«

»Erinnern Sie sich noch daran, was der Dichter Cats gesagt hat?«, rief er.

Sie schüttelte den Kopf. »Nein, aber ich bin auch schon alt.«

»›Wenn Affen in die Bäume steigen …‹«

Sie schüttelte erneut den Kopf. »Nein, das weiß ich nicht mehr.«

»›Sie gerne ihren Hintern zeigen!‹«

»Das darf man nicht sagen.«

»Das ist doch auch nichts für meine Mutter«, sagte Nicolien. »An so etwas kann ich mich überhaupt nicht erinnern. Das hat man sicher bei dir zu Hause gesagt.«

Er lachte. »›Kinder sind ein Ärgernis …‹«

»Ja.« Daran konnte sie sich erinnern.

»Wie geht es dann weiter?«

»Das weiß ich nicht mehr.«

»›… sagte Cats, der Dichter, und hatte selbst elf.‹«

»Nein, so war es nicht«, sagte Nicolien.

»Wie war es denn?«

»›Und er vergaß, dass er selbst auch ein Kind gewesen war‹«, sagte sie kratzbürstig.

Er schwieg. Weiter fiel ihm wirklich nichts mehr ein.

Als sie aufstanden und er seine Schwiegermutter zur Küche begleiten wollte, wurde Nicolien plötzlich wütend. »Du hast überhaupt nichts gesagt! Nicht beim Schnaps, und auch nicht bei Tisch! Obwohl ich Kopfschmerzen habe! Du lässt mich mit allem hängen!«

»Ich lasse dich doch nicht mit allem hängen?«, sagte er schuldbewusst.

»Alles muss von mir kommen! Du sagst kein Wort! Du sitzt nur da, als ob du mit allem nichts zu tun haben willst!«

Ihre Mutter stand geistesabwesend daneben.

Er schwieg, nahm das Tablett hoch und streckte seinen Ellbogen aus. »Kommen Sie nur, Mutter.«

Nicolien ging hinter ihnen her, wütend.

Er stellte das Tablett auf den Klapptisch, zog den Hocker hervor und setzte seine Schwiegermutter darauf. »Rufst du mich?«, fragte er. Er ging zurück ins Wohnzimmer.

Nicolien kam hinter ihm her. »Nichts tust du, um mir zu helfen!«, sagte sie zornig. »Du lässt mich mit allem hängen! Bleib doch weg, wenn du sowieso nicht helfen willst!«

Er stand ihr schuldbewusst gegenüber, während er fieberhaft in seiner Erinnerung suchte. Er hatte doch etwas gesagt? Plötzlich erinnerte er sich. »›Da kommt die Braut‹ habe ich gesungen!«, rief er. »Und Cats! Dichter Cats!«

»Nichts hast du getan, um mir zu helfen«, wiederholte sie wütend, »obwohl du wusstest, dass ich Kopfschmerzen habe und den ganzen Tag allein mit allem fertig werden musste!«

»Dichter Cats!«, rief er noch einmal. »Und ›Da kommt die Braut!‹«

Es machte nicht den geringsten Eindruck. Sie übertönte ihn. Er fragte sich, was Mutter auf ihrem Hocker in der Küche darüber denken würde. »Aber mir fiel wirklich nichts ein«, sagte er verzweifelt. »Ich denke mir einen Wolf! Die ganze Mahlzeit über!«

»Was soll ich denn sagen? Ich muss mir doch auch etwas ausdenken?«

»Aber mir fällt nichts ein! Und wenn mir etwas einfällt, versteht mich Mutter nicht!«

Es war die volle Wahrheit, allerdings eine Wahrheit, die sie nicht überzeugte. Sie hatte ihre eigene Wahrheit, und in dem Moment war dies eine andere.

*

25. Oktober 1980

Die Türen schwangen auf. Sie ließen sich in dem Strom mitziehen, in den Flur, die Treppe hinauf zur Pflegestation ihrer Mutter. Dort fanden sie sie, zusammengekauert, unscheinbar, neben einer Frau in einem violetten Kleid und mit einer Art Buckel, die mit dem Kinn auf der Brust dasaß und schlief. An den Wänden saßen Stuhl an Stuhl andere alte Männer und Frauen. Eine Frau nickte ihnen lachend zu.

»Tag, Mutter«, sagte Nicolien, sie beugte sich über sie und gab ihr einen Kuss.

Ihre Mutter sah sie an, prüfend. »Tag, Kind.«

»Und da ist Maarten.« Sie sah ihn an. »Gib Mutter auch mal einen Kuss.«

»Tag, Mutter«, sagte er und gab ihr einen Kuss.

»Was macht ihr hier?«

»Wir wollten ein bisschen mit Ihnen spazieren gehen.«

»Oh.«

»Finden Sie das nicht schön?«

»Doch.« Es klang resigniert.

»Aber dann müssen Sie erst Ihren Fruchtsaft austrinken.« Sie nahm ein Gläschen Fruchtsaft und brachte es ihr.

»Ach, das trinkt sie sowieso nicht aus«, sagte eine Schwester, die ein paar Stühle von ihnen entfernt zugesehen hatte, ein halbes Kind noch, kaum zwanzig.

»Aber sicher doch«, sagte Nicolien. »Sehen Sie nur.« Ihre

Mutter hatte ihre Hand um die Hand gelegt, mit der Nicolien das Glas festhielt, und führte es vorsichtig zum Mund, die Lippen gespitzt.

Sie zogen ihr eine dicke Jacke an und setzten sie in einen Rollstuhl. Als sie draußen waren, blühte sie ein wenig auf.

»Früher haben Sie mich geschoben, jetzt schieben wir Sie«, sagte Nicolien.

Sie musste darüber lachen.

Sie überquerten die Melis Stokelaan und gingen in den Zuiderpark. Es war kalt, doch an einer windgeschützten Stelle konnten sie tatsächlich noch eine Viertelstunde in der Sonne am Wasser sitzen, geschützt durch Sträucher in allen Farben des Herbstes und inmitten einer Gruppe alter Haager Männer, die sich bissige Witze erzählten und über andere alte Männer herzogen.

»Wo bin ich jetzt?«, fragte ihre Mutter.

»Sie sind im Zuiderpark«, antwortete Nicolien.

»Bin ich im Zuiderpark?«

»Ja, im Zuiderpark.«

Sie schüttelte den Kopf. »Wie bin ich denn da hingekommen?«

»Vom Heim aus.«

»Vom Heim aus?«

»Sie wohnen in einem Heim.«

»Wohne ich in einem Heim?« Sie begann zu lachen. »Ob du mir wohl glaubst, dass ich davon nichts weiß? Nichts weiß ich! Ich bin ein dummer, dummer …« sie suchte nach einem Wort, »ein dummer Teufel!«

Sie mussten alle drei darüber lachen.

»Plötzlich sitze ich im Gras und dann wieder auf dem Klo,

ohne dass ich weiß, wie ich da hingekommen bin, aber zum Glück weiß ich noch, was ich da tun muss.«

Daran hatten sie alle drei erneut ihren Spaß.

Es zogen ein paar Wolken auf, und es wurde kühl. Sie schoben sie wieder zurück, tranken zu dritt noch etwas in dem Café im dritten Stock und brachten sie schließlich zu ihrem Stuhl im Wohnzimmer. Sie war traurig. Als sie beim Weggehen aus dem Flur zu ihr hineinsahen, saß sie etwas verlassen da und starrte vor sich hin.

»Sie war heute ziemlich gut beieinander, oder?«, sagte Nicolien in der Straßenbahn.

»Außer am Schluss«, antwortete er. »Da wurde sie ein bisschen müde.«

*

1. November 1980

Sie holten ihre Schwiegermutter aus Den Haag ab. Es fror. Sie packten sie dick ein und setzten sie in einen Rollstuhl.

»Was machen wir?«, fragte sie.

»Sie kommen mit uns nach Amsterdam«, sagte Nicolien.

»O ja.« Es hatte nicht den Anschein, dass es zu ihr durchdrang. Sie schoben sie zur Straßenbahn. Nicolien half ihr in die Straßenbahn, während er den Rollstuhl zusammenfaltete und hinter ihnen hertrug. Da sie im Bahnhof keinen Lift finden konnten, mussten sie ihr die Treppe hinaufhelfen. Alles in allem war es komplizierter, als sie es sich vorgestellt hatten. Nicolien konnte es schlecht ertragen, doch sobald es ums Improvisieren ging, war er obenauf. Solche kleinen Aufgaben hätte er gern jeden Tag erledigt, vorausgesetzt, es wären jeden Tag andere. In Leiden stiegen sie um. Der Zug hatte zwanzig Minuten Verspätung, und als er endlich kam, war er so voll, dass sie mit ihrem Rollstuhl nicht mehr hineinpassten und auf den nächsten Zug warten mussten. Sie standen in einem überfüllten Wartesaal, jeder auf einer Seite des Rollstuhls. Um sie herum saßen und standen Jugendliche in Panterfellimitaten mit gefärbten Haaren, knallrot geschminkten Lippen und pechschwarz ummalten Augen. Er fragte sich, was seine Schwiegermutter davon halten würde. Doch sie schien es nicht zu bemerken. Sie blickte ausdruckslos vor sich hin, tief versunken in ihrer eigenen Schattenwelt.

*

2. November 1980

Am frühen Nachmittag schoben sie sie zurück. Nicolien zog ihr unter ihrem Wintermantel eine alte Strickweste an und legte ihr ein Plaid über die Beine. Er schlug vor, ihr über all das hinweg noch einen Poncho zu ziehen, doch davon wollte sie nichts wissen. »Du willst sie wohl auch noch ausstaffieren«, sagte sie verärgert. »Als würden wir nicht schon genug Aufsehen erregen!« Schließlich bekam er sie doch so weit, dass der Poncho in einer Plastiktüte mitdurfte, für Notfälle. Dass es ein Notfall war, zeigte sich, sobald sie ins Freie traten. Es wehte ein stürmischer Wind, Windstärke acht, und es fror. Sie fuhren mit ihr im Laufschritt die Gracht entlang. Vorne in ihrem Rollstuhl bekam sie die volle Ladung. Als sie im Schutz der Bahnhofshalle die Fahrkarten kauften, saß sie da und schüttelte sich noch immer vor Kälte, als ob sie die Parkinsonsche Krankheit hätte. Das ließ Nicolien verzweifeln. Sie machte sich Vorwürfe, dass sie kein Taxi genommen hatten, und gab ihm die Schuld daran. »Denn du hast was gegen Taxis!« Er fühlte sich schuldig, obwohl er nicht hatte vorhersehen können, dass ihre Mutter so reagieren würde. Sie schoben sie durch einen halbdunklen Gang voller Röhren, die mit großen Lettern beschriftet waren und Hähne hatten, zu einem Lastenaufzug, der sie auf den Bahnsteig brachte, und bugsierten sie in den Zug.

»Eine Frau von siebenundachtzig Jahren!«, sagte Nicolien wütend. »Dass du ständig sportliche Leistungen suchst, musst du selbst wissen, aber dass du eine Frau von siebenundachtzig darunter leiden lässt!«

»Aber ich habe mich doch gar nicht gegen ein Taxi gewehrt?«, verteidigte er sich.

»Aber ich weiß, dass du dagegen bist! Das nächste Mal lasse ich mich nicht mehr beeinflussen! In Den Haag nehmen wir ein Taxi!«

Ihm sollte es recht sein. Er fühlte Mutters Hände. Sie waren eiskalt. »Ist Ihnen kalt?«, fragte er.

»Ja, mir ist schon ein bisschen kalt.« Doch zumindest zitterte sie nicht mehr.

In Den Haag schoben sie sie zum Lastenaufzug und fuhren hinunter ins Erdgeschoss. Zu ihrer Überraschung stellte sich heraus, dass der Lift unten keine Türen hatte. Nicolien, die Angst hatte, in einem Fahrstuhl eingeschlossen zu sein, erschrak heftig. Er wollte gerade die Stahlplatten, vor denen sie standen, einer Prüfung zu unterziehen, als er entdeckte, dass sich die Türen auf der anderen Seite befanden. Sie schoben Mutter hinaus und kamen in einen Raum voller Kartons, Packen, Flaschen mit halb verwelkten Blumen, Rohren, zerlegten Fahrrädern oder Maschinen und anderen Sachen. Der Raum war zur Straßenseite hin durch ein hohes Eisengitter abgeschlossen, hinter dem sich eine Pförtnerloge mit einem Schalter und einem Tresen befand. Keiner war da. Sie konnten die Bahnhofshalle sehen, doch niemand wurde dort auf sie aufmerksam. Also zurück. Auf dem Bahnsteig luden sie Mutter aus und halfen ihr die lange Treppe hinunter. Ein Taxi. Im sicheren Schutz des Pflegeheims Sammersbrug angekommen, fuhren sie gleich hoch ins Café. Dort war es gerammelt voll. Mutter klagte über Herzklopfen. Zwei Bauarbeiter, die bei ihrer dementen Frau und Mutter saßen und miteinander Karten spielten, machten ihnen einen Stuhl frei. Ein Mann mit einem Schnurrbart brachte ihnen von sich aus einen zweiten Stuhl. Er fragte die Frau, die mit ihrer Mutter und ihrem Mann am Tisch nebenan saß, ob der Stuhl, über dem ihr Pelzmantel lag, frei sei. »Frei und frei sind zweierlei«, antwortete sie. »Wo soll ich meinen Mantel dann lassen?« Schließlich fand er einen anderen Stuhl, und sie saßen schweigend zu dritt da, an einer Ecke des Tisches neben den Bauarbeitern, und lachten einander hin und wieder zu, um den Kontakt zu halten.

»Wissen Sie noch, wo Sie sind?«, fragte er.

»Ich weiß es wirklich nicht.«

Sie aßen ihren Kuchen, tranken ihren Tee und brachten sie nach unten. Nicolien war aus dem Konzept. »Stell dir vor, wenn sie sich von diesem wahnsinnigen Ausflug noch etwas wegholt«, sagte sie, als sie zur Straßenbahn gingen.

»Davon holt sie sich nichts weg«, antwortete er mit großer Entschiedenheit, wobei ihm bewusst war, dass diese sich auf nichts gründete.

*

14. Dezember 1980

Vormittags fuhren sie nach Den Haag, um gemeinsam mit ihrer Mutter Nicoliens Geburtstag zu feiern. In der Bahnhofshalle zog es ebenso wie sechs Wochen zuvor, als er anschließend eine Grippe bekommen hatte. Seine Schwiegermutter war still, wirkte zerbrechlich und apathisch. Sie saßen im Café auf der dritten Etage. Es war, auch genau wie vor sechs Wochen, brechend voll, demente und halb demente Senioren mit ihrem Besuch: Frauen mittleren Alters mit gewaltigen Hinterteilen, auf denen sich die Umrisse ihrer Unterwäsche abzeichneten. Der alte Mann mit dem Schnurrbart, der wie ein pensionierter Französischlehrer aussah und immer lachte, kam und gab ihm die Hand.

»Wie geht es Ihnen heute?«, fragte Nicolien, während sie ihre Hand ergriff und sich zu ihr hinüberbeugte.

»Ich wäre am liebsten nicht mehr da«, antwortete ihre Mutter.

»Das dürfen Sie doch nicht sagen!« Sie drückte ihre Hand. »Wir sind doch auch noch da?«

Sie reagierte nicht darauf.

»Wie alt sind Sie jetzt?«, fragte er seinerseits.

»Ich habe keine Ahnung.«

»Wirklich nicht?«

Sie schüttelte den Kopf. »Ich bin ein armer, alter Tropf.«

Draußen war es trübe. Die hellen Flecken im grauen Himmel waren die Spiegelungen der Deckenlampen in den Fenstern. Es regnete.

*

27. Dezember 1980

Nicoliens Mutter saß da und schlief. Sie hob den Kopf mühsam, mit einem verstörten Blick aus einem Auge, das andere hatte sie fest zugekniffen. »Oh, bist du das? Kann ich mit?« Sie zogen sie mit Mühe hoch und arbeiteten sich zwischen den Stühlen und Tischen hindurch, aufs Geratewohl links und rechts grüßend. »Füße anheben, Frau Haspels!«, rief die surinamische Pflegerin, die zwischen den alten Männern und Frauen saß. »Füße anheben!«, rief Maarten. Sie hob ihre Füße ein klein wenig an. »Wo gehen wir denn hin?«, fragte sie.

Sie nahmen den Aufzug zum dritten Stock. Das Café war noch nahezu leer. Ebenso wie beim letzten Mal nahmen sie am vierten Tisch in der Mittelreihe Platz und setzten sie so hin, dass sie in den Saal und nicht nach draußen schaute, denn die Aussicht machte sie unruhig. »Was machen wir jetzt?«, fragte sie.

Nicolien holte Kaffee und zwei Törtchen. Sie fragten sie, wie jedes Mal, ob sie noch wisse, wo sie gewohnt hätte, und ob sie die beiden Zeilen noch kenne: »›Zehn, das ist mein …‹«, aber sie war noch zu benommen. Gerrit kam herein. Er ging auf Zehenspitzen und drehte den Kopf nach allen Seiten, nach oben und unten, schräg nach oben, mit einem dümmlichen Blick, wie ein Vogel. »›Zehn, das ist mein … Kindheitsjahr.‹« Sie schüttelte den Kopf. »Ich weiß es nicht. Ich weiß nichts mehr.« Der Saal füllte sich allmählich. Gerrit hatte sich an den Tisch des Mannes mit dem Schnurrbart gesetzt. Ein alter, kräftig gebauter Mann kam am Arm einer Schwester herein, eines siebzehn-, höchstens achtzehnjährigen Mädchens mit einem noch unbeschriebenen Kindergesicht. Der Mann hatte ein schwermütiges, aristokratisches Gesicht, oder vielmehr, er hatte es gehabt, denn es war durch die Umstände ausdruckslos geworden. Sein Kopf hing auf der Brust, die Hände drehten sich und zitterten, er knickte bei jedem Schritt ein. Die Schwester setzte ihn auf einen Stuhl und nahm neben ihm Platz, ein wenig hilflos. Er hatte eine halbe Zigarre im Mund. Auch die Zigarre zitterte fortwährend hin und her.

»›Zehn, das ist mein Kindheitsjahr. Mit zwanzig …‹«

»›… bin ich dann getraut.‹«

»Ja! Fast richtig! ›Mit zwanzig sind wir schon …‹«

Sie wusste es nicht.

»›… ein Paar. Mit dreißig …‹«

»›… bin ich dann getraut.‹«

»Ja! Gut so! ›Mit dreißig bin ich dann getraut! Mit vierzig …‹«

»›… bin ich dann getraut.‹«

Sie mussten darüber lachen, und sie lachte daraufhin auch selbst. Ein alter Mann mit einem hohen, weißen Rollkragenpullover kam dicht bei ihnen vorbei. Er knickte jedes Mal in seinem linken Bein ein. Sein Gesicht war starr. Erst als er sich an einen Tisch setzte, wurde Maarten klar, dass er ein Besucher war.

»›Als ich jung war …‹«

Sie schüttelte den Kopf.

»›Als ich jung war, wollt' ich mich nicht gut betragen, und ich ging …‹«

Sie dachte angestrengt nach. »›… ein bisschen herumpfuschen.‹«

Sie lachten.

»Haben Sie schon mal herumgepfuscht?«, fragte Maarten.

Sie sah verschmitzt drein. »Ja, aber natürlich.«

Langsam verstrich die Zeit. Kroon ging, sich schwer auf seinen Stock stützend und eine leere Bierflasche in der anderen Hand, zum Ausschank. Er setzte sich mit einer neuen Flasche an einen Tisch beim Fenster. Eine Gesellschaft nach der anderen löste sich wieder auf und nahm die Alten in ihren Rollstühlen oder zwischen zwei Armen eingehängt mit.

»Und wissen Sie, wer das ist?«, fragte Nicolien und zeigte auf Maarten, denn die Konzentration ihrer Mutter ließ nach.

»Ja, ein Herr.«

»Nein, sehen Sie mal richtig hin.«

Sie drehte den Kopf ein wenig in seine Richtung, denn er saß auf der Seite des zugekniffenen Auges. »O ja, jetzt sehe ich es.«

»Wer ist es denn?«

»Eine Frau.« Sie sah Nicolien hilflos an. »Ich würde so gern mein Kind noch einmal sehen.«

»Aber ich bin doch Ihr Kind?«

»Bist du mein Kind?« Sie strich Nicolien über den Arm. Tränen stiegen ihr in die Augen. »Wie kann es bloß sein, dass ich das nicht mehr weiß?«, sagte sie traurig.

Sie brachten sie zurück und setzten sie an den Tisch zu den Schwestern, mit dem Rücken zur Tür. Sie begriff nicht, wo sie war, und auch nicht, wer sie waren und was sie vorhatten. »Sie gehen, winken Sie mal«, hörte Maarten die Schwester sagen, als sie bereits auf dem Flur waren, und er sah, wie sie die Hand hob und winkte, ohne sich zu ihnen umzudrehen, ins Leere.

*

7. März 1981

Seine Schwiegermutter saß apathisch da und sah vor sich hin. Sie zerrten sie hoch. Zwischen ihnen her stolperte sie vornübergebeugt zum Fahrstuhl. »Ich finde es hier nicht schön mit all den Leuten«, sagte sie. »Können wir nicht zu mir nach Hause?«

»Aber Sie fanden es bei sich zu Hause auch nicht mehr schön!«, sagte Nicolien.

»Was sagst du?«

»Bei sich zu Hause fanden Sie es auch nicht mehr schön!«

Sie schüttelte den Kopf. Sie verstand es nicht oder hatte es sofort wieder vergessen.

Im Café setzten sie sie auf ihren Stammplatz, mit dem Rücken zum Fenster. Maarten setzte sich neben sie, Nicolien blieb stehen. »Möchten Sie ein Törtchen?«, fragte sie laut.

Sie sah sie unsicher an. »Ist das denn nicht zu teuer?«

»Wir haben genug Geld!«

Das amüsierte sie. »Oh, Kind!«

»Was möchtest du haben?«, fragte Nicolien.

»Such du mal etwas aus. Mir ist es egal.«

Sie verließ sie und ging zum Ausschank.

»Können wir nicht zu mir nach Hause?«, fragte seine Schwiegermutter.

Er schüttelte den Kopf. »Heute nicht. Ein andermal.«

Nicolien kam mit einem Tablett zurück, auf dem ein Gläschen Eierlikör, zwei Gläser Sherry und drei Törtchen standen. »So!«, sagte sie aufgeräumt. »Für Sie habe ich einen leckeren Mohrenkopf mitgebracht. Sehen Sie?«

Ihre Mutter schaute ausdruckslos auf das Naschwerk. »Können wir nicht zu mir nach Hause?«

»Finden Sie es denn hier nicht gemütlich?«, rief Nicolien. »Hier ist es doch auch gemütlich?«

Er beobachtete die verstörten Menschen, die humpelnd und stolpernd entweder hereingeschleift oder wieder abtransportiert wurden, was eine fortwährende Unruhe erzeugte.

»Wie still es hier ist«, sagte seine Schwiegermutter.

»Ich glaube, dass Mutters Ohren mal wieder durchgespült werden müssen«, sagte Nicolien zu ihm. »Sie hört fast nichts mehr, und sie sieht auch wieder schlechter.«

Er nickte.

Nicolien steckte ihrer Mutter eine Papierserviette in die Bluse und legte ihr eine zweite Serviette auf den Schoß. »Sie bekommen auch einen Eierlikör!«, rief sie nahe an ihrem Ohr. »Ist das nicht lecker?«

»Ich möchte doch lieber zu mir …« Sie brach ihren Satz bei der Hälfte ab, spitzte die Lippen und schob ihren Kopf ein wenig dem sich nähernden Löffel mit dem Eierlikör und der Schlagsahne entgegen. Was um ihren Mund herum hängenblieb, wurde nicht abgeleckt. Hinter ihr saß ein junger Mann Anfang zwanzig, der seine Großmutter fütterte. Es hätte etwas Anrührendes gehabt, wenn es nicht so traurig gewesen wäre. »Wie geht es Ihnen jetzt?«, fragte er, als Nicolien kurz weg war, um einen zweiten Eierlikör zu holen. Sie verstand ihn nicht. Er ergriff ihre Hand. Sie reagierte nicht darauf. »›Geh zum Markt!‹«, sagte er, während er ihre Hand hob und wieder auf den Tisch legte. »›Kauf 'ne Kuh!‹« Sie sah ihn an, als wäre er ein völlig Fremder.

Sie zogen sie hoch und suchten sich einen ruhigen Platz auf dem Flur. In einer Ecke mit Fenstern rundum, in der ein paar Stühle aufgestapelt waren, ließ Nicolien sie nach draußen schauen, zuerst auf der einen Seite, doch dort hatte sie die Sonne im Gesicht, dann auf der anderen Seite. Das Fenster bot Aussicht auf ein hohes, verblendetes Gebäude mit fünf Abluftrohren aus Aluminium auf dem Dach, darunter befand sich ein Flügel des Heims: Zimmer mit vielen Pflanzen, zwei übereinander, vier nebeneinander, eine Art Aquarium mit einem toten, noch winterlichen kleinen Garten davor.

Auf ihrer eigenen Etage fanden sie eine Ecke, in der es ruhiger war. Dort saß eine Frau aus ihrer Wohngruppe und strickte. Sie hockte halb liegend da, weil ihr Hals krummgewachsen war, mit dem Kinn auf der Brust. Neben ihr saß eine andere Frau und starrte verträumt vor sich hin, ihren Stock neben den Knien. Sie setzten sich zu dritt auf ein Zweiersofa. Seine Schwiegermutter reichte ihnen den Arm. Hin und wieder schlurfte jemand vorüber. Junge Schwestern rannten eilig vorbei, als seien sie unterwegs zu einem Notfall. Ein dicker Pfleger schob einen Servierwagen.

Sie brachten sie zurück. Als sie gehen wollten, geriet sie kurz in Panik. Sie machte einen Versuch aufzustehen, doch sie schaffte es nicht. Sie gaben ihr einen Kuss, drehten sich im Flur noch einmal um und winkten, doch sie hatte sie schon wieder vergessen.

»Hätte ich sie nicht doch zu uns holen müssen?«, fragte Nicolien, als sie, gegen den Wind, in Richtung Zuiderpark gingen.

»Wie hätte das gehen sollen?«, sagte er irritiert. »Das wäre doch überhaupt nicht möglich gewesen mit den zwei Zimmern?«

»Dann hätte ich sie doch in Amsterdam in ein Heim geben können?«

»Aber du hast sie nicht in Amsterdam ins Heim gegeben!«

Sie blieb stehen. »Du findest also auch, dass ich sie nach Amsterdam hätte bringen sollen!« Ihre Augen waren panisch.

»Ich finde überhaupt nicht, dass du sie in Amsterdam in ein Heim hättest geben sollen!« Er ergriff ihren Arm und zog sie mit sich.

»Aber du sagst es!«

»Ich sage es überhaupt nicht!«

»Warum habe ich es dann nicht getan, wenn du auch findest, dass ich es hätte tun sollen?«, fragte sie verzweifelt.

»Du weißt doch, wie es gelaufen ist!«, sagte er mit Nachdruck, in einem Versuch, sie zur Vernunft zu bringen. »Wir haben so lange alles beim Alten gelassen, Schritt für Schritt, bis es nicht mehr anders ging, und als es nicht mehr anders ging, hatten wir keine Wahl mehr!«

»Dann haben wir einen Fehler gemacht!«

»Wir haben keinen Fehler gemacht!« Solche Gespräche ärgerten ihn gewaltig, auch wenn er versuchte, seinen Ärger so weit es ging zu unterdrücken. »Was du entschieden hast, hast du entschieden! Das kannst du nicht rückgängig machen. Was du gemacht hast, hast du gut gemacht, weil es nicht anders ging!«

»Und trotzdem klingt es nicht überzeugt! Du findest auch, dass wir einen Fehler gemacht haben!«

»Ich finde überhaupt nicht, dass wir einen Fehler gemacht haben!«, rief er wütend. Ihre Worte ließen ihn verzweifeln.

»Warum schreist du dann so?«

»Ich schreie nicht!«

»Du schreist wohl!«

»Ich schreie, weil du mich zur Verzweiflung treibst!«

»Und ich will einfach nur darüber reden!«

»Aber da gibt es doch nichts zu reden. Was gibt es da zu reden? Ich kann nur sagen, dass ich es traurig finde! Es ist traurig! Aber es lässt sich nicht ändern! Zu Hause würde sie im Bett liegen bleiben, bei uns kriegt sie Angst. Das Einzige, was sie im Kopf hat, ist, dass es früher anders war!«

Sie schwieg.

Sie gingen quer durch den Zuiderpark. Hoch oben, vor einem hellen Himmel, segelten Möwen, eine Gruppe Krähen flatterte über den Teich und die hohen Bäume hinweg. Am Rand des Wassers standen Reiher, ein Bein hochgezogen. Zwischen den Bäumen, wo etwas weniger Wind war, saß auf einem Ast eine Turteltaube. Als sie unter ihr vorbeigingen, legte sie ihren Kopf schief und sah sie an.

*

1. Januar 1982

Am Neujahrstag brachte sie der Zug nach Den Haag. Es regnete und wehte. Der Himmel war grau in grau. Auf den Straßen standen große Pfützen. Die Leute, die auf der Straße waren, beeilten sich, wieder ein Dach über den Kopf zu bekommen.

Seine Schwiegermutter saß da und sah vor sich hin, halb abgewandt von der Frau, die neben ihr saß, als wolle sie sie nicht sehen. Sie nahmen sie mit nach oben ins Café. Im Café waren die Stühle und Tische in Reihen aufgestellt worden, mit einem Mikrofon davor. Dort saßen etwa zwanzig alte Frauen. Sie setzten sich zu dritt hinter sie an einen Tisch. Aus einem Lautsprecher ertönten alte Lieder, die ein Amsterdamer einleitete, denn selbst in Den Haag haben Amsterdamer den Ruf, witzig zu sein. Eine Sozialarbeiterin in einem Kleid mit großen roten und violetten Blumen stellte sich ans Mikrofon und stimmte das Lied »Wo die bunten Fahnen wehen« an, gefolgt von »Im grünen Tal, im stillen Tal, Piet Hein« – alles Lieder, die er schon in der Grundschule gelernt hatte, ein Zeichen, dass er seiner letztendlichen Bestimmung bereits ziemlich nahe war. Die alten Frauen sangen oder summten mit, seine Schwiegermutter ebenfalls, auch wenn sie längst nicht mehr alle Worte kannte. Es gab nur einen einzigen Mann, den Mann mit den zitternden Händen. Er hatte einen Zigarrenstumpen im Mund und sang deshalb nicht. Und Kroon natürlich, doch der saß an der Seite, hatte allen den Rücken zugekehrt und sang ebenfalls nicht. Während ein Lied nach dem anderen zum Vortrag gebracht wurde, kamen ein paar weitere Gruppen mit ihren Pflegerinnen herein und setzten sich dazu. Die letzte Gruppe war die beste. Sie sang bereits, als sie durch die Schwingtür kam. Ein paar Frauen wiegten sich in den Hüften und schwenkten ihre Arme im Takt, wodurch das Ganze etwas Swingendes bekam. Eine Frau wurde nach vorn geholt, um ein Solo zu singen, ein Lied, von dem sie nur noch ein paar Worte kannte, und der Amsterdamer, der von allen Herr Kraak genannt wurde, sang mit lauter und wohltönender Stimme »Mein Bettchen war ein Kohlenkästchen«, bis er einen Hustenanfall bekam. Danach durfte er die Apfeltaschen verteilen, wobei er die Hälfte der Frauen einfach vergaß. Ein gelungener Nachmittag.

*

17. Juli 1982

Seine Schwiegermutter erkannte sie nicht. Nicolien zog sie hoch. Sie trotteten mit ihr über den Flur. Ein alter Herr, der Herr van Es genannt wurde, nutzte die Gelegenheit, an ihnen vorbei zu entwischen, als Maarten die Tür aufhielt, um Nicolien und seine Schwiegermutter durchzulassen. »Darf er das überhaupt?«, fragte er und sah ihm nach.

»Das macht er immer«, sagte sie.

Sie saßen am selben Tisch, vor dem hohen Fenster. Nicolien holte Tee. Nach und nach wurden die Bewohner von ihren

Verwandten hereingeschoben oder -geleitet. Am Tisch hinter Nicolien saß ein alter Mann und trank ein Bier. Er hatte große Ohren und die Haut eines Menschen, der sein Leben lang im Wind gearbeitet und wenig Zeit zum Denken gehabt hatte. In sich versunken sah er auf sein Glas. Wenn er seine Augen aufschlug, sah er nichts. Am Tisch links von ihm wurde ein steinalter Mann zwischen seine Kinder und Enkel geschoben. Während sie dort saßen und jeder mit jedem sprach, blickte er stumpf über ihre Köpfe hinweg in das Licht des Himmels, als ob er weit in der Ferne irgendetwas erblickte. Seine Augen lagen tief in ihren Höhlen. Die Oberlider waren rot. Maarten setzte seine Brille auf, um ihn besser betrachten zu können, und stellte fest, dass der Mann nichts sah. Als die Enkelkinder, die als Erste gekommen waren und auch als Erste gingen, seine Hand ergriffen, reagierte er nicht.

Inzwischen war seine Schwiegermutter etwas lebendiger geworden, weil die Aufputschtabletten, die sie eine Stunde vorher bekommen hatte, zu wirken begannen. Was sie sagte, war unverständlich, doch es war deutlich zu merken, dass ihre Anwesenheit sie aufmunterte. Sie hatte auch realisiert, wer sie waren. Er holte ein Tütchen Senf für seine Fleischkrokette, die Nicolien in einer zweiten Runde, zum Schnaps, am Ausschank gekauft hatte. Alle Tische im Saal waren besetzt. Er fand seinen Weg auf Umwegen. Eine alte Frau lag mit ihrem Kopf hintenüber da, seitwärts über die Lehne ihres Rollstuhls gesunken. Ihr Mund war eingefallen und stand weit offen, außer an ihrer Nasenspitze war alle Farbe aus ihrem Gesicht gewichen, so als wäre sie tot. Ihr Rollstuhl stand ein Stück vom Tisch entfernt, an dem Leute saßen und sich unterhielten. Nichts deutete darauf hin, dass sie dazugehörte. Er nahm zwei Tütchen Senf aus einem Korb auf dem Tresen und kehrte damit zurück. Wieder an seinem Platz lauschte er zufrieden dem Stimmengewirr. So stellte er sich das Jenseits vor. Zumindest hatte es etwas von Unsterblichkeit. Er sah seine Schwiegermutter an und gab ihr unter dem Tisch einen Stups mit dem Fuß. Sie reagierte nicht. Er gab ihr noch einen Stups, ein wenig härter. Nun reagierte sie. Sie hob die Tischdecke hoch und beugte sich vor. »Darfst du das?«, sagte sie zu seinem Schuh und drohte mit dem Zeigefinger. »Pass bloß auf, sonst setzt es was!«

Er lachte.

»Was ist denn?«, fragte Nicolien.

»Mutter denkt, dass mein Schuh ein Hündchen ist.«

»Ist es denn kein Hündchen?«, fragte seine Schwiegermutter.

»Das ist mein Schuh.«

»O Kind! Was hast du doch für eine alte, verrückte Mutter!«

Daran hatten sie alle drei einen unbändigen Spaß.

*

15. Oktober 1983

Die Linie 16 gab es nicht mehr, sie war jetzt zur Linie 12 geworden. Sie fuhren nach Sammersbrug. Auf halber Strecke stieg Voorthuizen ein, mit einem Filzhut auf dem Kopf, unter dem graue Haare hervorlugten. Er grüßte sie und suchte sich einen Platz auf der anderen Seite des Gangs, ein Stück von ihnen entfernt. Als er ausgestiegen war, ging er vor ihnen her, schmal in den Schultern, den Kopf mit dem Hut aufgerichtet und die schwarze Aktenmappe steif in der rechten Hand: der adrette, arbeitslose Büroangestellte der Dreißigerjahre. Mit ihm und einem kleinen Trupp weiterer Besucher gingen sie durch den langen Flur zur Station: der penetrante, süßliche Geruch und das Kreischen und Ächzen der Patienten, wie in einem Affenhaus. Seine Schwiegermutter weinte, untröstlich, den gebisslosen Mund geöffnet, ihr Gesicht farblos, runzlig. Sie schoben sie in den Wintergarten, wo sich die schwersten Pflegefälle, solche, die zu schlecht zurecht waren, um noch ins Café zu gehen, die Zeit vertrieben. Voorthuizen war schon da. Die übrigen Plätze wurden nach und nach von den bekannten Gesichtern eingenommen: der indonesischen Frau mit ihrer Mutter, die die ganze Zeit über in ihrem hohen Rollstuhl vor sich hinstarrte, einer ärmlich aussehenden kleinen Frau mit ihrem Vater, der schief über der Lehne seines Rollstuhls hing, den Kopf zu Boden gesenkt und den Mund geöffnet, dem etwas infantilen Post und seiner Frau, dem Platt sprechenden Sohn und seiner Mutter, Frau Oosterling und ihrem jungen, mürrischen Mann, mit dem sie sich schon sehr bald langweilte. Sie schenkten Tee für sich selbst und ihre Liebsten ein, traten ein wenig auf und ab, spazierten in die Küche. An drei Tischen wurde gleichzeitig über die Stärke des Windes geredet, der die Fenster klappern ließ. Nicolien hielt die Hand ihrer Mutter, während sie ihr die Tasse zum Mund führte, und fütterte sie mit einer Banane. Jedes Mal, wenn sie ihr ein Stück hinhielt, legte ihre Mutter den Kopf ein wenig nach hinten, öffnete den Mund und schloss die Augen, wie ein junger Vogel. Ihre Augen lagen tief in den Höhlen, die Haut darum herum war bläulich. Als die Banane verspeist war, nahm Nicolien ihre Hand und brachte ihr Gesicht dicht an das ihrer Mutter. »Hat es geschmeckt?«, fragte sie freundlich. Ihre

Mutter reagierte nicht. »Hat es geschmeckt?«, wiederholte sie. Sie nickte ihr lachend zu und schloss kurz die Augen, als würde sie mit den Katzen reden. »Sag du doch auch mal was«, forderte sie ihn auf. Er nahm die andere Hand und beugte sich zu ihr hinüber. »Tag, Mutter.« Sie sah ihn ausdruckslos an. »Tag, Mutter!«, wiederholte er und drückte ihre Hand. Sie schüttelte kurz den Kopf. »Ich glaube, sie erkennt dich nicht«, sagte Nicolien. Sie kam mit ihrem Gesicht wieder nahe an ihre Mutter heran. »Erkennen Sie ihn nicht? Das ist Maarten! Maarten! Wissen Sie noch?« Ihre Mutter streckte die Unterlippe vor und begann leise zu weinen.

Kurz nach drei brach einer nach dem anderen auf und verschwand grüßend. Drei Besucher vergaßen ihre Mäntel und kamen noch mal zurück. Sogar Voorthuizen. Wahrscheinlich der Wind. Sie gingen als Letzte. Sie schoben ihre Schwiegermutter zurück und setzten sie in einen Sessel im Gemeinschaftsraum, zwischen zwei anderen Frauen, die beide dort saßen und schliefen. »Tschüss«, sagte Nicolien und nahm ihre Hand. »Es war schön, oder?« Ihre Mutter begann erneut leise zu weinen. »Sie müssen doch nicht weinen? Es war doch schön?« Sie näherte ihr Gesicht dem ihrer Mutter. »Wir kommen doch bald wieder.« – »Tschüss, Mutter«, sagte er und gab seiner Schwiegermutter einen Kuss. »Tschüss«, sagte Nicolien und drückte ihre Hand. »Tschüss.« Vom Flur aus sahen sie durch die Scheibe, die den Gemeinschaftsraum abschirmte. Ihr Gesicht war von Kummer gezeichnet. Eine der Frauen neben ihr war wach geworden und sagte etwas zu ihr, doch sie reagierte nicht.

*

9. März 1984

Im Wintergarten saß eine Gruppe dementer Senioren, schlafend, stöhnend, zu allen Seiten hin ein- und weggesunken, und bekam unter der Leitung eines jungen Mädchens Therapie. Es lief darauf hinaus, dass das Mädchen eine Banane schälte, doch das rief keinerlei Zeichen des Erkennens hervor. In dem kleinen Empfangsraum am Anfang des Flurs stand eine Kaffeekanne mit drei Tassen und drei Glastellern auf dem Tisch. Für das Geburtstagskind und seinen Besuch. Seine Schwiegermutter wurde zwischen zwei Schwestern eingehakt dorthin geschleift. Sie saßen zu dritt um den Tisch herum. Nicolien fütterte ihre Mutter und sprach mit ihr. Er sah es mit Bewunderung. Früher hatte sie sich über alles geärgert, seit ihre Mutter die Kontrolle über ihr Leben verloren hatte, ärgerte sie sich über gar nichts mehr, nicht einmal jetzt mit ihrer schweren Erkältung. Hin und wieder gab ihre Mutter Antwort. Manchmal sagte sie »ja«, manchmal »nein«. Einmal, als er ihr eine Weile »Tag, Mutter« zugerufen hatte, sagte sie ganz leise »Tag, Kinder«, eine ungewöhnlich passende Reaktion. Als sie gerade gehen wollten, um irgendwo in der Stadt essen zu gehen, kam eine Schwester und fragte, ob sie eine Tasse Suppe möchten. Nicolien fütterte ihre Mutter mit der Suppe. Sie brachte die schmutzigen Tassen in die Küche und kam mit der Nachricht zurück, dass Mutter ihr Geburtstagsessen ebenfalls im Empfangsraum bekäme und es für sie Brötchen gäbe. Während sie es erzählte, sah sie ihre

Cousine Annie mit deren indonesischer Haushälterin im Flur vorbeischlurfen. Sie lief ihnen hinterher und führte sie herein. Sie gratulierten seiner Schwiegermutter, doch als sich zeigte, dass sie keine Ahnung hatte, wer sie waren, wandten sie sich Nicolien und ihm zu. Während des Gesprächs stellte sich schon bald heraus, dass Annie ebenfalls dement wurde. Ihr Gesicht, das sehr lange jugendlich geblieben war, ebenso wie das seiner Schwiegermutter, die sich altersmäßig um zehn Jahre von ihr unterschied, war sichtlich starrer geworden, seit sie sie zum letzten Mal gesehen hatten, und sie redete ständig dasselbe.

Das Essen für das Geburtstagskind wurde auf einer riesigen Servierplatte aus Aluminium hereingebracht und bestand aus drei Sorten Gemüse, Apfelmus, Püree und Gehacktem, alles in allem genug für zwei bis drei normale Esser. Während Nicolien ihre Mutter fütterte, fragte er die Haushälterin nach ihren Erlebnissen in Indonesien, wo sie gerade gewesen war, um ihre Mutter zu besuchen. Ihre Antworten waren so diplomatisch, dass er nichts in Erfahrung brachte, weder wie es im Vergleich zu früher war noch was sie selbst davon hielt. Annie lauschte argwöhnisch. Sie hatte ihre eigene Meinung zu Niederländisch-Ostindien und wusste, dass sie sie nicht teilten. Das Füttern dauerte lange. Zusätzlich zur Platte gab es noch drei Desserts, die ebenfalls alle drei verputzt wurden. Danach wurde seine Schwiegermutter schläfrig und sackte langsam weg. Obwohl sie sich nichts mehr zu erzählen hatten, machten die beiden Frauen keine Anstalten aufzustehen. Es wurde mühsam. Schließlich war es Nicolien, die dem ein Ende bereitete. Sie schoben ihre Mutter zurück in den Gemeinschaftsraum und ließen sie dort im Rollstuhl zurück, tief im Schlaf versunken. »Ein Glück, dass sie nicht geweint hat«, sagte Nicolien, während sie durch den Flur zurückgingen, »denn das hätte ich an ihrem Geburtstag sehr traurig gefunden.«

*

9. März 1985

Sie saß da und schlief, ohne Gebiss. Sie hatte ein hübsches Kleid an und eine neue Dauerwelle. Sie schoben sie in das kleine Zimmer, wo sie, ebenso wie im letzten Jahr, sitzen durften, weil ihre Mutter Geburtstag hatte. Eine surinamische Schwester brachte eine Kanne Kaffee und zwei Schachteln mit zwanzig Törtchen – für drei Personen. Nicolien fütterte sie. Er las *De Groene Amsterdammer*. Als er genug davon hatte, sah er nach draußen, auf den stillen Wassergraben mit den Gärtnerhäusern auf der gegenüberliegenden Seite, die dahinter liegenden weißen Gewächshäuser mit vereinzelten Schuppen dazwischen und wiederum dahinter eine Straße mit Bäumen, auf der in einem grauen, kalten Frühjahrslicht Autos fuhren. Im Wassergraben schwammen ein paar Enten, zwei Weibchen und fünf Männchen. Eines der Männchen scheuchte einen Nebenbuhler weg. Dieser schwamm in einem großen Bogen zurück und gesellte sich zu dem anderen Pärchen, das, die Hinterteile aufgerichtet, mit zappelnden roten Füßen gründelte. Er erwartete einen neuerlichen Konflikt, doch als das Männchen mit dem Kopf aus dem Wasser kam, geschah nichts. Sie schwammen zu dritt ein wenig herum, in harmonischer Eintracht. Merkwürdig. So ging es offenbar auch. Inzwischen war das Mittagessen für seine

Schwiegermutter gekommen. Nicolien hatte sie gerade mit einem dritten Törtchen gefüttert und ging nun sofort zu Spinat mit Hackfleisch und Püree über. Das Gesicht seiner Schwiegermutter war bis unter die Augen mit Essen beschmiert. Sie aß geräuschlos weiter, einen Bissen nach dem anderen, und trank hin und wieder, alles durcheinander, Kaffee, Milch und später ein Joghurtgetränk. Für sie gab es eine Tasse Suppe. Während sie sie auslöffelten, schlief seine Schwiegermutter ein. Ihr Kopf war auf die Brust gesunken, ihr Gesicht wirkte gelassen. Sie rauchten eine Zigarette und saßen schweigend bei ihr. Als sie wieder wach wurde, begann sie zu weinen. Nicolien versuchte, sie zu trösten, doch das Weinen wurde ganz erbärmlich. »Was sollen wir jetzt machen?«, fragte Nicolien ratlos.

Er wusste es auch nicht. »Ich glaube, weil es ungewohnt ist.«

»Sollen wir sie dann mal wieder zurückbringen?«

Das schien ihm das Beste zu sein. Sie schoben sie zurück, blieben noch ein wenig im Gemeinschaftsraum sitzen, inmitten der anderen Bewohner, die vornübergesackt dasaßen und schliefen oder unverständliche Laute ausstießen, und brachen schließlich mit schwerem Herzen auf.

*

11. April 1985

Während er im Badezimmer stand und sich rasierte, klingelte das Telefon.

»Das Telefon klingelt«, sagte Nicolien.

Er hörte, wie sie ins Wohnzimmer ging, und lauschte alarmiert. Wer rief denn jetzt schon, um Viertel vor sieben, an? Aus ihren Antworten wurde ihm klar, dass seine Schwiegermutter gestorben war. Er öffnete die Tür und trat auf den Flur, mit dem Rasierpinsel noch in der Hand. Sie legte den Hörer auf und kam auf ihn zu, als würde sie schlafwandeln. »Mutter ist tot«, sagte sie niedergeschlagen. Er nickte. Sie begann zu weinen. Er nahm sie in die Arme, den Rasierpinsel etwas unbeholfen auf Abstand haltend. »Und ich bin nicht immer lieb zu ihr gewesen«, weinte sie.

»Was für ein Unsinn«, sagte er heiser. »Du warst sehr lieb zu ihr.«

»Nein«, sagte sie weinend. »Ich war nicht immer lieb zu ihr. Ich weiß es.«

»Du bist sehr lieb gewesen.« Er suchte in der Tasche seines Morgenmantels nach einem Taschentuch und gab es ihr. Sie schnäuzte sich. »Was sollen wir jetzt tun?«, fragte sie, noch immer ein wenig weinend.

»Wir fahren natürlich nach Den Haag.«

»Aber du musst doch nach Groningen?«

»Ich fahre doch nicht nach Groningen, wenn deine Mutter gestorben ist!«

»Doch! Du fährst nach Groningen! Denn das ist wichtig! Dein Büro ist wichtig!«

»Ich fahre natürlich nicht nach Groningen«, sagte er gereizt. »Das Büro ist überhaupt nicht wichtig! Deine Mutter ist wichtig!«

Sie schnäuzte sich erneut. »Ich bin auch so traurig«, sagte sie unglücklich.

*

15. April 1985

Die Trauerhalle, von der aus die Bestattung seiner Schwiegermutter stattfinden sollte, befand sich am Ende des Rijswijkseweg. Sie gingen vom Bahnhof aus dorthin. Es war ein heiterer, frischer Frühlingsmorgen mit viel Wind und einem blauen Himmel. Der Verkehr raste in beiden Richtungen vorbei, doch eine Parallelstraße bot ihnen Schutz. Alt gewordene Häuser aus den Zwanzigerjahren mit kleinen Läden, die vom Zahn der Zeit angefressen waren. In der Nähe des Zentrums von Rijswijk stand ein stattliches Haus vom Ende des achtzehnten Jahrhunderts, ein Stück von der Straße entfernt, in einem kleinen Park, dessen Sträucher bereits grün wurden. Sie gingen durch die Einkaufsstraße. Nicolien kaufte ein Croissant, da sie befürchtete, dass sie es sonst nicht durchstehen würde. Der Bestattungsunternehmer öffnete ihnen mit ernstem Gesicht. Als sie gekommen waren, um den Tod seiner Schwiegermutter anzuzeigen, hatte er einen hellblauen Pullover angehabt, nun trug er einen schwarzen Anzug. Er führte sie in einen kahlen Nebenraum, der mit zwölf braunen und zwei weißen Stühlen sowie einem Rednerpult ausgestattet war. Warum zwei weiße Stühle? Für die Braut und den Bräutigam? Sie setzten sich auf die weißen Stühle. Der Mann fragte, ob sie Kaffee wollten. Seine Schwiegermutter lag im Zimmer auf der anderen Seite des Flurs, einem langen Schlauch. Sie hatte die gelben Blümchen des Pflegeheims noch in den Händen, doch nun lag sie unter Glas. Ihr Gesicht hatte sich bereits ein wenig verfärbt, ihre Lippen waren geschminkt worden. Nicolien betrachtete sie andächtig, erst von der einen Seite, dann von der anderen. Sie war berührt, doch sie weinte nicht, auch nicht, als er seinen Arm um ihre Schultern legte. »Tschüss, liebe Mutter«, sagte sie. Auf dem Sarg lag ihr Blumengesteck mit einer grünen Schleife: »Niekewiek und Maarten.« Das *Niekewiek* rührte ihn. Sie gingen zurück zu den weißen Stühlen, tranken ihren Kaffee und hörten die Geräusche im Haus. Der Leichenwagen fuhr vor, der Fahrer klingelte an der Haustür. Männer sprachen miteinander. Sie saßen dort Hand in Hand, tatsächlich wie Braut und Bräutigam. Der Bestattungsunternehmer kam und fragte, ob sie noch Abschied nehmen wollten. Sie gingen noch einmal zu dem Schlauch und betrachteten ihr Gesicht. Anschließend warteten sie in dem kahlen Raum. Die Tür wurde geschlossen. Man hörte diskretes Poltern, fast nicht zu hören. Danach wurde es still, bis sich die Tür unerwartet öffnete. Sie traten in das helle Sonnenlicht und gingen die paar Schritte zum Wagen für die Trauernden. Dort saßen sie, die Armlehne zwischen sich, sodass er Nicoliens Hand nicht festhalten konnte. Die Welt glitt langsam vorbei, alles lebendige Menschen vor einem Hintergrund aus Grün und Apartmenthäusern. Der Leichenwagen fuhr ein paarmal durch Gelb und zwang so ihren Fahrer, durch Rot zu fahren, doch vielleicht gefiel ihm das sogar. Sie beschleunigten ihr Tempo, geräuschlos, verlangsamten die Geschwindigkeit wieder, nahmen mit sanfter Sicherheit die Kurven und bogen, über die Straßenschwelle hinweg, in die Laan van Eik en Duinen. Vor dem Friedhof stand eine von Nicoliens Cousinen mit einer Sonnenbrille auf der Nase neben dem Auto ihres Schwagers. Maarten hob dezent die Hand, doch sie sah ihn nicht oder tat so, als würde sie ihn nicht sehen, und er fand, dass er eigentlich auch nicht hätte winken dürfen. Aus einem Trauerfahrzeug heraus winkt man nicht. Sie fuhren vor. Im zugigen Eingangsportal standen zwei weitere Cousinen, diesmal väterlicherseits von Nicolien, sowie zwei Männer, die er nicht erkannte. Sie gingen mit ihnen in einen großen Erker hinter Bleiglasscheiben und gaben ihnen die Hand. Nach einer Weile wurde Maarten klar, dass der eine Mann der Ehemann einer der Cousinen war und der andere ein Mann, dessen Frau auch im Pflegeheim war und den sie dort regelmäßig gesehen hatten. Die Cousine mit der Sonnenbrille, ihre Schwester und ihr Schwager traten nun ebenfalls ein. Sie saßen in einem Halbkreis an der Wand. Der Bekannte aus dem Pflegeheim hatte sich, ziemlich unbescheiden, neben Nicolien gesetzt und führte das große Wort. Die beiden Cousinen Nicoliens mütterlicherseits versuchten sich von der anderen Seite des Kreises in das Gespräch einzumischen, so dass es ein störendes Geplapper gab, als hätten sie sich zufällig an einem öffentlichen Ort getroffen. Der Bestattungsunternehmer kam zum zweiten Mal, um feierlich zu fragen, ob Maarten im Saal oder am Grab danksagen wollte. Am Grab. Er nutzte die Gelegenheit zu sagen, dass es eine leichte Verzögerung gäbe, da die vorhergehende Beerdigung länger gedauert hätte als geplant. Sobald der Mann weg war, begann das Geplapper wieder. Maarten versuchte, sich dem zu entziehen, indem er kaum antwortete, doch es gelang ihm nur halb. Erst als der Bestattungsunternehmer erneut hereinkam und die Türen öffnete, waren sie einen Moment still. Unter den Klängen des *Impromptus* in Es-Dur von Chopin gingen sie hintereinander in den Saal, in die vorderste Reihe. Nicoliens jüngste Cousine mütterlicherseits setzte sich neben sie. Sie begann sofort wieder zu reden und hörte dann erst, dass die Musik spielte, denn in dem großen

Saal klang das Klavier nur sehr verhalten. Sie lauschten der Musik, *Träumerei* und dem Walzer von Brahms in As-Dur, Melodien, die sein Schwiegervater oft gepfiffen hatte und die seine Schwiegermutter später immer rührten, wenn sie sie bei ihnen hörte. Sie hatte dann ihren Kopf ein wenig angehoben und innig gelauscht. Während er dort saß, Nicoliens Hand in der seinen, sah er sie vor sich und fühlte sich ein wenig glücklich. Als Daniël Wayenbergs *Tristesse* angestimmt wurde, trat der Bestattungsunternehmer vor und schloss die Vorhänge. Durch die Musik hindurch hörte man es leise poltern, wie wenn bei einem Theaterstück die Kulissen ausgetauscht werden. Die Vorhänge gingen wieder auf, und dort standen die sechs Träger mit dem Sarg auf ihren Schultern vor dem hellen Licht, das durch die geöffneten Türen einfiel. Da sie selbst saßen, erschienen die Sargträger in ihrer schwarzen Kleidung noch größer und etwas verformt, wie in einer Zeichnung von Yrrah. Das Klavier spielte weiter. Maarten sah, wie die Sargträger, darunter einige alte Männer, unter ihrer Last wankten und sich anstrengen mussten, regungslos zu bleiben. Der Bestattungsunternehmer, der wie ein Dompteur an der Seite stand, betrachtete sie mit wachsamen Augen. Maarten beobachtete es gebannt. Er fand es schön. Das Klavier verstummte. Während sie aufstanden und sich die Männer vor ihnen in Bewegung setzten, begann ein Chor *Bleib bei mir, Herr* zu singen. Durch kleine Lautsprecher folgte ihnen die Musik auf den Friedhof, bis unter die ersten Bäume. Danach konnte er sie nicht mehr hören. Hinter ihnen gingen die beiden Cousinen schwiegermütterlicherseits und schwatzten laut über die Musik, die ihres Erachtens nicht nötig gewesen wäre, und über neue Schuhe, die sie gekauft hatten. Er ärgerte sich und versuchte sich auf den Sarg mit den Trägern zu konzentrieren, auf das

Frühlingslicht, die Vögel in den Sträuchern und Bäumen. Es gelang ihm nur halb. Sie passierten das Grab am Kopfende. Auf dem angrenzenden Grab lag ein riesiger Haufen Sand. Der Bestattungsunternehmer brachte sie mit einer Handbewegung zum Stehen. Die Träger gingen noch ein kleines Stück weiter. Das Bahrtuch wurde fein säuberlich zusammengefaltet, während der Sarg zum Grab gebracht wurde. Der Bestattungsunternehmer trat einen Schritt zur Seite. Sie gingen zum Grab und stellten sich darum herum auf, eine kleine Gruppe. Außer ihren Blumen lagen noch ein Kranz und ein kleiner Blumenstrauß dort. Sie streuten Blumen, ein wenig unbeholfen. Er dankte dem Pfleger und den beiden Schwestern des Pflegeheims, die zum Schluss auch noch gekommen waren, und sagte, dass er hoffe, sie würden seine Schwiegermutter als die liebe, bescheidene Frau in Erinnerung behalten, die sie gewesen war. Danach gingen sie wieder zurück. Da er mehr hatte sagen wollen, fragte er Nicolien leise, ob es so gut gewesen sei. »Vielleicht hättest du auch noch sagen können, dass sie sich nichts aus Geld gemacht hat«, sagte sie. »Das habe ich eigentlich schade gefunden, dass du das nicht gemacht hast.« Unzufrieden mit sich lauschte er dem Gegacker hinter ihnen, das wieder eingesetzt hatte. Sie gingen zurück in den Erker. Jeder gab ihnen noch einmal die Hand. Der Bestattungsunternehmer brachte ihm die Schallplatten und die schwarze Plastiktüte, in der sie transportiert worden waren. Er steckte das Kondolenzbuch in eine Mappe und gab sie ihm, während die anderen bereits zum Ausgang gingen. Rund um den Saal standen die Leute für die nächste Bestattung. Nicoliens älteste Cousine, väterlicherseits, ging mit ihnen mit. Sie stiegen in ihr Auto und fuhren erleichtert und noch ein wenig traurig nach Kijkduin zum Hotel Atlantic, der Stelle, an der das Badhotel von Nicoliens Onkel gestanden hatte. Im Café mit Blick aufs Meer, das im Inneren wegen der dezenten Klaviermusik kaum zu hören war, aßen sie etwas. Die Cousine ging mit ihnen zurück zum Dünenweg und von dort aus zu ihrem Auto. Als sie sich noch einmal umsahen, stand sie da und sah sich Pflanzen in einem Garten an. Sie gingen zusammen den Dünenweg entlang, dem sie mit seiner Schwiegermutter sicher hundertmal gefolgt waren, kamen an der früheren Kaserne und dem Heitje vorbei und gingen über die Thorbeckelaan zur Amandelstraat. Nicoliens Zimmer sah unbewohnt aus. Vor dem Fenster des Wohnzimmers standen schlecht gepflegte Pflanzen. Es hingen dort keine Schabracken, so wie früher, und die Fensterscheiben waren schmutzig. Sie blieben auf der gegenüberliegenden Seite stehen, und dann noch einmal an der Ecke der Vlierboomstraat. In der Vlierboomstraat gingen Leute an den Geschäften vorüber, in der Sonne. Es herrschte wenig Verkehr. Die Klavierlehrer Verhaar wohnten noch immer dort. Sie hatten dort gelebt, solange er sich erinnern konnte. Sie überquerten den Weigeliaplein zur Weimarstraat hin und gingen langsam in Richtung Stadt. Er fühlte sich befreit und glücklich. Nicolien war in sich gekehrt. Sie hatte ein liebes, sanftes Gesicht, so wie sie es hatte, wenn sie völlig entspannt war. Im Posthoorn tranken sie ein Glas Bier, nur gestört von zwei kichernden Frauen am Tisch neben ihnen. Draußen schien die Sonne. Die Kastanien wurden bereits grün. Sie fuhren mit der Linie 9 nach Scheveningen und gingen auf der Strandpromenade zum Fischrestaurant am Außenhafen. Nicolien Heilbutt, er selbst Knurrhahn, mit einem Gewürztraminer. Der Fisch war vorzüglich.

*

Amsterdam, Juni 1998

Niederländische Literatur bei Wagenbach

Josepha Mendels Du wusstest es doch *Roman*

Josepha Mendels führte ein für damalige Verhältnisse beispiellos unabhängiges Leben und setzte mit der Figur der Henriëtte allen frei denkenden, fühlenden und handelnden, ebenso verrückten wie lebensklugen Frauen ein Denkmal.

Aus dem Niederländischen von Marlene Müller-Haas
Quart*buch*. Gebunden mit Schutzumschlag. 192 Seiten

Joke J. Hermsen Rosa und Hannah *Das Blatt wenden*

»Mehr Enthusiasmus und kritisches Bewusstsein. Mehr brauchen wir nicht«: Rosa Luxemburg und Hannah Arendt – beide scheuten keine Kontroverse, um die Welt zu einem besseren Ort, die Gesellschaft zu einer solidarischeren Gemeinschaft zu machen.

Aus dem Niederländischen von Gerd Busse
Mit zahlreichen Gefängnisbriefen Rosa Luxemburgs
SVLTO. Rotes Leinen. Fadengeheftet. 144 Seiten

Martin Michael Driessen An den Flüssen *Erzählungen*

Drei Flüsse schlingern durch Landschaften, sie verlassen ihr Bett, sie schwellen an, sie tragen Fracht. Sie mäandern durch die Leben der Menschen – auf dem Wasser, an den Ufern.

Aus dem Niederländischen von Gerd Busse
SVLTO. Rotes Leinen. Fadengeheftet. 144 Seiten

Wytske Versteeg Boy *Roman*

Ich kann nicht mehr. Den Zettel mit seinen letzten Worten deponiert der schöne, stille Boy in der Manteltasche seiner Theaterlehrerin. Als sie ihn findet, ist es längst zu spät.

Aus dem Niederländischen von Christiane Burkhardt
WAT 755. Broschiert. 240 Seiten

Klassiker bei Wagenbach

Verlag Klaus Wagenbach Emser Straße 40/41 10719 Berlin
www.wagenbach.de vertrieb@wagenbach.de

Die niederländische Originalausgabe erschien erstmals 1999 unter dem Titel *De moeder van Nicolien* bei Uitgeverij G. A. van Oorschot in Amsterdam.

Der Verlag dankt der Dutch Foundation for Literature für die freundliche Unterstützung der Übersetzung.

Nederlands letterenfonds dutch foundation for literature

Emser Straße 40/41, 10719 Berlin www.wagenbach.de
Covergestaltung Julie August unter Verwendung des Gemäldes »To Kimmo« (Öl/Lw, 2013, Ausschnitt) von Regina Battenberg.
Gesetzt aus der Dante MT. Umschlagmaterial von Salzer Papier, St. Pölten. Bezugs- und Vorsatzmaterial von Gebr. Schabert, Strullendorf. Gedruckt auf Schleipen und gebunden bei Pustet, Regensburg.

ISBN 978 3 8031 3332 8